A Travessia do Albatroz

MARCIA CAMARGOS

Com o depoimento de Kurosh Majidi

A Travessia do

Albatroz

Amor e fuga no Irã dos aiatolás

GERAÇÃO EDITORIAL
Ediouro

A TRAVESSIA DO ALBATROZ

1ª edição — maio de 2007

Editor e Publisher
Luiz Fernando Emediato

Diretora Editorial
Fernanda Emediato

Imagem de capa
Arabesco na Mesquita do Profeta, Medina, Arábia Saudita, 1998
(Kazuyoshi Nomachi/Corbis – LatinStock)

Capa
Silvana Mattievich

Projeto gráfico
Miriam Lerner

Mapas
Caco Bisol

Revisão técnica
Paulo Daniel Farah

Revisão
Masé Sant'Anna
Jacqueline Gutiérrez
André Marinho

Produção Editorial
Lucas Bandeira de Melo

CIP-BRASIL. CATALOGAÇÃO-NA-FONTE
SINDICATO NACIONAL DOS EDITORES DE LIVROS, RJ

C179t

Camargos, Marcia
A travessia do albatroz: amor e fuga no Irã dos aiatolás / Marcia Camargos com o depoimento de Kurosh Majidi. — Rio de Janeiro: Geração Editorial, 2007.
il.
ISBN 978-85-6030-213-0
1. Romance brasileiro. I. Majidi, Kurosh. II. Título.
07-0984. CDD: 869.93
CDU: 821.134.3(81)-3

A GERAÇÃO EDITORIAL É UM SELO DA EDIOURO PUBLICAÇÕES
GERAÇÃO DE COMUNICAÇÃO INTEGRADA COMERCIAL LTDA.
Rua Major Quedinho, 111 — 20º Andar
CEP 01050-904 — São Paulo — SP
Tel (11) 3256-4444 — Fax (11) 3257-6373
www.geracaoeditorial.com.br

COMERCIALIZAÇÃO
EDITORA NOVA FRONTEIRA
Rua Bambina, 25 — Botafogo
CEP 22251-050 — Rio de Janeiro — RJ
Tel (21) 2131-1156 — Fax (21) 2537-2009
www.ediouro.com.br

2007
Impresso no Brasil
Printed in Brazil

Sumário

ROBERTO CATTANI – MESQUITA DE VAKIL EM SHIRAZ

PARTE I

A caminho do Paraíso

PAUL ALMASY/AKC IMAGES – LATINSTOCK

O XÁ REZA PAHLEVI EM SEU PALÁCIO

Os acontecimentos precipitaram-se de forma incontrolável. Greves paralisaram a administração pública, interrompendo a exportação do petróleo, base da nossa economia. Em 16 de janeiro de 1979, o Xá fugiu do país com a família real. Sua partida, recebida com alívio por quase toda a sociedade, possibilitou a volta de Khomeini dali a duas semanas.

I

Meu amigo de infância explodiu. Não deliberadamente como um homem-bomba que ata dinamites na cintura. Morreu estraçalhado ao pisar em minas terrestres. Junto com ele, um pelotão de 15 soldados voou pelos ares. Muitos eram meninos de pouco mais de 12 anos de idade. Os pedaços dos corpos espalharam-se pelo campo, tornando quase impossível sua identificação.

A notícia chegara de manhã cedo, logo após as primeiras preces do dia, que, há algum tempo, tenho negligenciado. A rádio nos acordou chamando para as orações e falou dos novos mártires a caminho do Paraíso.

"Sobre eles haverá trajes de fina seda, verdes e de brocado. E estarão enfeitados com braceletes de prata. E seu Senhor dar-lhes-á de beber puríssima bebida."

Não citou nomes, mas logo viriam me contar.

— Kurosh... — meu pai chamou. — Acabaram de divulgar uma lista... Soube que Behruz... — e não precisou terminar a frase.

Ele era assim. Nos momentos graves perdia o autocontrole e gaguejava feito criança, tremendo da cabeça aos pés. Atrás dele, que desde pequeno eu apelidara de Agho Jun, "senhor querido", estava o rosto descoberto de minha mãe. A angústia era tamanha que nem se dera o trabalho de colocar o chador. Procurava em mim traços de desespero, escondendo as lágrimas derramadas antes por medo do que pela perda de alguém que, por longos anos, fora quase um filho para ela.

Nos seus cabelos precocemente embranquecidos vi o pavor de que eu fosse um dia convocado pelo exército para, dali a meses, quem sabe semanas, regressar dentro de um caixão. Até agora eu conseguira driblar a vigilância do serviço militar, evitando o recrutamento compulsório. Mas até quando? Todos os dias a televisão mostrava fotos dos que não voltaram. Dos que morriam na guerra ou, então, se considerados inimigos do regime, eram executados pelos pelotões de fuzilamento. A morte tinha virado rotina.

— Isso ia acabar acontecendo — eu disse com a voz estranhamente fria para a dimensão daquela tragédia. Eu ainda não supunha como ela impactaria o meu futuro de forma tão radical.

— Que o Profeta nos ajude! — exclamou minha mãe.

— Khoda deveria colocar bom senso na cabeça dos dirigentes — Agho Jun acrescentou, usando a palavra iraniana para designar Alá. — Por que não mandam rebanhos de ovelhas como bucha de canhão? — indagou, revoltado com os métodos suicidas do exército, cujos comandantes incitavam a infantaria a entrar de peito aberto e passos firmes nos campos minados.

Fixei a vista em um objeto qualquer, sem saber o que responder. Já estava tão acostumado àquilo que não sentia quase nada. Nem apreensão, raiva ou a revolta de Agho Jun, visível no bigode que tremia ligeiramente sobre o lábio superior. Só um vazio que me embrulhava o estômago, como se estivesse acordando de uma anestesia. Por isso recusei o pão doce com gergelim preparado para o café-da-manhã.

— Você não pode ficar sem comer nada — minha mãe me puxou em direção à escada.

Lá embaixo, na sala, estendera a toalha com o pote de chá e uma grande travessa de doce de água de rosas e pistache. Estranhei, pois o gez, como chamávamos o doce, só dava o ar da graça no Ano-Novo.

Mas, desde que soubera do acidente, minha mãe passara a madrugada moendo nozes para fazer aquela especialidade deliciosa de Yazd, sua terra natal. Ela achava que desse jeito poderia amenizar a minha dor. Em sua cabeça, tudo ficava mais fácil de suportar se estivéssemos de barriga cheia. Quanto mais sofisticado o prato, mais efeito surtia... Fora assim nos funerais da minha avó. Três dias e três noites de comida farta. Era tanta que, no final, quase íamos nos esquecendo de rezar.

Agora, o perfume de flor de laranjeira que subia do bule misturado ao aroma do *gez* trazia de volta imagens de um passado não muito distante, e desde então para sempre perdido. Comer era a última coisa que eu conseguiria fazer naquele momento. Afastei-me da maneira mais gentil possível naquelas circunstâncias e voltei para o quarto.

— Kurosh, espera um pouco! — ela pediu, quase suplicando, vindo atrás de mim.

Fechei a porta e me estendi na cama. Do lado de fora, ela e minhas irmãs, que tinham sido acordadas pelo movimento inusitado, continuavam a conversar. Eu ouvia frases soltas e entrecortadas de exclamações vindas lá de baixo.

— Os pais dele estão pedindo ajuda aos amigos e parentes para poderem enterrar o filho no pátio interno da Vakil — Agho Jun contou.

Ele se referia à mesquita próxima ao bazar do Regente, onde mantinha seu negócio. Se isso não fosse possível, tentariam a de Nasir al-Molk, ao sul da avenida Dastgheib. Na mais importante mesquita de Shiraz, toda decorada em pastilhas com motivos florais em tons de rosa, verde e azul, seria querer demais. Lá dentro ficava o mausoléu Xá Cheragh, o Rei da Luz, reconhecível de longe pela cúpula em forma de bulbo com o minarete coroado pelo pequeno teto dourado. Para mim, aquele era um lugar mágico, por causa das miríades de espelhos minúsculos que recobriam seu teto como um céu estrelado. Agho Jun achava absurdo. Um capricho daqueles custaria uma fortuna.

— Será que já não se dão por satisfeitos com as honrarias que o rapaz vai receber?

Estraçalhado... Curioso pensar nesta palavra ligada ao nome de Behruz. Justo ele, o mais compenetrado de nós, que tomara a sério a sharia, a lei islâmica imposta pela revolução, e se apresentara como voluntário! "A vida é mesmo injusta", pensei comigo, embora soubesse que meu amigo escolhera aquele desfecho. E, se a guerra em si já era tão cruel, o governo, com seu fanatismo, a tornava uma verdadeira insanidade.

Tentei recordar a face do meu amigo, mas a figura dele se desfazia no ar como a fumaça na hora da explosão. Num minuto, Behruz era um ser pensante, com sonhos, ideais e uma boa dose de valentia. No outro, tinha virado uma massa disforme, músculos e ossos recolhidos em uma pequena caixa coberta de tecidos pintados com trechos do Alcorão, levada sobre os ombros dos homens da família pelas ruas da cidade. Se tivesse sobrevivido, teria ficado aleijado como um colega de classe que vi no hospital quando fui visitar um primo doente. Entrei na ala masculina procurando seu leito, quando topei com algo que ficou gravado na minha memória. Fiquei desconcertado ao ver alguém conhecido no meio daquela profusão de macas, gemidos e ataduras ensangüentadas. Hossein demonstrou igual surpresa em me ver. Apesar de tudo, num piscar de olhos, conversávamos como se jamais tivéssemos nos separado desde o primário. Falamos dos velhos professores, das meninas da escola vizinha, que esperávamos ao tocar do sino para acompanhá-las de longe, sem ser vistos por ninguém.

— Lembra-se de Faty? — ele perguntou. — Ela ainda está solteira?

Como eu não me recordaria da irmã de Behruz, pela qual nós dois tínhamos uma queda? Como esquecer os cabelos encaracolados faiscantes sob o sol que um dia desapareceram dentro do chador? Apostávamos para ver quem ia se casar com ela e retirar o lenço que passara a esconder os cachos castanho-escuros. Hossein era o maior craque no haft sang, mas nunca me superou no tabuleiro branco e preto. Ele sempre derrubava de primeira, com a bola de tênis, a maioria das sete pedras que a gente empilhava em forma de pirâmide no meio da rua, mas não tinha o raciocínio rápido nem a concentração que o xadrez exigia. Por isso estávamos sempre empatados, e nunca chegamos a brigar de verdade. Mais tarde, nos perdemos de vista. Nesse reencontro ao acaso, combinamos de nos vermos assim que ele recebesse alta.

Abraçamo-nos emocionados e senti o roçar das três medalhas que enfeitavam a blusa de seu pijama. Ao mencionar meu orgulho de ter um amigo herói de guerra, ele deu um sorriso forçado, que mais parecia uma careta. Só então reparei o tormento que marcava suas feições irremediavelmente tristes. Recuei ao imaginar os horrores que deveria ter presenciado no campo de batalha, as torturas atrozes a que eram submetidos os capturados pelos inimigos, as feridas insuportáveis que latejam no fundo do coração e jamais cicatrizam por completo. Virei em direção à saída com um misto de alívio e vergonha por não ter me alistado como a maioria dos meus amigos. Antes de deixar a ala, lancei um último olhar ao meu ex-colega, que voltara o rosto para a parede. Percebi que lhe faltavam as duas pernas, amputadas bem na altura da virilha. Não era o único. Outros rapazes, igualmente jovens, vítimas da brutalidade da invasão iraquiana potencializada pelo nosso fanatismo religioso, tinham cabeças enfaixadas, olhos remendados, mãos e braços de menos e sofrimento de sobra.

Hossein e Behruz, frutos de uma geração desperdiçada. E quanto a mim, qual seria meu destino? Encontrar meu marjae taghlid, o guia religioso, fonte de inspiração, e segui-lo até a morte? Ou esconder-me para sempre, numa terra sem perspectivas nem esperança? Cursar a universidade tornara-se pura ilusão. Elas tinham sido reabertas depois de dois anos, mas havia filas intermináveis aguardando vagas reservadas preferencialmente aos familiares dos mártires da revolução. O cerco se fechava e as alternativas diminuíam. Fui tomado de um desalento profundo que jamais experimentara, uma mistura de ódio, impotência e pena de mim mesmo. Levantei para colocar uma fita cassete no velho aparelho de som. Girei o botão até o volume máximo e os acordes de uma música de Bob Dylan ecoaram pela casa.

— Cuidado com os vizinhos! — era a voz da minha mãe, que batia com força na porta trancada.

— Que se danem — respondi baixinho. — Pouco me importa se me denunciarem às autoridades... — e me deixei levar pelo som que há anos não ousava escutar. Conseguia reconhecer as frases cantadas em inglês, aprendera a língua na escola na era de Reza Pahlevi. Naquela época, os Estados Unidos não eram o pior dos nossos pesadelos.

Não sei quanto tempo fiquei ali largado, no embalo das canções que me transportavam para mundos tão longínquos, como as páginas dos livros proibidos. Ainda guardava alguns volumes no fundo falso aberto no assoalho, debaixo do tapete de bordas azuis. Com a conivência das minhas irmãs, escolhi alguns títulos para salvar da fogueira, quando mandaram queimar tudo o que não fosse autorizado pelos censores religiosos. Elas gostavam de Proust e Tolstoi, mas eu preferia Charles Dickens e *Dom Quixote*, de Cervantes. Também havia Dostoiévski, que escrevia de um jeito triste demais para o meu gosto. Era curioso... apesar de falar sobre a Rússia de um tempo distante, ele parecia estar escrevendo sobre a nossa gente. Acho que por isso foi proibido como os demais.

Música, só as de teor religioso. Revistas e jornais, apenas os permitidos. Televisão, nem pensar. As antenas foram para o lixo, captavam programas e filmes que ofendiam as rígidas normas do Alcorão. Khomeini não deixara dúvidas ao declarar que todo muçulmano era obrigado a obedecer a cada linha do Livro Sagrado. As raras vozes dissonantes, que contestavam os aiatolás, altos dignitários na hierarquia religiosa e peritos em leis islâmicas, não sobreviveriam para ver o fim da história. Eram executadas de forma sumária, sem quaisquer formalidades jurídicas, escapando à farsa de um julgamento de cartas marcadas.

Consultei o relógio, presente de Behruz. Passava das onze horas. Não abrimos a loja por motivo de luto, ninguém de casa saiu para trabalhar. O sepultamento seria dali a uma semana. Antes, precisavam transportar os corpos, ou o que sobrara deles, para devolver às famílias em diferentes cidades do país. Quem tinha recursos, pagava do próprio bolso a viagem até as proximidades da fronteira para resgatar os restos mortais dos filhos, que trazia nos automóveis pela estrada, munidos de salvo-conduto. Não saía barato. Com a gasolina racionada, só dava para comprar combustível no mercado negro a preços exorbitantes.

Pela fresta da porta, agora entrava um aroma estimulante que abriu meu apetite. Era o polo, um arroz com frutas secas acompanhado de brochete de carneiro. O prato era temperado com estragão e servido com molho de menta. Minha mãe prosseguia com suas artes culinárias de poder curativo, e desta vez não resisti à sedução. Desliguei o som, mas a música continuou ecoando dentro da minha cabeça. Ao sair do quarto, vi uma fotografia amarelada de Behruz, de quando tínhamos 15 ou 16 anos. Costumávamos assistir aos filmes de caubóis; eu achava esquisito porque ele torcia para os índios e não para os mocinhos, como a maioria de nós. Sabia muita coisa sobre os apaches, sioux e outras tribos de peles-vermelhas cujos nomes não recordo. Economizávamos dinheiro para as entradas do cinema e para comprar os discos da nossa estrela Googoosh e do popstar Dariush. Eu gostava da música tradicional iraniana, aquela em que o cantor usa estrofes dos maiores poetas como Hafez, Saadi, Moulavi, Ferdussi ou Khayam, acompanhados pelos instrumentos típicos, mas não resistia aos LPs de rock. Tocava-os na vitrola até decorar as letras e cantarolava junto com as bandas. Hoje eu me perguntava se Behruz chegara, algum dia, a gostar dos Beatles como eu.

Eu questionava quando e como esses conjuntos passaram a representar a decadência e o lixo que infectava a nossa cultura. Pressinto ter sido aí que meu trajeto e o de Behruz afastaram-se como na bifurcação de um rio, as águas cavando dois leitos a partir de uma pedra. O dele resultou na morte e em sua conversão em herói da pátria. Com páginas em branco e pleno de incertezas, o meu ainda estava por ser escrito.

Um tremor percorreu meu corpo feito uma descarga elétrica. Se tivesse uma fração da coragem de Behruz ou de Hossein, romperia com tudo isso para mudar de vida. Sim, eu sabia de pessoas que estavam deixando o país em segredo, apesar das fronteiras fechadas e patrulhadas. As rotas de fuga cortavam o Paquistão, Turquia, Kuwait ou Arábia Saudita, através do golfo Pérsico. Ficava fora de cogitação tentar passar pela impenetrável União Soviética, a leste, e, obviamente, pelo Iraque, a oeste, com quem estávamos em plena guerra.

Tornei a olhar para o retrato de Behruz, desci para a sala e devorei o almoço com uma fome premeditada. Iria precisar de toda a energia do universo para revelar aos meus pais minha decisão irrevogável.

Não desconfiava que eles próprios haviam conversado a respeito de uma possível fuga, com a morte dramática do meu amigo de infância cuja imagem, agora, aparecia perfeita como se ele estivesse sentado diante de mim. O riso fácil, com os cabelos anelados emoldurando o rosto que chamava a atenção de todas as garotas e despertava em mim uma pontinha de inveja, surgiu límpido e sem distorções.

— Precisamos derrubar este governo que prejudica nosso povo. — A voz dele soava num timbre difícil de esquecer. Ele ganhava nossa confiança na adesão à luta que tomou as ruas de cada cidade, de cada povoado do Irã até o estabelecimento da República islâmica em 1979. Seus olhos brilhavam como fachos de luz e nos guiavam naquela aventura épica, que conquistava mais e mais adeptos, inclusive os céticos e relutantes.

Tínhamos apenas 17 anos de idade, mas nos engajamos com a garra e fé de quem acredita na possibilidade de alterar radicalmente o curso da história. Eu seguia os passos de Behruz como se segue um profeta. Só enxergava a bravura do amigo, com quem compartilhara os momentos mais felizes da infância e da adolescência. Ainda era muito jovem para perceber que aquela faísca refulgindo nas pupilas dele era a marca dos fanáticos e dos loucos.

ROBERTO CATTANI – BAIXO RELEVO NAS RUÍNAS DE NAQSH-E ROSTAM, 500 A.C

PARTE II

O fim da inocência

ROBERTO CATTANI

BAZAR EM SHIRAZ

Guardo na memória o cheiro dessas mercadorias, que evocavam em mim imagens de tribos nômades primitivas a tecer nossos célebres tapetes persas com a lã resistente das ovelhas criadas no deserto. Para mim, tudo isso vinha temperado com o perfume de menta e rosas misturado às especiarias vendidas em um setor especial do bazar.

II

A casa de Behruz e a minha ficavam no mesmo quarteirão, perto da escola para onde caminhávamos juntos todas as manhãs. Pouca gente tinha carro e não éramos exceção. Eu acordava com o som do rádio no quarto de Agho Jun chamando para as preces. Ele comprara o aparelho assim que nos mudamos para um local de onde não conseguíamos escutar o muezim no alto do minarete. Agora contávamos com a tecnologia para as orações matinais. Aquilo soava como uma música avisando o início de um novo dia. Ele seria como o de ontem e o de amanhã. Alegre e despreocupado, contanto que não me esquecesse dos preceitos básicos da religião — a fé, a oração (salat), a caridade (zakat), o jejum e, quando eu fosse mais velho, a peregrinação.

Agho Jun não era um devoto extremado, mas fazia questão de obedecer aos cinco pilares sagrados do Islã, até mesmo quando estes pareciam fora de moda. Não se atrevia a transgredir os mandamentos de Alá para não pagar pelos seus pecados no Juízo Final. Ia rezar toda sexta-feira na mesquita para a qual doava uma porcentagem dos ganhos mensais. Jejuava durante o Ramadã. Jamais deixou que consumíssemos bebida alcoólica, apesar de ser vendida, quase à vontade, durante o governo do Xá. Nem permitia que minhas irmãs usassem saia curta. "Uma moça de respeito não pode mostrar mais do que os tornozelos", ele avisava, torcendo o nariz para as amigas delas que chegavam vestindo as últimas novidades da moda estrangeira. Para ele, era uma questão de princípios. Recato dignificava a mulher, roupas decotadas significavam vulgaridade e ofensa ao corpo feminino.

"Isso vai acabar mal", Agho Jun costumava advertir diante da crescente invasão dos usos e costumes ocidentais. Também não gostou quando Reza Pahlevi proibiu o chador, que, no entanto, continuava sendo usado por muitas mulheres, principalmente nos vilarejos do interior do país. Achava que certos limites não deveriam ser ultrapassados sob o risco de perdermos nossa identidade e auto-estima.

"Somos um dos povos mais antigos do planeta", gostava de frisar. "Não precisamos copiar os outros, pelo contrário. Nós é que temos muito a ensinar."

Então, Agho Jun contava pela milésima vez a história da formação do Irã, nome dado em tempos remotos à extensa região composta de montanhas rochosas, terras ressequidas e desertos salgados entre o golfo Pérsico e o mar Cáspio, ocupada pelos arianos, nômades de pele clara. Seus olhos miúdos faiscavam por trás das lentes dos óculos de aros escuros. Uma das hastes estava remendada com um esparadrapo, porque, desde que me conhecia por gente, ele alegava falta de tempo para mandar consertar ou fazer um novo. E assim, mal contendo a emoção que transmitia apesar de estarmos ouvindo a mesma lengalenga que já sabíamos de cor, voltava a contar que na planície de Susiane, às bordas do Iraque, nasceram as primeiras cidades iranianas. Elas desenvolveram-se graças à sua proximidade com a Mesopotâmia e Uruk. Foi quando vagas sucessivas de tribos indo-européias chegaram, sendo que uma delas, conhecida como Persa, instalou-se na pequena faixa onde fica, atualmente, a província de Fars.

Sentados em almofadas feitas de tapete persa, nós e minha mãe ouvíamos resignados. Ela desistira de fazer Agho Jun mudar de assunto quando o tema girava em torno da história do Irã. No seu canto preferido, com os pés metidos no chinelo de couro macio de cor marrom, ele prosseguia. Como não cursara faculdade nem tinha diploma, Agho Jun gostava de exibir sua cultura, quase erudita. Teria sido professor, mas precisava sustentar a família. Que remédio?

— Há pelo menos 2.600 anos, os persas organizaram-se em um Estado independente sob a chefia de Aquemenes. Seus descendentes, de Ciro a Dario e Xerxes, os xahanxas, reis dos reis, alargariam as fronteiras da Pérsia — Agho Jun acrescentou —, construindo a Estrada Real, de quase 3.200 quilômetros, que atravessava o coração do império desde Susa, a capital administrativa, até o mar Egeu, no extremo oposto. A rede viária faria da região um centro de negócios, através do qual fluiria o comércio entre a Ásia ocidental e oriental. Mas, como em toda história da humanidade, sofreria a invasão de Alexandre, o Grande, e de seus elefantes, usados como tanques de guerra. Sem mencionar os gregos bizantinos e as tropas mongóis de Gengis Khan, que destruíram aldeias inteiras e massacraram suas populações. Isso, depois de terem sido convertidos ao islamismo ao integrarem-se ao império árabe sob o califado. Fomos nós, os iranianos, que ensinamos aos árabes álgebra, arquitetura, química e astronomia, que depois eles disseminariam mundo afora — contava entusiasmado, sem se importar em parecer repetitivo.

"Pensam que os árabes são os maiores sábios da Antiguidade, quando foram nossos ancestrais os grandes cientistas e matemáticos do passado!", Agho Jun vivia repetindo. Tinha o maior orgulho daquelas raízes, tanto que preferia usar "Khoda" quando se referia a Deus.

Saltando séculos para encurtar uma longa história, nos contava que em 1935 a velha Pérsia tinha adotado o nome de Irã. "Somos o único país do continente que não fala árabe e sim persa, que chamamos farsi, por ter surgido justo na região de Fars, berço da nossa civilização. O alfabeto de 32 caracteres tem quatro letras a mais do que o árabe, que se mesclou à nossa língua original."

Shiraz, minha cidade natal, em que sempre morei, é tida como um oásis no meio da aridez desértica da província de Fars. Embora a maio ria dos jardins que a tornaram célebre no passado tenha desaparecido, o perfume das flores e árvores frutíferas povoou minha infância. Fecho os olhos e posso adivinhar as cores das tulipas e dos amores-perfeitos e sentir o aroma da romã plantada no fundo do nosso quintal. A paisagem continua intacta nos arquivos da memória. Revejo, ao norte, os montes Zagros que se elevam a mais de três mil metros de altitude. Ao sul eles vão diminuindo progressivamente, formando bacias propícias ao cultivo de cereais e de algodão, que outrora serviram de pastagem de inverno aos nômades. Antes da proibição do consumo de álcool, a região era coberta pelas parreiras das quais se produzia o renomado vinho de Shiraz, uma cepa que ganhou o mundo. Recito de cor poemas de Hafiz e Saadi, cujos túmulos enfeitam os parques onde costumávamos passear com os parentes vindos de outras províncias.

De uma família de classe média, meu cotidiano era tranqüilo. Levantava, punha o uniforme deixado por minha mãe sobre a cadeira e seguia para a escola, na qual as matérias eram ensinadas por professores laicos. Para penetrar nos mistérios do Alcorão, Agho Jun me fez ter aulas particulares com Seyyed. Barbudo, o mulá usava o ammame, turbante preto próprio dos descendentes de Maomé. O suor gotejava da sua testa estreita na cabeça gorducha que brotava direto do corpanzil sem pescoço. Com voz gutural, dizia que um muçulmano não deve negligenciar as cinco namaz, as orações diárias.

Agho Jun queria um futuro melhor para mim. Ao contrário dos pais de alguns dos meus colegas, mandava que ficasse em casa após as aulas. Ele preferia que eu lesse e decorasse versos do *Shahname*, o *Livro dos Reis*, em vez de ajudar no escritório da loja do bazar que herdaria um dia, assim como ele a recebera do pai. O *Shahname* havia sido escrito por Ferdussi há mais de mil anos e contava o passado histórico e mitológico do Irã desde sua criação até a conquista islâmica no século VII. Para Agho Jun, o épico despertaria em mim o senso de patriotismo que ele próprio cultivava com tanta intensidade. Como caçula e único filho homem, após duas garotas e um menino que morreu ao completar 1 ano de idade, eu sempre fora um tanto mimado. Ele sonhava que eu seguisse a tradição da família na loja, mas enquanto isso, satisfazia a maioria dos meus caprichos. Convencido da impunidade, esperava Agho Jun terminar o almoço e sumir na esquina para escapar do quarto e correr até a casa de Behruz. Naquele dia não foi diferente. A mãe dele me viu pela janela e veio abrir a porta.

— Salam aleikum — ela cumprimentou. — Vocês vão jogar futebol?

Nem precisei responder, pois notei a figura de Behruz com uma bola debaixo do braço. Ele era o nosso craque e recentemente tornara-se o capitão do time da escola.

— Você demorou, pensei que não viesse mais — meu amigo reclamou quando eu fiz menção de entrar.

— Agho Jun ficou no telefone discutindo sobre um lote de tapetes. Imagine que queriam cobrar o dobro do preço combinado!

— Bem, agora vamos recuperar o tempo perdido.

Despedimo-nos da mãe dele e apertamos o passo em direção ao ponto do ônibus.

— Para onde estamos indo? — eu perguntei. — Vamos bater bola no campo?

— Você vai ver. Por enquanto, siga-me. Trouxe o dinheiro da passagem?

Eu fiz que sim com a cabeça, tateando no bolso da calça os trocados que recebera de Agho Jun como pagamento pela ajuda que dera na loja no fim de semana anterior, quando o bazar fervilhava de clientes. Não questionei meu amigo sobre nosso destino, pois nessas tardes roubadas ao estudo eu me sentia como um fugitivo, sem direito algum. Além disso, qualquer coisa era melhor do que ficar trancado em casa, sobretudo no calor. Na verdade, não importava para onde estávamos indo, o que viesse era puro lucro.

Minha curiosidade foi logo satisfeita. Conhecia o itinerário e ele nos levava ao noroeste, rumo ao parque de Bagh-e-Eram. Como de praxe, o trânsito estava caótico, as buzinas não paravam de tocar e os motoristas, enfurecidos no meio da balbúrdia, gritavam com todos que cruzavam o caminho. Semáforo não fora feito para ser respeitado, e as batidas eram costumeiras, atravancando as ruas entupidas de gente tentando ir para o outro lado da avenida sem a segurança das faixas de pedestres, então inexistentes.

— Sabe que na Suécia os carros param no sinal vermelho? — Behruz perguntou.

— E daí?

— Lá os pedestres também têm preferência. Os automóveis freiam para deixá-los passar... — ele prosseguiu, acrescentando: — E assim mesmo eles têm o maior índice de suicídio do planeta! Vá entender a cabeça dessa gente...

Behruz tinha desses rompantes. Sem mais nem menos vinha com dados e fatos de almanaque e me fazia sentir ignorante e desinformado. Fiquei tentando localizar a Suécia dos suicidas no mapa-múndi e, em alguns minutos, nos livramos do tráfego carregado para rodar numa velocidade razoável, margeando o rio Khoshk. Suas águas estavam turvas, há semanas não chovia. Sentado ao lado de Behruz, eu procurava adivinhar o que se passava na cabeça dele. De repente, do nada, perguntei:

— Você vai trabalhar na loja do seu pai quando terminar a escola?

Ele olhou para mim com um ar meio superior e disse sem pestanejar.

— De jeito nenhum. Quero ser soldado!

Mordi os lábios de inveja. Não pela escolha, mas pela convicção que as palavras dele carregavam. Porque eu não fazia a mínima idéia do que estudar, o que aprender e qual tipo de vida levar. Para mim, o futuro era uma enorme incógnita e, por isso, admirava o amigo sempre decidido como um adulto em miniatura.

Fiquei pensando em como Behruz era sortudo e, quando dei por mim, tínhamos chegado. Diante de nós, os ciprestes riscavam o chão com suas sombras longilíneas. De longe já dava para sentir o perfume das rosas ainda em flor naquele final de verão.

Passamos pela entrada do Jardim Botânico para contornar o pavilhão principal, um palácio do século XIX. Já o vira um sem-número de vezes, mas de novo me surpreendi com a beleza dos mosaicos multicoloridos. Eles brilhavam sob o sol da tarde, lançando reflexos dançantes na superfície do espelho d'água ao longo da fachada. Nos fundos do jardim, onde começava o roseiral, distingui um grupo de meninos da escola agachados em torno de alguma coisa que examinavam com atenção.

A princípio, achei que fosse outra bola de futebol e já me perguntava como iríamos jogar ali, fora do campo, mas, quando nos aproximamos, vi um tabuleiro de xadrez e um monte de notas empilhadas. Tomei um susto ao ver tantos tomans, mas meu amigo foi avisando que tinha feito uma aposta.

— Pus todas as minhas economias em você, não vá me decepcionar!

Soube então do torneio que começava hoje e ia até Noruz, o Ano-Novo. Em lugar de futebol, toda quarta-feira nos reuniríamos para testar nossas habilidades. No final, o vencedor ficaria com uma porcentagem do arrecadado após o pagamento das apostas.

Encarei meus oponentes, três garotos mais velhos do que eu. Apesar do jeito de poucos amigos, não senti medo algum. Desde pequeno aprendera xadrez, inventado na Pérsia e transmitido aos árabes como todo o restante da nossa cultura. Quando alguém fala "xeque-mate" está, na verdade, dizendo "Xá mat" — o rei está morto.

Agachei com tranqüilidade para arrumar as peças brancas, as minhas preferidas, que Behruz escolhera antes de disputarmos o torneio. Eu sabia da existência desses jogos clandestinos, que se repetiam todo ano, mas era a primeira vez que participava de um. O esporte não era ilegal, só as apostas em dinheiro. Por isso, a partir daquele dia nos encontraríamos cada vez em um local diferente.

— Se formos pegos pela Savak, estamos perdidos! — comentei, arrepiado só de pensar na terrível polícia política do Xá.

— Deixa de besteira! — meu amigo exclamou. — Eles têm mais o que fazer. Estão ocupados caçando comunistas e subversivos!

Cocei a cabeça, sem entender direito, mas me calei. Não ia dar o braço a torcer, perguntando o significado daquelas palavras. Behruz sabia mais do que qualquer garoto na nossa idade. Acostumara-se a dar explicações detalhadas sobre os mais variados assuntos e, às vezes, eu fingia ter compreendido só para não me sentir diminuído. Guardei aqueles termos na memória para pesquisar quando voltasse para casa. Não imaginava que uma simples frase detonaria minha futura politização.

Aquele jogo de xadrez custou caro. Sem conseguir me concentrar, levei o primeiro de uma série de xeques-mates da tarde. Mais me desesperava, menos era capaz de raciocinar. Quando nos demos pela coisa, já passava das seis horas. Marcamos a rodada seguinte e nos separamos.

— O que está acontecendo? Você perdeu a mão? — meu amigo me cobrou assim que nos afastamos do grupo. Embora chateado, ele teve a consideração de não me humilhar na frente dos outros.

Eu não sabia como responder. A última coisa que desejava era decepcioná-lo.

— Da próxima vez recupero o terreno perdido, prometo — e, como a selar minha intenção, bati a mão no peito. — Agora temos que correr, Agho Jun vai me matar por chegar tarde — eu disse para mudar de conversa pois, no fundo, sabia que ele seria incapaz de me bater. No máximo, um castigo leve. Eu era intocável para meu pai, que me via como um milagre, nascido quando já havia perdido as esperanças de ter um filho homem para substituir o que morrera antes da hora.

Para agravar a situação, o ônibus amarelo e branco estava lotado e tivemos que cobrir a pé o longo percurso do parque até nossas casas. Apertamos o passo e por quase uma hora e meia permanecemos em silêncio. No meu cérebro os lances do tabuleiro disputavam espaço com o novo vocabulário político que passara perto de mim de raspão. Fragmentos de conversas ditas a meia voz por alguns dos professores na escola sobre as crueldades dos agentes da Savak adquiriam contornos mais nítidos. Ia remendando os rombos da minha ignorância à medida que, imperceptivelmente, dava início ao meu processo de conscientização.

III

Por sorte, só minha irmã mais velha estava em casa quando cheguei, exausto, quase às sete da noite. Todos tinham ido visitar uma tia recém-operada. Narges abriu a porta entre contrariada e preocupada. Sempre fora como uma segunda mãe para mim, apesar das suas idéias peculiares sobre família. Cursava o penúltimo ano da faculdade de medicina e pretendia trabalhar, além de casar e ter filhos. Estava comprometida com um cirurgião recém-formado, na verdade um primo distante que fora apresentado por uma tia, de acordo com as tradições iranianas. Eles faziam planos, mas não poderiam adivinhar que seriam eternamente adiados pelo desenrolar da crise prestes a desabar sobre nossas cabeças.

Apesar de Agho Jun não concordar plenamente com aquele tipo de projeto, um tanto moderno para o gosto dele, ele nao se opunha. Preferia que fosse aplicada nos estudos a vê-la como a filha do meio, com a mente cheia das bobagens que lia nas revistas e via na televisão. Farzane tentara a carreira de química, mas logo se desinteressou. Agora passava os dias em casa sem fazer nada, a não ser quando ia ajudar Agho Jun na loja de tapetes e tecidos.

Como estávamos sós, perguntei de supetão.

— O que significa comunista subversivo?

Narges me olhou desconfiada, mas num instante se abriu. Muito negros, os olhos dela soltaram um brilho estranho que eu jamais tinha notado.

— Quem anda pondo essas coisas na sua cabeça, Roshy? — ela sorriu, usando o apelido carinhoso que inventara para mim.

Dei de ombros. Pouco importava.

— Aliás, por onde andou até agora? — espertamente ela mudou de assunto, tentando me demover de questões grandes demais para minha pouca idade. Mas eu insisti.

— Não sou criança, Narges... Não vou morrer se você me explicar o que é comunista subversivo.

Ela soltou um suspiro fundo como fazia quando via que alguma coisa não tinha jeito. Estava resignada. Sempre que a gente discutia, eu levava a melhor. Narges me mimava mais do que minha mãe e Agho Jun. Com paciência, me contou sobre a luta que vinha sendo travada em silêncio contra o regime do Xá, que perseguia quem a ele se opusesse. Comentava-se que a corrupção corria solta, acobertada pela Savak. O descontentamento geral crescia e todos começavam a exigir a volta do aiatolá Khomeini, expulso do país em 1964. As críticas dele, que o levaram ao exílio na Turquia e depois em Najaf, cidade santa xiita ao sul de Bagdá, estavam se convertendo em palavras de ordem. Seus discursos eram reproduzidos e distribuídos clandestinamente na universidade e fora dela. Narges lera-o várias vezes. A situação ia pegar fogo e ela apostava que tudo mudaria para melhor.

— Você não tem medo? — foi a única pergunta que me ocorreu.

Ela ia responder quando a campainha soou com a chegada dos meus pais. Aproveitei e corri para o quarto, não queria encará-los e ter que inventar uma mentira. Dormitando na cama, as imagens do palácio de Bagh-e-Eram misturavam-se a cenas de filmes de Hollywood que vira no cinema. Os mocinhos do lado do Aiatolá enfrentavam os bandidos, que traziam no peito as iniciais do serviço secreto do Xá. No meio do tumulto, surgia minha irmã mais velha com uma pilha de panfletos nos braços, berrando "Morte ao Xá". No instante seguinte, os papéis voavam para o alto e depois caíam como flocos de neve gigantescos no espelho d'água do parque. Boiavam por uma fração de segundo até afundarem junto com ela.

Acordei com uma batida na porta do quarto. Como não tinha jantado, Narges trazia nân-e sangak, um pão espesso quentinho, acompanhado de chá preto. Agradeci e pela primeira vez pensei na minha irmã como um ser independente, com pensamentos e sonhos próprios. Ela arriscava-se por seus ideais, enquanto eu vivia despreocupado entre a escola e os torneios proibidos de xadrez.

Assim mesmo, não desisti deles, pelo contrário. E como precisava recuperar o prejuízo do jogo anterior, decidi procurar um artesão que fazia os mais delicados objetos em marchetaria de Shiraz. O ateliê dele, às margens do rio Khoshk, estava repleto de madeira cortada nas florestas de Mâzanderân. Elas tinham cores e cheiros diferentes, pois era preciso diversas tonalidades para os khatam que fabricava usando também marfim, osso e metal. A dele era uma profissão que passava de pai para filho, das poucas que ainda sobreviviam numa cidade grande como a nossa. Sua fama espalhava-se pelo Irã inteiro. Diziam que tinha entre seus principais clientes a imperatriz Farah Diba e o próprio Xá que já viera pessoalmente fazer encomendas. Só que eu não estava interessado nos artefatos que ele criava, por mais bonitos que fossem. O que realmente procurava eram conselhos sobre xadrez. Havia uma lenda de que ninguém no país conhecia aquele jogo melhor do que ele. Agora eu pagaria para ver. Aliás, faria qualquer negócio para não manchar minha reputação diante do meu melhor amigo.

Entrei sem bater e atravessei a pesada porta entalhada atrás de um jardim muito malcuidado, parecendo um matagal. Escutei o latido de um cachorro, mas logo vi que estava acorrentado, sem poder me alcançar.

— Quem está aí?

Antes de me dar tempo de responder, ele continuou, em um tom ligeiramente ameaçador.

— Se não marcou hora, nem adianta, que não recebo.

Eu não tinha chegado até ali à toa. Não desistiria tão fácil.

— Por favor, sou filho de Hassan. Preciso falar com o senhor.

— Que Hassan? Tem milhares deles em Shiraz...

— O do bazar do Regente, da loja de tapetes e tecidos... — gritei de volta cheio de esperança.

Silêncio. Até o cão, mistura de pastor alemão com lobo de verdade, como viria saber mais tarde, emudeceu. Uma brisa leve soprava as folhagens.

— Você se refere a Haj Hassan? — ele perguntou.

Só balancei a cabeça, sentindo-me honrado por ele se referir ao meu pai daquele jeito. Haj era usado para os muçulmanos que estiveram em Meca, como Agho Jun. Ele fizera a peregrinação dez anos atrás, mas eu ainda me emocionava ao lembrar da alegria de quando fomos buscá-lo no aeroporto na sua volta. Eram dezenas e dezenas de parentes orgulhosos que lotaram um ônibus fretado para recebê-lo em festa.

O artesão não podia me ver, por isso tornou a perguntar:

— É filho de Haj Hassan Majidi?

Com toda a força dos pulmões berrei que sim. Aguardei mais um pouco e escutei a chave girar na fechadura. Pela fresta vi um homem magro de meia-idade e túnica bege descendo até os pés. Mandou-me entrar. Ele sentou-se atrás de uma mesa forrada de papéis e amostras de madeira. Notei que mancava de uma perna e usava uma bengala. Examinou-me de cima a baixo como devia fazer com a matéria-prima das suas obras. Ao final de algum tempo, perguntou.

— Quer comprar um presente para alguém? Saiba que só aceito pagamento adiantado e demoro dois meses para entregar.

E, sem que eu pudesse responder, prosseguiu:

— Mas em se tratando do filho de Hassan, quem sabe faça um preço especial...

Embora a temperatura ambiente estivesse acima dos vinte graus, eu tremia de leve, mas criei coragem.

— Não é isso. Preciso de outra coisa.

— Ah, é? — e soltou uma gargalhada tão estridente que pensei que seus ossinhos frágeis fossem se espatifar de tanto chacoalhar. Quase me arrependi de ter vindo, minha vontade era fugir correndo dali. — E o que seria, exatamente, o seu desejo, haji? — ele caçoou me chamando de pequeno Haj, filho daquele que fora a Meca.

Eu não estava achando a mínima graça, mas aprumei o peito e disse de enfiada:

— Quero aulas de xadrez. Preciso me aperfeiçoar para vencer um torneio.

Silêncio.

O ar pesava como antes de um terremoto, daqueles que arrasam uma cidade inteira. Fiz força para me controlar diante daquela figura sinistra. Para meu espanto, em vez de rir de mim, ele apenas perguntou:

— E o que eu ganho em troca?

Pego de surpresa, franzi as sobrancelhas. Realmente, na ânsia de resolver meu problema, nem tinha pensado naquilo. Bãbak — este era o nome dele — olhou para as próprias mãos e pôs-se a tirar serragem e a cola acumulada debaixo das unhas. Permaneceu mudo por um tempo maior do que eu conseguia suportar. Depois falou.

— Haj Hassan sabe que você está aqui?

Era a pergunta que temia, mas não podia mentir. Cabisbaixo, sussurrei qualquer coisa que ele fingiu entender. Agho Jun não tinha a menor idéia de que eu estava ali. Aliás, se ele imaginasse que jogava por dinheiro, seria capaz de me colocar de castigo. Bãbak não demonstrou estar preocupado com isso. Pelo contrário. Dali a instantes fez uma proposta que eu jamais esperaria.

— Eu treino você — fez uma breve pausa. — Em retribuição, quero a sua lealdade.

— Como assim, minha lealdade?

Babak riu de novo. Agora estava mais relaxado, quase de bom humor.

— Não precisa fazer essa cara. Não estou pedindo a sua alma!

Abriu a gaveta da mesa e retirou um caderno espiral todo anotado.

Consultou-o e em seguida me disse.

— Tenho as sextas-feiras livres. Você pode vir à tarde.

Para mim era complicado, justo nesses dias Agho Jun me arrastava para a mesquita. Mas como recusar uma oportunidade daquelas? Era pegar ou largar. Preferia aborrecer meu pai a tornar a decepcionar meu amigo Behruz.

— Combinado. Logo depois da sesta estarei aqui — respondi, ainda sem saber como driblar Agho Jun.

Ele levantou-se com dificuldade, abriu a porta para mim e, à saída, tornou a dizer:

— Não se esqueça... lealdade — coçou a barbicha rala e acrescentou: — O dia virá em que ser fornecedor de sua realeza, o Xá, contará muito pouco. Muito pouco mesmo...

Fechou a porta, me deixando só com o cachorro que rosnava sem me alcançar. Saltitei contente em direção à minha casa, tentando varrer para uma parte oculta da mente as armadilhas que havia criado para mim mesmo.

Nunca levei nada tão a sério como a tarefa de vencer o torneio. Mergulhei nos livros que Bãbak me emprestou e junto com ele estudei estratégias de ataque e táticas de defesa. "As peças em movimento são os exércitos se enfrentando em uma guerra sangrenta", ele dissera. "O guerreiro sábio tem claro o vínculo entre as regras e a liberdade de escolha. É preciso conhecer para assumir riscos. Você tem que fazer as opções certas. Você tem que se superar."

Sob a orientação dele, preparei-me com afinco e saí confiante para a partida seguinte. A cada sexta-feira, inventava uma desculpa esfarrapada para Agho Jun.

— Estou com dor de estômago — disse uma vez. — Vou à Mesquita Vakil com o pai de Behruz — inventei de outra feita. Para minha sorte, a família dele raramente se encontrava com a minha e assim nunca descobriram a verdade.

O local das partidas mudava a cada semana. Numa das quartas-feiras escolhemos o parque Melli, próximo ao Mausoléu de Hâfez, um dos nossos grandes poetas, nascido ali mesmo em Shiraz, no século XIV. Agora estava cheio da segurança proporcionada pelos treinos e enfrentei os adversários com calma e frieza, em lances cuidadosamente calculados. Fixei-me nas figuras organizadas em oposição simétrica, 16 de cada lado. Esperar e agir, matar ou morrer. Os 64 quadrados formavam o campo de batalha, eu comandava os soldados da linha de frente e a cavalaria, meus tanques de combate.

Com artilharia pesada somada ao arsenal de astúcia, venci cada uma das partidas e recuperei o prejuízo de Behruz. Saímos de lá empatados. Como uma forma de agradecer a Deus, caminhei pela avenida Golestãn até o túmulo do mestre da lírica do ghazal, a antiga forma de verso persa. Contornei o pequeno pavilhão revestido de pastilhas amarelas, brancas e marrom-claro e, através de suas colunatas, recitei os refrões gravados sobre o mármore do poeta. Alguns deles eu sabia de cor graças às aulas na escola, quando tínhamos disputas entre os alunos do colégio.

Shiraz é ninho de lábios de rubi e manancial de beleza;
Sou um joalheiro sem dinheiro e vivo ansioso.
É uma cidade plena de olhares convidativos e em todo lado há beleza;
Mas eu nada tenho, ou de todas seria comprador.

Meu amigo ria da minha encenação, mas dava para notar a alegria e o orgulho que sentia de mim. Aliás, literatura — como o xadrez — era uma das únicas coisas em que eu ia melhor do que Behruz, talvez em razão dos livros que mantinha em casa. Antes de ir embora, gastei na casa de chá no fundo daquele jardim meus últimos trocados com um faludê, o sorvete branco regado a água de rosas.

Sem o dinheiro da passagem, tivemos que regressar de novo a pé, só que não era tão tarde como na abertura do torneio. Andamos pelas ruas lotadas, rindo da nossa pequena aventura semanal. Não desconfiávamos que momentos como aquele se tornariam cada vez mais raros, até desaparecerem por completo.

Assim passaram-se os meses, talvez os mais radiantes da minha existência. A cada quarta-feira, refazíamos uma rota diferente para disputar as partidas, que, em geral, eu vencia.

O outono chegara, tingindo de amarelo-ouro as folhas que iam se espalhando pelo chão dos parques. As ruas pareciam cobertas por tapetes cujos desenhos mudavam ao sopro do vento. Lembro que numa daquelas tardes já friorentas, quando cruzamos uma das pontes sobre o Khoshk, paramos na esquina para dividir um dugh, refresco gasoso de leite fermentado por meio de iogurte natural, servido com folhas secas de hortelã triturado. Ali perto havia um modesto templo zoroastra que sempre atraía minha curiosidade. A porta de madeira estava aberta e para entrar não era preciso tirar os sapatos, só lavar as mãos. Além disso, mulheres rezavam ao lado dos homens, algo impensável em uma das nossas mesquitas.

De repente reparei num homem que saía do local. Estava vestido com uma túnica clara comprida. Fixei a vista e o reconheci como o pai de um colega da escola chamado Õrash. Meu amigo também notou, mas deu de ombros, como se aquilo não fosse novidade. Por uns segundos me perguntei como um não-muçulmano impuro podia estudar junto conosco, mas depois lembrei que os governantes sempre os toleraram, como aos judeus e aos cristãos, embora os tratassem como inferiores. "Os que renegam a Fé, dentre os seguidores do Livro, e os idólatras não propensos a renunciar a seus cultos, até que lhes chegasse a evidente prova", recordei.

Zoroastro reformara crenças arcaicas por volta do ano 1000 ao 700 antes de Cristo, em épocas remotas anteriores ao império persa. Mais conhecido como Zaratustra no Ocidente, introduziu o maniqueísmo ético que resulta na luta entre o Bem e o Mal, influenciando a tradição judaico-cristã. Eu havia aprendido que seus seguidores recolheram os cânticos, ou os gâthâ, para registrá-los no *Avesta*, o livro santo daquela doutrina pré-islâmica. Primeira religião a acreditar em um só Deus, chamado de Ahura

Mazda, prega uma teologia complexa, mas baseada nos princípios simples de bons pensamentos, bom discurso e boas ações. Sábios e estudiosos, os zoroastras ou mazdaístas foram pioneiros nas pesquisas sobre astronomia e condenavam os sacrifícios de animais, prática mantida no sincretismo religioso operado mais tarde pelos reis aquemênidas.

— Achava que os mazdeístas se concentravam na região de Yazd — observou Behruz.

— Por quê? — fui logo me interessando.

— Porque o fogo sagrado foi transferido para lá em 1940 — ele respondeu.

— Que fogo?

Meu amigo respirou fundo. Estava cansado de dar explicações sobre a história do nosso país. Mesmo assim não se recusou a esclarecer que havia uma chama ardendo há mais de 1.500 anos, protegida no templo construído em Yazd especialmente para guardá-la. Aí veio o dado mais intrigante.

— Sabe que os zoroastras colocam seus mortos no alto das torres do silêncio, para serem devorados pelos abutres?

Incrédulo, só balancei a cabeça. Como formavam uma parcela ínfima da população, menos de 0,07%, os mazdaístas eram, para mim, ilustres desconhecidos. Mas Behruz lera em algum lugar que, para eles, os cadáveres não podem ser cremados e, muito menos, enterrados. Não devem entrar em contato direto com o fogo nem com a terra, elementos sagrados para eles. Deixavam-nos então a céu aberto nas dakhma de formato circular, erguidas sobre colinas fora das cidades. Os corpos acabavam devorados pelos abutres.

Fiquei imaginando aquela cena no topo das torres de pedra. Era de arrepiar. Dei graças por ter nascido muçulmano... Principalmente porque estávamos chegando perto de Noruz, minha data preferida. Faltava apenas uma semana para o Ano-Novo, a principal celebração do nosso calendário. Seriam 13 dias de festa em família, com visitas que se sucediam dia e noite. Começávamos sempre com uma oração por saúde, felicidade e prosperidade: "Oh, reformador de corações e mentes, Diretor do dia e da noite e transformador de condições, mude-nos para melhor de acordo com Vosso desejo." Após as rezas, Agho Jun, agora o membro mais velho da família, apresentava aos mais novos o Eidi, uma nota de dinheiro nunca usada que fora previamente colocada entre as páginas do Livro Sagrado. Minha excitação crescia ainda mais porque, além de tudo, eu ganhara a maioria esmagadora das partidas de xadrez, trazendo um bom lucro para mim e Behruz.

— O que você vai comprar com o dinheiro? — perguntei a ele, que se calou como se tivesse um desejo inconfessável. Pela primeira vez senti uma coisa estranha, feito uma pedra dentro do sapato. No momento, não dei importância ao fato, estava feliz demais para nutrir pensamentos lúgubres. Fui direto ao bazar do Regente encontrar Agho Jun e minha irmã para fazermos as compras e abastecer a cozinha.

Despedi-me do meu amigo e me embrenhei pelo labirinto de cheiros e de cores que conhecia tão bem como minha própria casa. Logo à entrada, algumas barracas ofereciam utensílios domésticos. Lá dentro, sob a abóbada do teto decorado com desenhos geométricos, eu me perdia e me encontrava. Quando criança, parava enfeitiçado pelos jogos de luz e sombra filtrados através dos recortes dos lustres dourados. As pastilhas que recobrem algumas das paredes internas ofuscam o brilho das bandejas, candelabros e luminárias de metal. As jóias incrustadas de pedras semipreciosas, a marchetaria delicada e as roupas multicoloridas expostas de cima a baixo sempre me fascinaram. Na loja do meu pai, que ele herdou dos nossos avós, tapetes tribais feitos artesanalmente em vilarejos distantes agora disputavam espaço com aqueles fabricados por máquinas nos ateliês das cidades. Mas Agho Jun não abriu mão dos tecidos em batik, impressos um a um, que mandava buscar direto em Isfahan.

Guardo na memória o cheiro dessas mercadorias, que evocavam em mim imagens de tribos nômades primitivas a tecer nossos célebres tapetes persas com a lã resistente das ovelhas criadas no deserto. Essas tradições alimentavam minha imaginação, assim como as fabriquetas de fundo de quintal, algumas das quais mais tarde expandidas em indústrias prósperas. Para mim, tudo isso vinha temperado com o perfume de menta e rosas misturado às especiarias vendidas em um setor especial do bazar.

Ao sairmos de lá, carregados de embrulhos, já era noite fechada. Eu estava excitado, como acontecia em todo Noruz pois, além dos presentes, era fanático pelas brincadeiras que fazem parte da festa. Quando nos aproximamos do nosso quarteirão, já pude ver as pequenas fogueiras a iluminar as ruas cujas luzes elétricas haviam sido desligadas de propósito. Meu coração bateu mais forte e corri à frente de Agho Jun para saltar sobre elas naquela quarta-feira anterior a Noruz e, assim, atrair sorte para o ano a começar. Não supunha o quanto necessitaria dela para os difíceis tempos que se seguiriam.

REZA MAZAHERI/DREAMSTIME

RUÍNAS DE PERSÉPOLIS

Com o coração apertado, caminhei até a muralha de 15 metros de altura que escondia as ruínas milenares... Por um momento criei asas e voei rumo ao passado, mais precisamente para 2.500 anos atrás, quando teve início a construção da capital religiosa, a quilômetros e quilômetros de Susa, o centro administrativo da dinastia aquemênida.

IV

Aquele Eyde Noruz ficaria gravado na minha memória como o ponto final de uma época. Ele marcaria um corte, uma mudança radical na paz cotidiana em que fui criado. Seria o fim da minha inocência. Pressentindo que nada mais continuaria como antes, aproveitei as festas de Ano Novo como um peregrino despedindo-se do aconchego familiar às vésperas de uma viagem sem volta.

Estávamos em pleno Farvadin, primeiro mês do nosso calendário solar, ou março na folhinha gregoriana. Não via a hora de saborear os pratos preparados por minha mãe com a ajuda de Narges e de duas tias. Cada qual morava em um lugar diferente e, de vez em quando, passavam o Noruz conosco. Shahin, irmã de Agho Jun, casara-se com Amir, engenheiro de uma grande companhia do governo, e fora morar em Teerã. Viajamos para lá no inverno para conhecer o Shâhyâde, imponente arco do triunfo inaugurado para comemorar o 2.500º aniversário da fundação do império persa. Quando o vi no trajeto para o aeroporto, fiquei de queixo caído. Eu parecia um mosquito diante daquele monumento em pedra branca de 45 metros de altura, sobre quatro pés em forma de cone que só pareceu menor do que o monte Damavand com seu pico coberto de neves eternas. De resto, achei a capital do país barulhenta e caótica. Gostei dos museus que visitei com Agho Jun e meu tio, enquanto as mulheres ficavam em casa cuidando da comida e dos meus primos, dois bebês entre 1 e 4 anos. O apartamento deles era espaçoso e decorado com luxo. Tinham até empregada, algo raro entre as famílias de classe média como a minha. Dizem que meu tio ganhava rios de dinheiro nos empreendimentos do Xá, que continuou privilegiando as multinacionais mesmo depois da nacionalização do petróleo em 1951. Ficara riquíssimo, mas Agho Jun não gostava de tocar no assunto por causa da corrupção envolvendo os negócios.

Roya, irmã mais nova da minha mãe, nascera em Yazd como ela, de onde mudou-se ainda moça. O marido dava aulas na universidade em Isfahan. Recebia salário de professor, uma insignificância, segundo ouvi dizer, entre cochichos e sussurros, pois Agho Jun achava falta de educação bisbilhotar sobre os parentes. Com seu perfil de intelectual, Farhãd gostava de criticar o governo e vivia discutindo com Amir, que defendia o Xá com unhas e dentes.

— Noruz é feito para confraternizarmos — Agho Jun intervinha, colocando um ponto final nas discussões.

Naquele Fervadin na minha casa, notei lágrimas querendo saltar dos olhos de Roya porque, como fiquei sabendo mais tarde, enfrentava uma crise conjugal. Ganhara peso depois do parto e o marido fazia enorme sucesso com as alunas na faculdade. Para distraí-la, sugeri que no ano seguinte fôssemos todos para a casa dela comemorar Noruz.

— Morro de vontade de conhecer Isfahan, Khale Jan — eu disse, acentuando o jeito carinhoso de dizer o nome dela.

De fato, eu tinha a maior curiosidade em visitar a cidade famosa pelas suas mesquitas e pontes de arcos sobre o rio Zayandeh-Rood.

— O Palácio Real é tão impressionante quanto dizem?

Roya passou a mão na minha cabeça e esboçou um arremedo de sorriso.

— Kurosh, como você cresceu! — ela falou, parecendo que só naquele instante tinha se dado conta da minha presença.

— É mesmo — emendou Gissu, irmã de Agho Jun. — Já tem até uns fios de bigode — e com os dedos cheios de anéis apontou para os pêlos que se insinuavam acima do meu lábio. Recuei entre encabulado e orgulhoso. Estava no limiar da adolescência, mas ainda não tinha decidido sair da infância. Era mais confortável continuar como o caçula mimado do que atravessar o portal em direção ao mundo adulto, complicado demais para a mim.

— Pára com isso, Amme Jan — pedi, todo embaraçado.

— Com licença — e minha mãe foi entrando para forrar o chão com a toalha florida sobre a qual poriam sete objetos ou pratos iniciados com o som de "s" para trazer riqueza e alegria. Em cima dela depositaram potes de maçã (sib), brotos de trigo (sabzi), tempero (somagh), alho (sir) e uma sobremesa feita com nozes (samanu). O Livro Sagrado, um espelho, um pequeno aquário com peixinhos dourados, ovos cozidos coloridos, além de pão e doces, complementavam o arranjo.

As visitas entravam e saíam. Conversavam alto, trocavam votos de saúde e deixavam paes, doces ou salgados. O mulá que me instruía nos preceitos do Islã trouxe meio carneiro que minha mãe mergulhou numa salmoura de vinagre com folhas de hortelã maceradas para assar no dia seguinte. Fiquei empanturrado de ãgil, uma mistura de sementes torradas de amendoim, pistache e melancia que enchiam a casa de um aroma especial. Ele permaneceria para sempre guardado no fundo da memória olfativa de quem já esteve no Irã durante o Noruz. Devo ter ganho uns bons quilos, mal entrava nas roupas novas que empilhei junto com os outros presentes na cama para mostrar à turma e sobretudo a Behruz que, inexplicavelmente, não aparecera para nos ver. Narges tentou me consolar como se soubesse mais sobre o paradeiro dele do que qualquer um de nós.

— Não se preocupe, Kurosh, seu amigo virá ao piquenique.

Para minha alegria, no Sizde bedar, o décimo terceiro dia após Noruz, quando todos saem de casa para se divertir ao ar livre, evitando o número 13 e seus maus fluidos, Behruz estava de novo ao meu lado. Levantei cedo, me servi do samovar prateado que fumegava numa mesinha de canto, adoçado com três cubos de açúcar, e separei o presente comprado para meu amigo. Desta vez, em lugar de irmos até um parque nos arredores da cidade, Agho Jun resolveu fazer uma pequena viagem ao sítio arqueológico de Persépolis junto com toda a parentela. Convidou também a família de Behruz para me satisfazer. Como só Amir tinha automóvel, fretamos duas caminhonetes. Agho Jun nunca mais dirigira, desde a perda do meu irmãozinho. Remoía-se de culpa porque a criança tinha morrido em um desastre com ele ao volante. Traumatizado, proibiu minha mãe e irmãs de guiar, de modo que sempre andamos de ônibus, táxi ou um veículo alugado com motorista. Hoje, os adultos iriam acomodados na cabine, enquanto nós ocupávamos a parte traseira, comendo a poeira das estradas de terra.

Ao descer do veículo, sessenta quilômetros depois, levei um susto. Descobri que meus bolsos estavam vazios. Não trouxera os brotos que semeara para, com eles, em um gesto simbólico, fertilizar meu futuro. Na pressa, esquecera de pegar as sabzi, os grãos germinados para jogar longe e garantir a realização dos projetos nos próximos 12 meses. Minhas pernas bambearam e senti uma leve tontura. Seria aquilo um presságio de mau agouro?

Com o coração apertado, caminhei até a muralha de 15 metros de altura que escondia as ruínas milenares. Tentava disfarçar o desapontamento às portas da cidadela erguida por Dario para receber os que prestavam tributo ao rei dos reis nos festejos de Noruz. Por um momento criei asas e voei rumo ao passado, mais precisamente para 2.500 anos atrás, quando teve início a construção da capital religiosa, a quilômetros e quilômetros de Susa, o centro administrativo da dinastia aquemênida. Utilizando pedras transportadas de locais distantes, os trabalhos duraram sessenta anos e nunca foram concluídos. Do palácio de Se-Darvaze, de 150 mil metros quadrados, restavam apenas os muros com os relevos dos 28 povos trazendo as oferendas típicas de cada região. As figuras conservam os traços que as diferenciavam entre si, incluindo até pigmeus no final da fila, a demonstrar a vastidão do império persa, que se espalhava do Egito à Índia. Decorado em ouro, pedras e metais preciosos, era cercado por uma vegetação quase exuberante, diferente da aridez semidesértica de hoje. Os livros contam que, ao entrar ali em 330 a.C., Alexandre, o Grande, maravilhado diante de tanto esplendor, só pilhou o tesouro real, deixando intactos os edifícios, mantidos sob a guarda do exército macedônio.

Os devaneios provocados por aquela viagem no tempo foram cortados pela voz estridente de Omid, nosso priminho, filho de Shahin e Amir.

— Me põe no chão, babaí — ele pediu ao meu pai, que o levava nas costas de cavalinho. Achei muito esquisito chamarem Agho Jun de vovô. Ele tinha apenas uns poucos fios de cabelo branco e nem parecia tão velho assim, pelo menos para mim. Foi quando me senti de novo estranho como se estivesse mudando de pele. Examinei as mãos que levei ao rosto para me certificar de que continuava o mesmo. Por fora, não havia dúvidas, eu permanecia igual. Lá dentro, no âmago, operavam-se mudanças radicais de que ninguém suspeitava.

Flagrei meu amigo com os olhos rasos de lágrimas, decerto prevendo que jamais veríamos, no Ocidente, o processo artesanal de feitura desses nune sangak, nem as demonstrações de habilidade dos padeiros orgulhosos do seu ofício milenar.

DAVID TURNLEY/CORBIS – LATINSTOCK – PADARIA ARTESANAL

ROBERTO CATTANI

MAUSOLÉU DE HAFEZ EM SHIRAZ

Como uma forma de agradecer a Deus, caminhei pela avenida Golestãn até o túmulo do mestre da lírica do ghazal, a antiga forma de verso persa. Contornei o pequeno pavilhão revestido de pastilhas amarelas, brancas e marrom-claro e, através de suas colunatas, recitei os refrões gravados sobre o mármore do poeta.

V

Ao lado de Behruz, fui subindo uma das rampas da escada monumental para chegar à Porta das Nações. Construída por Xerxes, forma uma sala quadrada de quatro colunas, onde paramos fascinados pelos gigantescos touros com cabeça humana que flanqueiam a entrada.

— Venha! — e meu amigo me puxou em direção às escadarias que davam acesso ao terraço da apadana. De novo fizemos uma pausa, para admirar a procissão das nações vassalas a pagar tributo ao rei. Os baixos-relevos comprovavam, mais do que qualquer texto, a multiplicidade étnica e cultural dos povos que formavam nosso poderoso império.

Deslumbrado, Behruz saiu correndo à minha frente. Como eu já estivera nas ruínas e conhecia seus pontos mais atraentes, fui ficando para trás até perdê-lo de vista. Minha família inteira passou adiante com pressa. Fui o último a chegar à sala das cem colunas, onde ficava o trono.

— Nunca pensei que Persépolis fosse bonita como nos livros! — uma voz feminina chamou minha atenção. Virei o rosto e vi Faty, irmã mais velha de Behruz, que conversava com Hossein, nosso colega de classe.

— Eu prefiro Pasárgada — ele comentou todo cheio de si. — Não está tão bem preservada quanto aqui, só que é mais antiga.

Notei nos olhos de Faty um brilho que despertou alguma coisa dentro de mim. É como se a olhasse de verdade pela primeira vez. Com uma das mãos, ela protegia o rosto do sol e pude perceber a delicadeza dos seus dedos esguios como os de uma pianista.

Era evidente que Hossein tentava impressioná-la com seus conhecimentos históricos. Senti uma pontada de raiva cuja origem não seria capaz de definir. Só sabia da urgência em me colocar em pé de igualdade. Se conseguisse rebaixá-lo, tanto melhor.

— Pasárgada era usada para as cerimônias de coroação dos reis... — e calei-me, sem saber como prosseguir, muito embora tivesse estudado uma porção de coisas sobre a cidadela de Ciro.

Encabulado, fixei a vista nos cabelos de Faty, que dançavam ao sabor do vento. Ele parecia soprar das ruínas direto ao meu coração, que agora latejava feito uma ferida aberta. Como nunca tinha notado a cor dos seus cachos que brilhavam naquele início de tarde? Quantas vezes cruzara com ela entrando ou saindo da casa de Behruz e mal a cumprimentara? Será que estava cego e só agora começava a enxergar?

Perguntas sem resposta enchiam minha cabeça. Senti uma dor no estômago, enquanto a profusão de cavalheiros assírios, babilônios, etíopes, capadócios e hindus com seus elefantes, camelos, touros, leões e cavalos saltavam dos relevos para girar em torno de mim como se fossem de carne e osso. Por uns instantes, achei que tivesse enlouquecido.

— Por que não descemos? Tem um monte de comida esperando por nós! — era a voz de Behruz me salvando das minhas alucinações e trazendo-me de volta para a realidade de pedra ao redor.

Aliviado, despenquei escadas abaixo como se fugisse. Entrei na caminhonete e ocupei meu lugar. Não demorou e Behruz sentou-se ao meu lado e retirou um embrulho do bolso da calça.

— É seu presente de Noruz — ele falou.

Aliviado por ter em que me concentrar, rasguei o papel e abri a caixa para achar um relógio com o qual vinha sonhando desde que me entendia por gente.

— Você é doido! Deve ter custado uma fortuna!

Ele soltou um dos seus risos cristalinos.

— Você me ajudou a ganhar o dinheiro para comprá-lo. Gastei nele uma parte dos tomans da aposta do torneio de xadrez.

Só então relembrei o torneio, mas em vez de ficar alegre, fui tomado pelo pavor de ver os pais dele conversando com os meus. Poderiam descobrir que eu jamais freqüentara a mesquita às sextas-feiras, quando ia ter aulas com Bãbak. Essas questões me martirizaram durante o breve percurso até Naqsh-e Rostam, sete quilômetros ao norte de Persépolis, onde afinal faríamos nosso piquenique.

Para certificar-me de que não havia sido delatado, assim que paramos diante das falésias de Kuh-e Hossein, corri até Agho Jun.

— Veja o que ganhei de presente! — e exibi orgulhoso o relógio que marcava até os dias da semana.

Entre surpreso e contrariado, Agho Jun esperou que todos descessem. Vi meu amigo com sua irmã seguida de perto por Hossein, que olhava para trás, na minha direção, de maneira quase triunfal.

— Você não pode ficar com isso — Agho Jun falou. — É caro demais.

— Eu sempre quis um desses! — protestei, com minha entonação especial cultivada ao longo dos anos para satisfazerem meus caprichos. Só que agora minha sorte estava mudando. Agho Jun não se impressionou.

— Devolva isso hoje! Quando voltarmos, não quero ver este relógio — e saiu sem se virar, apesar dos meus protestos chorosos que, desta vez, não surtiram o menor efeito.

Desanimado, fui andando em direção ao grupo que procurava a sombra de uma árvore debaixo da qual pudesse estender a toalha. Diante de mim, as falésias de Kuh-e Hossein impunham-se como um símbolo da engenhosidade humana. Não satisfeito em erguer Persépolis, Dario I mandara seus súditos aplainarem uma das faces daquelas montanhas. Nela, escultores gravaram não apenas sua majestosa figura eqüestre como a história do reino em escrita cuneiforme. Ali escolheu descansar em paz, assim como Xerxes e Artaxerxes I. O conjunto era impressionante, mas eu tinha problemas mais concretos, ainda que mesquinhos, para ocupar a mente. De que forma devolver o relógio sem que Behruz tomasse meu gesto como ofensa? Convencer Agho Jun estava fora de questão, ele acabaria sabendo do torneio e das apostas. Tão concentrado estava no meu umbigo, que nem me dei conta de Narges, logo ali, a me encarar como se adivinhasse minhas inquietações.

— Algum problema, Roshy?

Instintivamente olhei para os lados para me certificar de que ninguém ouvira meu apelido de criança. Hossein poderia usar aquilo para zombar de mim, algo de que eu não precisava naquele minuto, sobretudo na frente de Faty. Por sorte todos estavam entretidos em arrumar os comes e bebes sobre a toalha que teimava em voar como um tapete mágico. O tempo mudava com o vento do noroeste, anunciando chuva para breve. Tentei ocultar meu relógio com uma das mãos, mas já era tarde.

— Presente de Behruz? — ela perguntou, pegando no meu pulso para examiná-lo de perto.

— Agho Jun mandou devolver — contei, com a minha voz manhosa guardada para tais ocasiões.

— É uma pena... — ela retrucou.

— Você não pode falar com ele? — eu dei à minha frase uma entonação de pânico só para forçá-la a me ajudar. Sua resposta me deixou sem fala.

— E contar sobre o torneio e as apostas em dinheiro?

Devo ter empalidecido, pois Narges passou as mãos nos meus cabelos para me acalmar. Se pudesse, teria me posto no colo.

— Não se preocupe, eu sei guardar segredo, Roshy.

— Como ficou sabendo? Quem te contou? — e senti uma pontada de raiva misturada a ciúme. Behruz tinha me traído. Nossa amizade nunca mais seria igual.

De novo, Narges notou minha angústia.

— Não fique chateado...

Ela tentou me alcançar, mas eu me afastei com firmeza.

— Não sou mais um bebê! — protestei.

— Calma, Roshy...

— E pare de me chamar assim! Já vou fazer 16 anos, será que não dá para perceber?

Narges recuou como se tivesse levado um tapa. Sei o quanto teria gostado de continuar me tratando feito criança, mas era inteligente o suficiente para mudar de atitude. Além disso, possuía uma nobreza incomum, que eu não tivera ocasião de apreciar.

— Desculpe. Eu deveria ter contado...

— Contado o quê? — e só então me dei conta de que ela sabia muito mais sobre Behruz do que eu. Senti-me duplamente excluído. Tinham me apunhalado pelas costas.

Só que minha irmã gostava demais de mim para me deixar sofrendo. A única maneira de remediar o estrago seria revelar toda a verdade, ainda que isso colocasse a vida dela em perigo. E Narges não vacilou.

— Pode ficar com o relógio. Você o mereceu. — Ela soltou um longo suspiro, desses que vêm lá do fundo, do lugar onde guardamos nossos sentimentos mais puros, e explicou: — O dinheiro que você ajudou Behruz a ganhar... — ela parou de súbito, como se estivesse arrependida, mas logo retomou o fio da conversa — ...foi por uma causa justa. Alá já perdoou suas mentiras a Agho Jun...

Agora eu é que perdi o fôlego. Narges tinha noção exata de cada um dos meus passos. Por alguns segundos, fiquei zonzo, sem nada compreender. Daí tudo foi se encaixando. Behruz também estava engajado no movimento contra o Xá! Por isso sua insistência para eu tomar parte no torneio, mesmo que isso significasse pecar toda sexta-feira! Queria o dinheiro para ajudar a imprimir aqueles panfletos de que Narges falara. Eram um bando de subversivos, o termo não tinha mais mistério para mim.

— Aposto que Farhãd também está metido nisso! — eu disse, me controlando para não gritar. — Por isso Roya choramingava, não tem nada a ver com o casamento dela!

— Shhh, Kurosh, fale baixo! — Narges pediu, temendo que nos escutassem.

— Por que não me contaram desde o início? — agora eu estava à beira das lágrimas. — Por que esconderam de mim?

Ela não disse nada, mas também segurava o choro. Vestia uma calça jeans com uma camiseta clara de mangas compridas. Tinha os cabelos presos num rabo-de-cavalo e nenhuma pintura no rosto, diferente de Farzane, sempre maquiada. Era linda ao natural, sem recursos artificiais a realçar a beleza que Deus lhe dera. Não é à toa que Rassul, seu futuro marido, passando o dia com os parentes dele, contasse nos dedos os meses para Narges se formar e afinal se casarem. Minha raiva foi derretendo para ceder lugar a uma emoção diferente. Tive pena, inveja e orgulho da minha irmã. Tudo ao mesmo tempo. Senti uma necessidade imensa de protegê-la. Num gesto impulsivo, abracei-a como há muito não fazia. Pela primeira vez na vida era eu quem a acolhia.

— Está tudo bem, Narges, não tenha medo. Eu estou aqui, a seu lado — completei, consciente de que soava um tanto melodramático.

— Onde você se meteu? — a voz de Behruz veio interromper nosso momento de revelações mútuas.

— Ele já está a par de tudo — Narges informou com a voz firme. Daí contou a ele sobre o relógio, que me mandou pôr no bolso, fingindo tê-lo devolvido.

Meu amigo parou, olhando incrédulo para nós dois. Seu rosto tornou-se pálido e ele mordeu o lábio inferior. Daí abriu-se num sorriso largo e me deu um abraço apertado.

— Seja bem-vindo à turma dos contra.

De mãos dadas como os melhores amigos, fomos nos juntar ao grupo. Aproximei-me de Faty como se Hossein não estivesse presente. Ele não me intimidava, pois eu tinha acabado de virar adulto. Bobamente achava que agora fazia parte da conspiração para derrubar o Xá. Na minha cabeça, aquilo constituía razão suficiente para me tornar superior a qualquer colega da mesma idade. Pouco me importava que ele fosse imbatível no haft sang. Nem liguei quando retirou da mochila setes pedras, agachou-se, empilhou-as e deu um show da sua habilidade, mais para impressionar a irmã de Behruz do que para se divertir. Tampouco me chateei ao perceber em Faty um interesse que me excluía. O tempo se encarregaria de mostrar a ela quem era o melhor.

Os comes e bebes haviam sido, afinal, dispostos em cima das toalhas estendidas sobre os kilins que amaciavam o chão arenoso. Seus perfumes variados misturavam-se num só, mas eu perdera o apetite. Descobrira outras realidades das quais nunca suspeitara. A vida adquiria uma dimensão diferente, tornando-se mais complexa e dinâmica. As pessoas também eram muito mais interessantes do que pareciam. Minha irmã e Behruz tinham ideais, Faty possuía encantos a serem desvendados e Hossein constituía uma pequena ameaça. Até Amir mudara. Não era apenas o marido rico de Shahin, e sim um cúmplice do regime de Reza Pahlevi.

Transbordando de euforia, eu nao seria capaz de adivinhar que outras surpresas ainda me aguardavam naquela viagem simbólica. Não poderia prever o quanto minhas certezas seriam abaladas e como minha vidinha medíocre sofreria transformações. Alvoroçado pelo turbilhão de novas informações que procurava processar, varri com os olhos o cenário diante de mim. Queria assimilar aquele panorama monumental na tentativa de congelar as sensações inusitadas que experimentava. Nunca tinha olhado para uma garota com o desejo que agora subia pelas minhas entranhas e queimava feito fogo. É óbvio que diante da turma de amigos eu fingia cobiçá-las, mas de fato nunca chegara a sentir atração pelo sexo oposto como agora. Não sabia direito como lidar com as novas percepções, enfrentando uma confusão diabólica.

Estava admirando a mim mesmo a despeito das fabulosas tumbas de Dario e Xerxes, quando reparei, do outro lado, uma figura conhecida. Espremi os olhos e fui me aproximando até distinguir Õrash, o colega de classe cujo pai tínhamos visto numa daquelas tardes de torneio.

“Claro! Aquela torre alta é a Kaaba de Zaratustra”, pensei com meus botões, observando no horizonte a construção que no passado abrigava o fogo sagrado aquemênida. Prosseguia, portanto, como local de peregrinação entre os que praticavam o mazdeísmo.

Fiz menção de virar as costas, mas Õrash me reconheceu e se pôs a agitar os braços. Perto de mim, todos estavam entretidos em se empanturrar como era de praxe durante os 13 dias de comemoração de Noruz. Aquela falta de apetite representava o principal indicador das minhas mudanças interiores. Behruz, Narges e o restante do grupo pareciam esquecidos da revolução. Na hora de comer, todas as idéias importantes evaporam feito chuva de verão. Só eu permanecia preocupado com tudo o que se passara momentos antes, ninguém estava interessado na minha pessoa. Assim, fui me afastando em direção a Õrash, sentado com os pais à sombra do automóvel deles.

— Você por aqui! — ele disse, num tom de voz acima do normal.

Cumprimentei-o meio sem jeito, pois jamais fomos próximos. Ele me apresentou ao pai e à irmã. Moravam apenas os três não longe da minha casa, a mãe morrera numa colisão de trens que por pouco não levara Õrash, cujo braço direito fora quase esmagado, demandando dolorosas fisioterapias para recuperar parte dos movimentos. O pai, que nunca se casara de novo, não mencionou nosso encontro casual à porta do templo em uma das quartas-feiras de xadrez. Recusei o carneiro assado à moda persa, nos fornos cavados no chão que ainda existem nos vilarejos e, o mais educadamente que consegui, disse que precisava voltar para junto da minha família.

Fui retornando devagar, quando uma voz feminina que não era nem das minhas irmãs nem de Faty, com quem eu estava sonhando de olhos abertos, me tirou do torpor.

— Você vem sempre aqui?

Sacudi a cabeça para a irmã de Õrash.

— A gente sente a presença dos espíritos do passado... — ela falou, de chofre. Fiquei surpreso, pois aprendera em casa que não se tocava em assuntos desse tipo com estranhos. Sobretudo se professassem outra religião, como eles.

Procurei esconder o desconforto, mas também não podia me calar diante de uma simples garota. Ia parecer criança, algo que eu definitivamente deixara de ser. Pelo menos diante dos meus próprios olhos. Para meu espanto, me saí com uma pergunta da qual só me dei conta quando eu mesmo a escutei, incrédulo.

Você acredita em Deus?

Ela não pareceu incomodada, pelo contrário. Ia dizer qualquer coisa, mas antes tentei remendar.

— Desculpe... — e em seguida: — Como se chama?

— Zibã... — foi a resposta. — Zibã Mehrabani.

Martelei meu cérebro tentando achar um comentário espirituoso para fazer a respeito do nome dela. Não abri a boca, mas até hoje tenho a impressão de que ela lia os pensamentos humanos, pois riu encabulada.

— Quer dizer "bonita"...

— Claro... — foi tudo o que eu fui capaz de pronunciar.

E o sobrenome significa "amabilidade" em farsi — ela acrescentou.

— Eu sei disso — balbuciei, contrariado por não ter conseguido formular nenhum comentário inteligente.

Ela sentou-se no chão, recolhendo as pontas do vestido florido sobre os joelhos. Fez menção para que eu a imitasse, solapando meus planos de ir embora. Sem mais nem menos, retomou o fio da conversa, isto é, respondeu minha pergunta de um modo singelo como se aquilo fosse a coisa mais natural do mundo.

— É lógico que acredito em Deus.

— Mas você não é muçulmana... — retorqui, sem saber por quê.

— E daí? — ela falou, fazendo uma pausa comprida como a me punir. Eu tinha consciência da minha falta de tato, mas não sabia como consertar aquilo. Sentia-me esquisito e deslocado como se estivesse dividido em muitos "eus".

— Não importa o nome que lhe damos... — Zibã disse. — Deus

está dentro de cada um de nós. E somos livres para escolhermos nossos caminhos.

A última frase feriu meus ouvidos. Eu queria expor minha discordância profunda, discorrer sobre a necessidade de obedecermos aos desígnios divinos do Profeta, frisar que tudo depende da vontade suprema de Alá, mas, por uma razão inexplicável, fiquei mudo. A verdade do Livro Sagrado encolheu diante das sábias palavras daquela menina. Aliás, que idade teria ela? Se fosse mais nova do que Õrash, não completara 15 anos. Como falava daquela maneira, tão segura e franca como eu nunca ousaria?

Uma lufada de vento soprou para longe o chapéu de palha que ela trazia sobre os cabelos puxados em uma trança. Corremos para recuperá-lo, mas sempre voava para mais longe quando nos aproximávamos dele. Nossos movimentos seguiam o ritmo da brisa como os passos de uma dança ancestral. Os risos dela borbulhavam entre os testemunhos milenares de Nashq-e Rostam, e hoje, quando relembro aqueles breves minutos, encaixo-os entre os mais sublimes da minha existência.

Com um pulo, resgatei o chapéu no ar. Meio acanhado, recoloquei-o sobre os cabelos dela, que se haviam libertado das tranças no meio da correria. Eles brilhavam feito as águas de um rio, refletindo os raios de sol que escorriam detrás dos altos-relevos entalhados na pedra bruta.

Talvez fosse a magia da hora, a luminosidade difusa do lusco-fusco da tarde. Só sei que, num instante, nossos lábios tocaram-se de leve, quase de brincadeira. Senti uma sacudidela como se tivesse levado um choque. Ela afastou-se ligeira, mas logo se reaproximou. Abriu um sorriso sem o menor vestígio de constrangimento. Perto dela, a imagem de Faty tornava-se tão insignificante que desaparecia por completo. Enfeitiçado, não me contive.

— Você quer casar comigo? — disse, duvidando dos meus ouvidos, para acrescentar: — Quando a gente crescer...

— Você está falando sério?

Nunca tivera tanta certeza de nada em toda minha vida. Podia não atinar que profissão seguir, que faculdade fazer, em que Deus acreditar. Mas sabia do fundo de mim mesmo que Zibã era aquela com quem eu gostaria de dividir cada segundo do meu presente e do meu futuro. Tão convencido estava, que respondi:

— Claro que não... falei de brincadeira... — e nós dois de novo compartilhamos uma cumplicidade ímpar. Por serem supérfluas ou minúsculas demais para a intensidade do momento, ali as palavras significavam o contrário do que fora dito.

Despedi-me de Zibã e fui juntar-me aos meus, que começavam a dar pela minha ausência. Hossein e Faty trocavam olhares disfarçados, mas eu não dava a mínima. Ocupei meu assento na traseira da caminhonete sem dissimular meu estado de graça. Aliás, nem conseguiria. Se os olhos são o espelho da alma, os meus contavam a história de um amor que ainda não imaginava ser impossível.

EARL & NAZIMA KOWALL/CORBIS – LATINSTOCK

FAMÍLIA FAZENDO A REFEIÇÃO NA CIDADE DE SHIRAZ

Minha mãe foi entrando para forrar o chão com a toalha florida sobre a qual poriam sete objetos ou pratos iniciados com o som de "s" para trazer riqueza e alegria. Em cima dela depositaram potes de maçã (sib), brotos de trigo (sabzi), tempero (somagh), alho (sir) e uma sobremesa feita com nozes (samanu).

VI

Diz a sabedoria popular que, se você esteve em Persépolis com a alma pura, sua vida terá um desfecho feliz. Como a minha fora conspurcada pelo torneio e pelas mentiras, ainda que, de acordo com Narges, por uma causa nobre, eu só poderia esperar o oposto. Gostaria de ter vivido nos tempos helênicos para consultar um oráculo e me preparar para o futuro. Após aquele Noruz, nada seria como antes.

Para começar, os eventos políticos sucederam-se num ritmo frenético. Da noite para o dia, as passeatas estudantis tomaram conta das ruas de Teerã, transbordando de Tabriz e de Qom para as outras cidades. O ano passou num piscar de olhos entre protestos, marchas e a notória brutalidade da Savak, que não economizou violência no afã de manter a ordem. Feriados religiosos como Ashura — o martírio de Hussein, que caminhara para a morte com apenas 72 homens em um confronto desigual — transformaram-se em pretexto para manifestações contra o Xá. Hussein era filho de Ali, o genro de Maomé, e foi massacrado em Kerbala, Iraque, nos idos do século VII. A cada aniversário do suplício, procissões de homens saem pelas ruas autoflagelando-se com chibatadas nas costas, pancadas na cabeça e ferindo-se com lâminas para reproduzir o sofrimento do mártir.

No meio da multidão havia gente de todos os matizes ideológicos. Comunistas, democratas, liberais e os modestos mollah, pessoas simples do campo que vinham engrossar o levante popular. Marchei ombro a ombro com o irmão de Zibã, pois naquele momento não importava o credo ou a profecia. Muçulmanos sunitas e xiitas, zoroastras, cristãos, judeus e mesmo ateus confessos uniam-se nessa epopéia que faria do Irã uma nação de homens e mulheres livres. Não tínhamos nenhum programa em comum, tudo aquilo a que visávamos no início era depor um governo corrompido que abraçara os valores ocidentais em detrimento das nossas tradições. Queríamos sentir outra vez o que era sermos iranianos e não apenas cópias malfeitas de Hollywood. Os Estados Unidos e sua mania de mandar no mundo inteiro já nos tinham prejudicado o suficiente. Estava na hora de voltarmos a ser nós mesmos, um dos povos mais nobres do planeta.

Behruz, Narges e Rassul eram os mais engajados. Iam e vinham da universidade, o centro nevrálgico da luta anti-Xá em Shiraz. Eu cursava o último ano do ensino fundamental, mas nas horas vagas ajudava como podia. Na casa de Behruz, via sempre a irmã dele, que tinha desistido do meu suposto rival e me olhava de um modo cada vez mais doce.

— Hossein não passa de um garoto que derruba pedras com uma bola de tênis. Você levantou fundos para o movimento de oposição com seu talento para o xadrez — Faty me dissera, referindo-se ao torneio, que havia se transformado num segredo de polichinelo.

Sentia-me envaidecido, só que nesse meio tempo estava vendo Zibã escondido de todos, por causa das nossas religiões. É claro que nunca discutira esse tipo de coisa em casa, nem precisava. Era uma daquelas regras jamais mencionadas, porque óbvias. Eu me casaria com uma muçulmana escolhida pelos nossos parentes e assumiria o posto de Agho Jun na loja do bazar. Se quisesse cursar uma faculdade, sem problemas, desde que não negligenciasse os negócios da família. Minha vida estava muito bem delineada no horizonte turbulento, mas por ingenuidade eu achava que, com a revolução, tudo mudaria. Talvez influenciado por Zibã e sua crença na liberdade e no discernimento individual pregados pelo zoroastrismo, eu imaginava que no futuro próximo cada um poderia escolher seu caminho num país de pluralidade étnica e tolerância religiosa e cultural. Bastava ter um pouco de paciência.

Para me encontrar com Zibã, que eu chamava de "minha princesa zoroastra", inventava pretextos mirabolantes. Com o passar dos meses, fui me convertendo em um mentiroso hábil e descarado. Via Zibã nas passeatas, quando nos perdíamos na multidão para ficar de mãos dadas e trocar confidências. A maioria das pessoas estava ocupada demais, berrando palavras de ordem e erguendo os punhos cerrados, para nos dar atenção. Meus amigos usavam bandanas até mesmo na escola, dentro da sala de aula. Naquele estado de revolta patriótica, também acabei contagiado. No meio dos jovens, velhos e até crianças que iam ocupando as ruas e avenidas, eu tinha a nítida impressão de que fazia parte de um todo. Mais do que isso, eu achava que estava ajudando a escrever a História, com H maiúsculo. Ao civismo exacerbado, somava-se minha paixão crescente por Zibã, arrastando-me a um estado de euforia que me levou a cometer pequenas loucuras. Parecia embriagado, estava tão fora de mim quanto na única vez em que experimentei duas taças de vinho e acabei de porre.

Para fugir do burburinho, às vezes faltávamos às aulas e perambulávamos pelas imediações de Shiraz, visitando monumentos históricos onde haveria menores chances de sermos vistos. Com a efervescência política, os turistas estrangeiros tinham desaparecido e poucos iranianos se arriscavam a ir longe do seu bairro. Numa dessas manhãs fomos ao mausoléu de Saadi. Eu podia avistá-lo de longe, com suas colunas esguias, na ponta do bulevar Bustân, ou avenida do Pomar, título de uma das suas célebres obras. Zibã sabia de cor os ghazal do livro Golestãn, *Jardim de rosas*, que cantava o amor físico e místico de maneira elegante e envolvente. Nos lábios de Zibã os poemas adquiriam um significado especial, e eu maquinava na cabeça como poderia fazer para um dia me casar com ela sem magoar nossas famílias.

— Já sei! — ela falou numa ocasião. — Podemos fugir para as montanhas...

— E viver do quê? — indaguei, entre lisonjeado e preocupado.

— Dando aulas, ora. Eu sempre quis ser professora num vilarejo qualquer...

Dei um meio sorriso e chutei uma pedra ao acaso. Era gozado como Zibã sempre tinha uma solução para qualquer problema, não importava a dimensão. Seus planos diferiam bastante daqueles da maioria das moças, que preferiam os grandes centros urbanos com bares, restaurantes e diversão. Minha princesa confessara o desejo de ensinar crianças das vilas pobres do Irã.

— Minha mãe era professora primária, acho que herdei o jeito dela... — acrescentou com um ar tão cativante que dava vontade de beijar cada palavra saída da sua boca.

— Eu posso virar pastor de ovelhas... Ou um nômade do deserto... — brinquei, sem dar a devida importância ao que Zibã tinha dito. Enquanto eu fazia gracejos, ela falava a sério a respeito do nosso futuro. Talvez pelo fato de ter sido criada sem a mãe, parecia mais sábia do que eu e bem mais madura do que as garotas da mesma idade. Os cabelos dela agora estavam soltos e batiam quase na cintura. Vestia uma saia pregueada e sandálias de salto baixo. Como o último botão de cima da blusa tinha escapado, eu via o início dos seios redondos, cujos contornos tentava adivinhar.

Como sempre, ela leu meus pensamentos. Sem qualquer hesitação, colocou minha mão direita sobre um deles e fechou os olhos. Eu permaneci ali, saboreando com a ponta dos dedos, através do tecido, a consistência de uma romã ainda verde. Por incrível que pareça, em lugar do alvoroço das emoções, senti uma paz desconhecida. Queria que o tempo parasse. Uma segurança também tomou conta de mim. Iria me casar com Zibã custasse o que custasse. Ela era minha alma gêmea, disso eu tinha a mais absoluta certeza.

Saímos de lá de braços dados e com o coração nas nuvens. Fiz um agradecimento mudo a Khoda e, por uns instantes, fixei a vista no pequeno lago com peixes que integra o conjunto do túmulo de Saadi. Ele brotava de uma fonte natural que vela pela alma do poeta cujos versos enfeitam as paredes internas do mausoléu. Desenhei com a vista o lustre comprido pendendo do teto revestido de pastilhas e, seguindo o costume do lugar, atirei moedas no espelho d'água para que meus desejos secretos se realizassem. Só bem mais tarde descobriria que o mecanismo imaginário da fonte fora desativado por mãos invisíveis.

Dali para a frente, os acontecimentos precipitaram-se de forma incontrolável. Greves paralisaram a administração pública, interrompendo a exportação do petróleo, base da nossa economia. Afinal, em 16 de janeiro de 1979, o Xá fugiu do país com a família real. Sua partida, recebida com alívio por quase toda a sociedade, possibilitou a volta de Khomeini dali a duas semanas. Os enfrentamentos entre a velha guarda imperial e as unidades do exército fiéis ao aiatolá intensificaram-se. A população ficou do lado dele, que, na noite de 2 de abril, proclamava a República islâmica.

Narges preparou uma festa de rua para comemorarmos a vitória. Os vizinhos trouxeram salgados, doces, tâmaras, chá quente e gelado, afshoreh e sharbat, as caldas de flor de laranjeira, rosas, violeta e frutas. Os homens sentavam-se na calçada fumando o narguilé e comentando as últimas notícias do dia. Agho Jun lia em voz alta as manchetes do *Keyhan*, rivalizando com Rassul, que folheava as páginas do *Etelaãt*. Logo não se conseguia ouvir uma frase inteira, tamanha a gritaria, com todos falando ao mesmo tempo.

Pela primeira vez vislumbrei o sentido do termo "cidadania". Observava a animação geral e experimentei um orgulho que ia além do patriotismo. Ele abarcava algo maior, mais profundo e indizível. Eu era apenas um jovem mal saído da adolescência, mas tinha uma história para contar aos meus filhos e netos. Acreditava que tudo à minha volta iria melhorar e nada poderia estragar aquela felicidade difícil de ser colocada em palavras. Só lamentava não possuir o talento de um Saadi ou Hâfez para traduzir em versos o estado de espírito que tomava conta de mim, da minha família, da comunidade e do meu povo.

Fui perceber que as coisas não estavam tomando o rumo desejado apenas quando Behruz se aproximou de mim de um jeito hostil. Ele foi me olhando meio de soslaio e não retribuiu o sorriso que estampei no rosto. Apalpei no bolso da calça o relógio do qual nunca me separava e encarei meu amigo. Eu ia fazer qualquer comentário bobo a respeito das nossas conquistas recentes quando gelei ao som da voz dele, tão diferente de quando se dirigia a mim.

— O que está acontecendo entre você e minha irmã? — sua frase vibrava num tom acusatório que me causou um tremendo mal-estar.

Eu conhecia bem o gheirat, nosso dever de proteger e defender a honra das mulheres da família, mas nunca pensei que pudesse provocar a ira do meu melhor amigo. Além de confundir tudo, Behruz jamais falara comigo daquele jeito, por isso fiquei sem ação, o que ele interpretou como sinal de covardia.

— Você não serve para ela! — ele falou de dedo em riste como se me ameaçasse.

— O que você quer dizer com isto? — eu buscava parecer casual, embora dentro de mim uma luz amarela começasse a piscar.

— Quero avisar para não se aproximar dela! — ele respondeu, ainda mais agressivo.

De novo fiquei atônito. Como nunca tinha discutido com Behruz, sentia-me extremamente desconfortável. Abaixei os olhos, o que para ele soou como uma rendição muda. Foi o suficiente para um ataque direto e cruel.

— Você só presta para aquela impura...

Agora fui eu quem tomou a dianteira. Sem pensar, dei um soco em Behruz e no minuto seguinte estávamos rolando pelo chão numa luta feroz. À nossa volta, formou-se uma pequena platéia de meninos que nos atiçavam com gritos e assovios. Ficamos engalfinhados, nos esbofeteando entre palavrões e xingamentos até que os adultos vieram nos separar.

— Não ouse falar dela desse jeito, seu imbecil! — berrei por trás dos braços de Rassul, que a custo me continha. — Juro que mato você!

Ele me olhou de um modo arrevesado e, entre dentes, murmurou:

— "Não é admissível que o Profeta e os que crêem implorem perdão para os idólatras (...) após haver-se tornado evidente, para eles, que são os companheiros do Inferno."

A festa acabou na maior rapidez. Não havia mais clima para comemorações, cada qual tratou de arrumar o restante das comidas e bebidas, recolher mesas e cadeiras e discretamente refluir para dentro das quatro paredes dos seus lares.

Com a camisa suja do sangue que escorria do nariz, entrei em casa transtornado. Queria ir direto para o meu quarto, mas minha mãe insistiu em tratar meus machucados. Ela não imaginava que os mais profundos eram invisíveis e latejavam como se tivessem cortado fora um pedaço vital do meu corpo.

Quando afinal me deitei na cama, exausto, escutei uma leve batida na porta. Sem esperar resposta, Narges foi entrando devagar.

— Você está bem? — ela passeou os dedos pelos meus cabelos enquanto eu tentava segurar o choro. Dali a pouco esqueci que já havia crescido, virado adulto e até me apaixonado. Simplesmente me deixei embalar feito um bebê e desatei num daqueles prantos que servem para limpar todas as pequenas dores, ofensas e medos acumulados ao longo da jornada. Ao final de uns minutos, senti-me aliviado e pude encarar minha irmã, que fora mandada como emissária de Agho Jun.

— Nunca mais quero ver Behruz! — exclamei, num soluço.

— Não diga bobagens, vocês são amigos de infância...

— Fomos amigos, um verbo que está no passado — refutei.

— Que nada, daqui a um tempinho vocês vão fazer as pazes!

— Isso nunca! — eu berrei. — Quero que Behruz morra!

Embora estudasse medicina, Narges tinha pendores para psicóloga. Viu que não era a chance de me persuadir a aceitar o amigo de volta. Em vez disso, aproveitou para me sondar a respeito de Zibã.

— Você gosta mesmo dela? — insinuou, como a testar minha reação.

Eu balancei a cabeça e respondi com outra pergunta.

— Gosto, por quê? É proibido?

Narges ficou em silêncio, a raciocinar. Sabia que o tema era delicado, mas não queria perder aquela oportunidade de tratar de um assunto que Agho Jun a encarregara de resolver. Então, começou a falar como se recitasse um trecho decorado:

— É nosso dever lembrar o martírio do Imã Hussein, neto do Profeta Maomé e senhor dos jovens do Jardim das Delícias, o pilar dos crentes. — Ela parou para certificar-se de que eu estava prestando atenção, para continuar: — Ele sacrificou sua vida para que o Islã fosse preservado e pudesse chegar, sem máculas, até nós...

Fiquei perplexo.

— O que tudo isso tem a ver?...

Narges permaneceu quieta. O silêncio dela valia por mil palavras. Eu tinha que dizer alguma coisa. Então desafiei:

— Só por que Zibã não é muçulmana?

— Você acha isso pouco? — e Narges estava de fato indignada.

Devagar levantei-me da cama. Pela janela do quarto dava para ver o jardim com o pé de romã que Agho Jun plantara no dia em que nasci. Todo ano ele dava frutos doces como mel, mas nesse eles caíram antes de amadurecer. Minha mãe enxergou naquilo um mau presságio. Agho Jun rira da superstição, dizendo que era coisa de gente atrasada, mas hoje eu me indagava se ela não estava certa. O futuro que até há pouco parecia resplandecente e cheio de esperança, agora vazava feito areia entre os dedos da mão.

O diálogo com minha irmã não seria fácil, mas tinha que mandar uma mensagem a Agho Jun, mesmo que isso significasse magoá-lo.

— Narges, não importa o nome que damos a Ele — eu argumentei, citando as palavras de Zibã. — Pode ser através de Alá, Cristo ou Buda... — fiz uma pausa para recuperar o fôlego. — Deus está dentro de cada um de nós...

Minha irmã me olhou como se eu fosse um completo estranho. Pior, ela me encarou quase com horror, como se eu tivesse virado um monstro.

— O que acabou de dizer é a maior blasfêmia que já ouvi — e saiu batendo a porta com força. — Nunca pensei que isso fosse acontecer, você é um caso perdido! — teve tempo de gritar, antes de sumir do meu campo de visão.

Nossa conversa malsucedida me deixou de sobreaviso. Ela estava diferente, mais agitada e radical do que a Narges que eu conhecera, sempre calma e ponderada. Algo estava fora de controle. Minha vidinha esfacelara-se, minha família se pusera contra mim e o país inteiro parecia em transe. O pior estava por vir. Isso eu não sabia, mas, lá no fundo, desconfiava.

ALAIN DEJEAN/SYGMA/CORBIS – LATINSTOCK – AIATOLÁ KHOMEINI NA UNIVERSIDADE DE TERÃ AO RETORNAR DO EXÍLIO

Parte III

Revolução

AHMAD AL-RUBAYE/AFP – GETTY IMAGES

AUTOFLAGELO NO FERIADO DE ASHURA

Feriados religiosos como Ashura – o martírio de Hussein, que caminhara para a morte com apenas 72 homens em um confronto desigual – transformaram-se em pretexto para manifestações contra o Xá. A cada aniversário do suplício, procissões de homens saem pelas ruas autoflagelando-se com chibatadas nas costas, pancadas na cabeça e ferindo-se com lâminas para reproduzir o sofrimento do mártir.

VII

As peças começariam a encaixar-se no quebra-cabeça em que se transformara o mundo à minha volta quando soube que Behruz integrara a procissão de Ashura. A princípio não acreditei. Saí correndo de casa em direção ao centro e pude constatar com meus próprios olhos. A música alta encobria parte das palavras, mas assim mesmo pude escutar as invocações de "Louvado seja Alá, Senhor do Universo!" enquanto observava, constrangido, meu amigo se autoflagelar. Colegas que, no passado, criticavam aquele tipo de manifestação religiosa, agora engrossavam as fileiras imitando o calvário de Hussein. Concentrado, Behruz não me viu, ou fingiu que não. Aliás, desde a nossa briga não havíamos nos falado mais. Em outra época aquela ruptura teria me aniquilado, mas agora eu tinha em Zibã quem pensar e quem desejar. De um jeito ou de outro, a presença dela substituía o vácuo deixado pelo meu amigo de infância.

Fiquei algum tempo perambulando pelas ruas para assistir ao teatro popular mostrando os episódios dolorosos da vida e da morte de Hussein. Por mais que me esforçasse, não era capaz de me comover diante dos palcos montados ao ar livre que sempre me cativaram.

Fui andando para casa. As imagens dos corpos ensangüentados não me saíam da cabeça. No fundo, eu lamentava ter perdido o dom de admirar as encenações que desde pequeno costumava acompanhar de mãos dadas com Agho Jun. Ele me erguia nos ombros e pacientemente explicava cada detalhe do drama que se desenrolava diante de nós. Apontava para os atores e dizia: "Ali vai o califa Yazid junto com Abbas, irmão de Hussein. Observe agora como Shemr avança à frente com seus soldados para atacar o imã." Eu tapava os olhos e só os abria quando ele garantia que o massacre havia acabado.

Meu desencanto não foi menor quando soube mais tarde, por Farzane, que Agho Jun há muito separara para mim o *mahr*, um dote de alguns milhares de tomans administrado por Amir para quando eu me casasse com Faty, a irmã de Behruz! Sem meu consentimento, as duas famílias fizeram acordos prévios e selaram um compromisso. Só não explodi de revolta porque Zibã me deteve. Ela continuava a princesa que eu via depois de peripécias inimagináveis para driblar a vigilância redobrada de todos em casa.

— Talvez seja melhor pararmos de nos ver até as coisas se acalmarem — ela sugeriu certa manhã, quando pela enésima vez eu faltava à escola para ir ter com ela.

Apesar de não gostar da idéia, tive que concordar. Zibã nunca errava, mas me despedi com o coração pesado. Ao vê-la se afastando até sumir entre as árvores do parque Melli, encolhi de pena de mim mesmo. Lembrei-me de um livro — que logo seria censurado, junto com tantos outros — sobre o amor impossível entre duas famílias rivais de Verona, os Capuletos e os Montechios. Recordei em especial o trecho funesto em que Julieta, ao olhar a figura de Romeu embaixo do balcão no qual se encontraram, tem o pressentimento de que o vê pálido no fundo de uma tumba.

Caminhei como se carregasse um peso desproporcional para meus ombros desacostumados ao sofrimento. Tudo ia acontecendo rápido demais para que eu pudesse assimilar tanta mudança. A maior delas veio como um choque:

— Khomeini fechou as universidades — Narges me revelou. — Vão reformular todos os cursos.

— Aqui em Shiraz? — indaguei.

— No país inteiro.

Ela contou-me então que as reformas passavam pela extinção das classes mistas, troca de professores e substituição da bibliografia, entre inúmeras outras medidas para adequar o currículo à sharia, que abarcava agora todas as esferas do nosso cotidiano.

"Nao se pode aceitar uma parte e descartar a outra. A divisão dos preceitos do Islamismo é inaceitável", advertira o Aiatolá em uma das suas constantes aparições.

— Prometeram que resolveriam a questão em meses — Narges comentou. — Mas ninguém acredita que consigam reestruturar o sistema educacional inteiro em menos de dois anos.

Visivelmente abatida, minha irmã via seu plano de receber o diploma de medicina adiado para um futuro incerto. E eu, que estava quase concluindo o ensino médio, contemplava a perspectiva de um curso superior como um sonho inatingível. Mas não foi tudo. Dali a semanas, ao entrar em casa, esbarrei em um rapaz que carregava nas costas a nossa velha antena de telhado. Esbocei uma reação, mas logo Agho Jun explicou.

— O novo governo não quer que sintonizemos as emissoras ocidentais.

— Mas a gente nunca pegou canal estrangeiro nesta porcaria! — protestei.

— Eu sei. Mas não convém arriscar. Já tenho problemas suficientes... — Agho Jun falou, argumentando que queria evitar um eventual enfrentamento com os soldados revolucionários.

Não apenas as universidades, mas as escolas e clubes foram fechados por tempo indeterminado. Qualquer instituição pública teria que passar pelo crivo dos novos donos do poder, que ditavam as regras segundo interpretações rígidas do Alcorão. As mulheres começaram a andar cobertas da cabeça aos pés. Narges foi uma das que mais se incomodou com a medida. Do dia para a noite, seus cabelos estavam invisíveis e totalmente encobertos. Era o chador que as mais velhas, de famílias tradicionalistas e religiosas, nunca haviam deixado de usar. O costume fora abandonado pelas moças da nova geração, que viam naquilo uma restrição à sua liberdade individual.

— Pensar que lutamos tanto para terminar deste jeito... — minha irmã se lamentou.

— Eu sei — respondi. — Também tiraram de circulação revistas e jornais.

— Estão prendendo muita gente, eu achava que... — e não concluiu a frase.

Narges não chegou a verbalizar, mas deixava claro o que sentia. Não fora para isso que se empenhara, não era esse o desfecho esperado. Tive pena dela, que se engajara na revolução ao lado de tanta gente, buscando o melhor para o país. Queriam destituir um governo tido como vassalo dos Estados Unidos, mas terminaram contribuindo para a islamização radical e compulsória do povo.

Foi uma época árdua para todos. Poucos ousavam reclamar em público, a maioria obedecia resignada. Alguns, como Behruz e sua família, tornaram-se fanáticos a abraçar a causa dos aiatolás. Ficamos divididos entre os que apoiavam o novo regime e os que faziam restrições aos exageros, mas acabavam submetendo-se por medo de represálias.

Nossa família encaixava-se neste segundo grupo que questionava as medidas extremas que éramos obrigados a seguir. Deixei de ver Zibã. Para evitar perseguições, ela se mudara para uma cidade do interior, em casa de parentes, onde nem telefone havia. Ela poderia escrever, mas como as cartas teriam que passar pela censura, combinamos aguardar os acontecimentos antes de trocarmos correspondência. Assim mesmo não passava um dia sem que eu ficasse à espera do correio, suando frio e com o coração a mil. É óbvio que no fim me via sempre de mãos vazias, tentando disfarçar a frustração. Demoraria um longo tempo até que eu tivesse notícias dela.

Mas não apenas os "descrentes" sofriam hostilidades. Os colaboradores e aliados do Xá também caíram em desgraça. Amir, cunhado de

Agho Jun, fugira para os Estados Unidos nas primeiras levas que acompanharam a família real ao exílio.

— Você tem que sair do seu quarto — minha mãe avisou, certa manhã. — Shahin e os filhos virão morar conosco enquanto Amir consegue os papéis para irem embora.

— Por que justo meu quarto?

Ela me olhou com uma expressão cansada e só então notei como minha mãe tinha envelhecido. Alguma coisa mexeu comigo. Naquele momento, e não nas ruínas de Pasárgada ou Persépolis, eu entrei para a idade adulta. A passagem se fez sem alarde, de forma discreta e quase imperceptível. Num simples estalar de dedos, passei de menino a homem. No silêncio da noite, com uma pontada no coração ao ver o rosto enrugado e triste da minha mãe sempre tão alegre e otimista.

Mais do que depressa, desocupei o espaço onde desde criança vivera os momentos bons e ruins. Limpei as gavetas da escrivaninha e retirei minhas calças, camisas e casacos do armário. Enquanto fazia a limpeza, fiquei pensando nas reviravoltas que a vida dá. Dizem que Amir saiu do país com a roupa do corpo, embora Agho Jun apostasse que ele tinha uma gorda conta bancária no exterior. Isso eu também só soube pela minha irmã, pois como de praxe ele era contra falatórios e maledicências.

No meio da arrumação, aproveitei para jogar fora um monte de coisas que perderam a graça, agora que me tornara gente grande. O álbum de figurinhas, guardei para meu primo, a lanterna de caçar morcego no escuro, cujas pilhas tinham vazado, foi para o lixo, assim como o estilingue e uma bola de futebol murcha que Behruz me dera há tempos. Numa das prateleiras encontrei um saco repleto de peças de xadrez, elas evocavam más lembranças e tiveram o mesmo fim da lanterna. O mais difícil foi dar cabo dos livros, a maioria dos quais eu adorava. Agho Jun explicara que os clássicos nunca morrem, trazem sempre perspectivas diferentes, e cada nova leitura parece sempre a primeira vez. Foi quando combinei com minhas duas irmãs manter os melhores num buraco coberto com um tapete debaixo da cama de Narges. Ali, devido a um problema de acabamento no soalho, a madeira despregara com facilidade. E como o chão fora feito com uma mistura de pouco cimento e muita areia, dava para cavar quase à unha.

Fomos removendo o material com uma pá de jardim e em questão de horas tínhamos onde manter aqueles livros que nos acompanharam vida afora. Eles deveriam passar de pai para filho, mas, após a revolução islâmica, tornaram-se símbolo da decadência ocidental que contaminava nossa cultura. Antes, eram um bálsamo para a alma, agora, viraram porta-vozes do mal. Entre eles, fiz questão de guardar um exemplar do *Avesta*, que pedira emprestado a Zibã. O volume que peguei me fez lembrar as torres nas quais os zoroastras depositavam seus mortos para serem escarniçados pelas aves de rapina. Como aquele detalhe me incomodava tremendamente, um dia tocara no assunto com Zibã. Recordo como ela se tornara séria ao explicar que, por questões de higiene e saúde pública, o costume fora banido. Para que os corpos continuassem sem contato com os elementos sagrados, passaram a enterrá-los em covas lacradas com cimento.

Ao fecharmos o esconderijo, coloquei em cima dos livros o relógio ganho de Behruz. Nunca mais toquei no assunto com Agho Jun, que tampouco me perguntou a respeito. Ele ia e voltava do bazar com o ar cada vez mais desiludido. Nossa família inteira submergiu num cotidiano soturno, quebrado apenas pela algazarra dos filhos pequenos de Shahin. Eles agora chamavam Agho Jun de babaí e eu não estranhava. Farzane estava comprometida com um rapaz apresentado a ela por um parente distante e, como não tinha idéia do que se passava na esfera política, levava uma vida satisfatória. Se, por tradição, nós, iranianos, damos enorme importância aos laços familiares e fazemos de tudo para apoiarmos uns aos outros nos momentos difíceis, minha mãe levava aquela máxima ao limite, desdobrando-se para suavizar nosso dia-a-dia. O fogão jamais funcionou tanto quanto nesse período que ficaria marcado com o perfume indelével das comidas ali preparadas.

Narges passava o dia revendo seus livros de medicina para não esquecer o que havia aprendido na universidade. Não dava o braço a torcer, queria estar preparada para quando pudesse retomar o curso. Eu ouvira dizer que talvez não fossem mais permitir às mulheres se tornarem médicas, mas tratava-se de outro assunto tabu em casa, já que ela sobrevivia graças a essa esperança. Palavra, aliás, que ia rareando à minha volta. Zibã não mandava notícias, meu quarto fora ocupado e agora eu vivia como um hóspede, dormindo nas almofadas da sala e dividindo com minhas irmãs o armário do quarto delas. Como havia pouco espaço, mais de metade das roupas ficaram em uma mala que eu nunca abria. Meus objetos tornaram-se o reflexo da minha própria existência, espalhando-se pelos aposentos sem que eu nada pudesse fazer. Retratavam a minha história, cujos contornos eu estava perdendo de vista.

Não conseguia ler sossegado, pois os filhos de Shahin quase nunca saíam de casa. Ela procurava não se expor para não levantar suspeitas, já que o marido fora declarado inimigo do regime. Vaidosa, pintava as unhas e depois tirava com acetona para que nenhuma visita eventual notasse a extravagância. Só parou quando seu estoque de esmaltes chegou ao fim, mas continuava tirando as sobrancelhas finas e pintando os cabelos de louro, agora dentro de um, lenço que cobria a cabeça e o peito. Shahin fumava um cigarro atrás do outro e nunca esvaziava os cinzeiros. Minha mãe reclamava, Agho Jun pedia compreensão.

— Imagine alguém que morava num apartamento três vezes maior do que esta casa, com duas empregadas, ser obrigado a viver de favor espremido num quartinho? — meu pai argumentava, sem muito sucesso.

— Ela podia ao menos dar atenção aos filhos, já que passa o dia sem fazer nada — respondia minha mãe contrariada.

— Coitada, a pobrezinha anda nervosa... — Agho Jun tentava em vão justificar o comportamento da irmã que mal olhava para os dois meninos.

Para meu desespero, eles me viam como uma criança crescida com quem brincar de igual para igual. Não entendiam por que eu preferia enfiar a cara entre as páginas de um livro a jogar futebol com a bola que haviam trazido. Para conseguir um pouco de paz, resolvi ensinar ao maior os segredos do xadrez.

— Hoje dei um xeque-mate nele, babaí — Omid correu para avisar Agho Jun, apontando para mim o dedinho vitorioso.

Meu pai soltou um sorriso pouco convicto e sem nada dizer tirou os sapatos e foi direto para o quarto. Como todos nós, ele tinha essa mania de andar descalço dentro de casa para sentir a maciez da lã dos tapetes que massageia a sola dos pés. Depois da chegada de Shahin, a rotina mudou completamente. Ele fazia suas preces longe dos nossos olhares e nunca mais ficou na sala fumando o narguilé, enquanto minha mãe terminava o jantar. Permanecia no quarto até o momento de descer e nos sentarmos em torno da refeição. Ficava sempre de olhos baixos, como a evitar Shahin.

— Alguma novidade do meu marido? — ela pressionou Agho Jun, que não sabia mais o que inventar pela demora de Amir em resolver as pendências e mandá-los buscar.

— Tenha paciência, minha irmã — ele ponderou. — Mais dia, menos dia, as coisas vão entrar nos eixos, você vai ver...

Nós todos fazíamos um esforço sobre-humano para confiar em Agho Jun mas, no fundo, tínhamos consciência de que ele próprio não acreditava nas suas palavras. E de fato nada sairia como gostaríamos, pelo contrário. Se a situação política já estava complicada com as rixas no seio do governo, opondo os tradicionalistas partidários dos aiatolás Khomeini e Behesthi aos progressistas seguidores de Taleghani, ela agravou-se com a eclosão dos movimentos separatistas como o do Azerbaijão. Se já não bastasse, no meio dessa encrenca toda, Saddam Hussein resolveu se vingar da tomada da Babilônia 2.500 anos antes, quando Dario derrotou o exército assírio. Com o apoio dos Estados Unidos, que não perdoava nossa ânsia de liberdade e autodeterminação, aproveitou nossa vulnerabilidade e fraqueza para nos invadir. Em 22 de setembro de 1980, as tropas iraquianas penetraram à força pela região fronteiriça do Curdistão, onde ficam os principais campos petrolíferos do Irã. Quem tinha um resquício de lucidez perdeu as esperanças.

VIII

No clima de revolução seguida da guerra, minha formatura no ensino médio ocorreu sem grandes festejos. Behruz nem compareceu para buscar o diploma. Ocupado nas reuniões de jovens apoiadores do aiatolá, ele participava do grupo que estudava o Alcorão para decidir o que tirar e pôr nos currículos escolares.

Apesar dos problemas e da ausência de perspectivas, pude notar o brilho nos olhos de Agho Jun quando o diretor anunciou meu nome para receber o certificado. Caminhei até ele sob o retrato de Khomeini, pendurado no lugar do Xá banido. Ainda não conseguira me acostumar com a face barbada de turbante escuro. Ele parecia me encarar de modo severo como se cobrasse as orações diárias que há muito eu não fazia em casa e menos ainda na mesquita.

Concluí o curso com boas notas, o que agora não importava quase nada. Assim mesmo, uma semana depois da formatura, minha mãe cismou que deveríamos comemorar. A princípio me opus à idéia, mas depois vi que aquilo não passava de um pretexto para aliviar o clima doméstico, cada dia mais pesado. O futuro marido de Narges fora convocado pelo exército e escrevia relatando os horrores do campo de batalha e a terrível escassez de recursos médicos. Assim, já que a universidade estava fechada, ela se ofereceu como enfermeira voluntária para cuidar dos feridos. A qualquer momento seria chamada para um ambulatório de fronteira longe de Shiraz. O marido de Shahin não dava o ar da graça e nem mesmo um telefonema para amenizar o desespero da esposa; Farzane reclamava da falta de dinheiro para comprar o enxoval porque Agho Jun se queixava da queda das vendas na loja do bazar; e eu... bem, eu continuava esperando por uma carta que nunca chegava. "Rir para não chorar", pensei com meus botões, concordando com a festa da qual seria o protagonista involuntário.

Num instante a atmosfera da casa transformou-se. A cozinha começou a funcionar a pleno vapor, Farzane disparava convites pelo telefone, Narges tentava esquecer o noivo em perigo enchendo a sala de tulipas frescas colhidas do nosso jardim. Shahin esqueceu por uns dias sua condição de viúva com marido vivo para usar a vasta experiência em festas. Embora o orçamento não chegasse aos pés do que estava acostumada, confesso que fez milagres com os tomans disponíveis.

No dia marcado, todas as mulheres, incluindo as tias e primas que vieram de longe, trajavam túnicas longas que desciam até o tornozelo. A maioria preferiu cores escuras, só Narges ousou colocar um lenço florido na cabeça. Eu vesti uma camisa branca, com calças e colete pretos. Quando saí do banheiro, depois de molhar meu cabelo para não cair no rosto, Agho Jun me estendeu uma faixa parecida com um cinto.

— Ponha isto. Usei quando me casei com sua mãe.

— Mas eu não vou me casar, Agho Jun!

Ele riu. Pela primeira vez em meses.

— Claro que não. Mas é um dia importante...

— Por quê? — perguntei. — Se nem posso ir para a faculdade...

Agho Jun balançou a cabeça.

— Escute, filho, eu também não fiz curso superior. Nem por isso minha vida se arruinou.

Fiquei calado por uns instantes. Ele nunca falava comigo nestes termos, sempre preferia mandar mensagens através da minha mãe ou de Narges. Achei incômoda aquela conversa de homem para homem, mas ele prosseguiu:

— Queria que você soubesse que não é o fim do mundo...

Eu dei de ombros, não sabia direito de que forma agir.

— No fundo, talvez seja até melhor assim... — ele fez menção de passar a mão na minha cabeça, mas congelou o gesto no ar. Não era dado a demonstrações de afeto, essa parte ele também relegava à minha mãe e às minhas irmãs. — Nós temos a loja do bazar. Você vai herdá-la de mim como eu a recebi do seu avô. É uma tradição de família — e abriu os braços, animado. — Vou te ensinar os segredos da profissão, como selecionar um bom Sarooq, avaliar a qualidade de um Bakhtiyari, distinguir os mais finos, com cinqüenta nós por centímetro quadrado...

— Tradição de família... — eu disse com indisfarçável desdém. — E passar o resto da vida atrás do balcão?

Nem terminei, já estava arrependido. Queria recuperar as palavras, mas era tarde, elas tinham escapado dos meus lábios e agora formavam uma parede invisível e maciça entre nós dois.

Agho Jun colocou as mãos no estômago como se aparasse um daqueles socos que víamos nos filmes de bangue-bangue, antes de serem banidos pelos aiatolás. Só que, em vez de ficar bravo e me dar um tapa como eu merecia, ele me falou de um jeito doce, fazendo com que eu me sentisse inferior e desejasse desaparecer da face da terra de tanta vergonha.

— Um dia você vai aprender que para nós, iranianos, a família é tudo. Enquanto estivermos juntos e unidos, ficaremos bem. Khoda ainda vai colocar isso no seu coração — e saiu com o passinho leve, pisando descalço o chão macio dos nossos tapetes persas.

Fiquei parado no corredor, segurando aquela faixa como um troféu imerecido. Nunca na vida ofendi Agho Jun e aquela primeira vez teve um sabor de fel. Lembrei-me então da famosa história escrita por Ferdussi sobre os campeões da força Rostam e Sohrab, que lutam entre si sem saber que são do mesmo sangue. No livro, o pai só descobre que acabara de matar o próprio filho quando retira o capacete do rapaz caído e iner-

As mulheres começaram a andar cobertas da cabeça aos pés. Narges foi uma das que mais se incomodou com a medida. Do dia para a noite seus cabelos estavam invisíveis e totalmente encobertos. Era o chador que as mais velhas, de famílias tradicionalistas e religiosas, nunca haviam deixado de usar.

PATRICK CHAUVEL/SYGMA/CORBIS – LATINSTOCK – **JOVEM COM CHADOR**

te. Agora eu invertera o final, apunhalando Agho Jun de forma traiçoeira. Como reverter aquela má-criação? Enrolei a faixa na cintura e desci com o coração pesado. Se pudesse pegaria o chicote usado na procissão de Hussein e bateria em mim mesmo até ensopar de vermelho a camisa alva que mandaram fazer para hoje.

Lá embaixo, a sala estava lotada de convidados. Parecia que todo mundo ansiava por um pouco de diversão naqueles tempos sombrios. Além da parentela de perto e de longe, a vizinhança toda fez questão de comparecer, cada qual trazendo um presente e uma bandeja de comida. Havia um pouco de tudo, do kalam polo, o legume com arroz e bolinhos de carne, até o tradicional kebâb kubide, a carne de carneiro moída no espeto com tomate que Agho Jun preparava como churrasco no manghal e servia embrulhada no nune sangak, o pão triangular bem consistente com manjericão em cima.

Os jeans sumiram do mapa: eram sinônimo de lixo ocidental, como a maioria das coisas a que estávamos acostumados. Teatro, livros, revistas, enlatados de tevê, discos de rock, T-shirts, tênis e uma série de outros produtos e manifestações artísticas foram proscritos. Novos filmes nem se cogitavam, estavam todos muito ocupados em destruir e queimar as salas de exibição. Antes dessa onda de fúria, Agho Jun fora um dos únicos a alertar contra a invasão da cultura ocidental que, segundo ele, esgarçava a nossa identidade, mas quase ninguém lhe dera ouvidos. Agora eu tinha a impressão de que passara a minha existência dentro de uma lixeira sem saber, pois tudo de bom tinha se tornado ruim. Dava para notar a diferença ali na sala de visitas. As mulheres estavam quase irreconhecíveis cobertas por lenços e xales, ao passo que os homens agora usavam barbas nos rostos antes escanhoados. Nem a toalha que servia de mesa no chão continuava igual, ela perdera parte do colorido e da alegria dos dias festivos de outrora. Estavam lá o chelo, o kebâb, o koreshte mast e o koreshte rivas, o iogurte e o rubabo, os dolemeh barg, as folhas de vinha cortadas, além do sabzi polo va mahi, o arroz com ervas e peixe. O chá fumegava no samovar, os nân, pães de todos os formatos, disputavam espaço entre as guloseimas variadas, mas os doces tornaram-se escassos. Faltavam ingredientes no mercado para preparar o gez, o pashmak e os faludês regados a suco de limão, água de rosas ou calda de cereja. Tínhamos que nos contentar com frutas na sobremesa.

Com a música também banida mesmo em festas particulares, Narges nem ligara a vitrola. Os discos de Hayde e Âref ficaram empilhados ao lado do aparelho mudo. Na minha cabeça, os acordes do cantor Vigen Perderian, um dos meus prediletos, ecoavam em descompasso com a algazarra provocada pelas conversas e pelas brincadeiras das crianças. Mal sabia que esses cantores, que faziam o maior sucesso entre os jovens, abandonariam o país em pouco tempo. Mas essa seria apenas uma das conseqüências do endurecimento do regime islâmico que, de um jeito ou de outro, afetaria radicalmente cada um de nós.

De todos, Shahin era a mais animada e a única que vestia uma túnica de seda clara, com debrum brilhante nas mangas e no colarinho fechado alto, abaixo do queixo. Ela colhia os elogios da sua dedicação e parecia tranqüila como há muito eu não a via. Diria que estava quase feliz, embora a cada dia fosse perdendo as esperanças de partir para a América. Escassos, os passaportes só eram liberados em casos especiais, e ela não se encontrava entre estes, pelo contrário. Se fosse a uma delegacia solicitar o seu, era capaz de sair direto para a prisão. E de outro continente Amir pouco podia fazer. O jeito era aguardar por um tempo indefinido, enquanto ela morava de favor na casa de parentes vendo os filhos crescerem sem a presença do pai.

Agho Jun não aparentava o desgosto que abrigava no fundo da alma por minha causa e acolhia a todos com a cortesia de sempre. Eu também tentava fingir alguma alegria. Do nada observei uma moça fixando a vista em mim, mas só a reconheci por trás do traje severo quando ela me cumprimentou.

— Como tem andado? — falou Faty, que se afastara dos pais para vir falar comigo.

Levei alguns segundos para me recompor.

— Salam aleikum — foi tudo o que me ocorreu dizer.

— A paz esteja com você também — Faty retrucou. Em seguida, fez menção para que sentássemos nas almofadas de um canto. Eu a acompanhei e ela sussurrou.

— Tenho um recado do meu irmão para você.

— Behruz não vem? — indaguei.

— Ele está longe daqui, Kurosh. Mas pediu para dizer que passa bem. — Ela fez uma pausa como a checar minha reação e prosseguiu: — Meu irmão não guarda rancor de você...

Eu mordi os lábios, por mais que tentasse não seria capaz de perdoar Behruz. Algo tinha se rompido entre nós; o elo que formávamos fora quebrado. No máximo, conseguiríamos remendá-lo com esparadrapo, como os óculos de Agho Jun. Mas a cicatriz continuaria ali, latejando feito uma ferida que não se vê de fora. Eu não poderia mais ser amigo de Behruz e precisava arrumar um jeito de fazer Faty compreender isso. Queria que ela entendesse sem precisar explicar. Nunca fui muito bom com as palavras, haja vista o que acabara de fazer com Agho Jun. Então, tive uma idéia genial.

— Dá licença, espera um pouco? — pedi e, sem aguardar resposta, subi de três em três os degraus que levavam ao andar de cima. Entrei no quarto das minhas irmãs, afastei a cama de Farzane, puxei o tapete e levantei a tábua da nossa biblioteca secreta. Retirei do buraco o relógio ganho no torneio e um *Robinson Crusoé* traduzido para o farsi. Estava com a beira das páginas gastas de tanto uso, mas não deixava de ser um bom livro. Para mim, o melhor de todos. Antes de descer, folheei o exemplar e lembrei, com um sorriso, que aquele fora um dos únicos que consegui fazer Behruz apreciar. Naquele momento, o livro simbolizava como eu me sentia. Sozinho numa ilha deserta e abandonado pelo único amigo verdadeiro.

Com o exemplar escondido entre os braços cruzados, atravessei a sala em direção a Faty. Ela levantou o rosto ao me ver e senti que ainda gostava de mim. Por isso, ao entregar o que trouxera, pedi notícias de Hossein. Ela abaixou os olhos, eu provoquei.

— Acho que vocês dois formam um belo casal.

Faty ia dizer alguma coisa, mas se calou. Creio que lembrou a tempo que, para o Islã, uma moça deve permanecer casta e jamais expor os sentimentos. Cabe ao homem tomar a iniciativa. Estendi então para ela o livro com o relógio junto.

— Entregue para seu irmão. Estavam comigo, mas pertencem a ele.

Ela pegou o livro, examinou o e disse que não poderia levá-lo para casa.

— Isso é lixo ocidental.

Eu queria dar uma gargalhada, era a centésima vez que ouvia esta frase, estava gasta como uma roupa usada além da conta.

— Você por acaso já leu?

— Nao. Claro que não.

— Pois não sabe o que está perdendo. É uma história e tanto... — e, para convencê-la, acrescentei: — Uma das preferidas de Behruz.

Faty hesitou, mas acabou concordando em levar o livro para o irmão. Revirou o relógio e o guardou na bolsa. Eu me senti como se tivessem tirado um peso da minha consciência. Afinal de contas, ainda que tarde, eu obedecia a Agho Jun, que me mandara devolver aquele presente. Então a voz aflita da minha mãe me chamou de lado:

— Kurosh, tem alguém lá fora procurando por você.

Pelo rosto preocupado dela percebi que não se tratava de uma simples visita. Por uma fração de segundo meu coração bateu acelerado. E se fosse Zibã, bem ali, do lado de fora da porta? Uma vertigem quase me derrubou, tive que me apoiar no braço da minha mãe para não cair. Andei então o mais rápido que pude sem atrair a atenção, já imaginando as frases que diria e ansiando como nunca pelo perfume dela. Tão embriagado estava pelo desejo de rever Zibã que nem reparei no homem alto postado debaixo do poste de luz, no portão. Eu só tinha olhos para enxergar uma determinada figura feminina, nada mais eu conseguia distinguir na nebulosidade da minha própria imaginação.

— Lembra-se de mim, haji?

Aos poucos minha vista foi enquadrando a silhueta de um senhor meio encurvado. A princípio, pensei tratar-se de um daqueles dervixes, andarilhos místicos que, proibidos de espalhar sua sabedoria ancestral, viraram mendigos sob o regime dos aiatolás. Notei a palidez do rosto e fiz um esforço sobre-humano para localizar, na memória, o dono daquela voz. Foi pior do que levar um tiro. Não havia sinal de Zibã e, num flash, reconheci Bãbak, que me dera as proveitosas aulas de xadrez. Apoiado na sua bengala, estava mais magro e envelhecido, as roupas sujas e puídas como se há muito não as trocasse.

Não me recordo do que disse em seguida. Só sei que estávamos lado a lado, no chão, em volta da terceira travessa de koreshte bademjun, um caldo de carne de carneiro com berinjela frita que era especialidade da minha mãe. Ele servia-se com apetite, parecendo que há meses não comia.

Bãbak se refestelou até não agüentar mais. Então, recostou-se na parede e caiu num sono profundo. Não se mexeu até o último convidado se despedir. Não era tarde, todos tinham receio da polícia revolucionária. Eu cutuquei o braço dele, que despertou num sobressalto, mas logo relaxou.

— O que resolveu, haji?

— Sobre o quê? — perguntei com uma ponta de alarme na voz.

— Ora, sobre a minha situação... — e só então relembrei o pedido dele, feito durante meu estado de choque pela ausência de Zibã. O homem queria abrigo, precisava sair de circulação devido a suas relações com o Xá, para quem fornecera peças de marchetaria, coordenando os trabalhos de entalhe nos palácios reais. Seu ateliê fora destruído, e ele não tinha o que comer por falta de trabalho.

— Olha, preciso consultar Agho Jun... quer dizer Haj Hassan — expliquei, caminhando em direção à cozinha, onde ele fumava o seu narguilé.

Ao sair, Bãbak me puxou pela manga da camisa e sussurrou:

— Lealdade, haji, lealdade...

Eu me soltei dele com raiva e, em vez de ir à cozinha, subi para o quarto das minhas irmãs. Estava na maior enrascada e só Narges poderia me socorrer. Ela me ouviu em silêncio e ao final comentou:

— Vou falar com Agho Jun. Mas acho difícil. Falta espaço e dinheiro. Com Shahin e os filhos, a coisa está feia. Sabe que ela veio com a roupa do corpo, não tem um toman nem para comprar cigarro...

Sim, eu tinha conhecimento do estado desesperador da minha tia, mas o que fazer a respeito de Bãbak, a quem eu jurara lealdade na certeza de que jamais precisaria cumprir com a palavra?

— Vamos ver o que é possível. — Narges saiu do quarto em direção à cozinha enquanto eu me encolhia na cama dela, suando frio. Agora Agho Jun ficaria sabendo das mentiras e das meias-verdades, dos tomans e do relógio, das faltas à mesquita e do dinheiro ganho em apostas, que ele condenava com veemência. Ao meu arrependimento pela ofensa do início da festa, somava-se o desaponto de tornar a infligir sofrimento a quem eu tanto gostava. Deixei a porta entreaberta para captar a conversa:

— Isso deve ser castigo, o que fizemos de errado? — ouvi minha mãe se queixar. — Mais uma boca para alimentar! Já não basta sua irmã e as duas crianças!

— Ora, Shahin não tem culpa de o marido ser um crápula! — Agho Jun argumentou.

— Eu sei. Por isso nós a acolhemos. Mas uma outra pessoa, um quase desconhecido, aí já é demais...

Para mim também foi o limite. Chutei a porta, que se fechou num estrondo e tapei os ouvidos. Fiquei zunindo baixinho para abafar os sons que vinham lá de baixo. Nisso Narges apareceu.

— Desça! Agho Jun quer falar com você.

Levantei-me de um salto. Estava tremendo.

— Mas o que contou? O que ele disse? Como reagiu?

Narges tinha o semblante mais leve do que eu previa.

— Ele pediu para você ir até lá — disse e bateu no meu ombro em vez de passar a mão na minha cabeça como quando eu era criança. Aquilo me encorajou e corri para baixo. Se precisava enfrentar a situação, que fosse da forma mais rápida e indolor possível. No caminho, esbarrei com minha mãe, que me olhou com reprovação.

Encontrei Agho Jun sentado defronte a Bãbak. Ambos tomavam chá e fumavam cigarro, pois o narguilé ficara na cozinha. Esquadrinhei o rosto do meu pai, mas nada descobri. Ele percebeu minha aflição, mas fez questão de permanecer em silêncio como a me punir. Por fim, levantou os olhos e disse:

— Sua irmã me contou tudo... — Deu uma tragada e soltou a fumaça sem pressa.

Meu coração ia saltar pela boca, quando ele falou:

— Decidi que Bãbak fica aqui em casa até conseguir arranjar-se. — Apagou o cigarro no cinzeiro e deu um gole na bebida quente. — Você divide com ele as almofadas da sala, um a mais ou a menos não vai mudar muita coisa...

— Obrigado, Haj Hassan, obrigado! — e o homem balançava o corpo para trás e para a frente como a enfatizar suas palavras.

Agho Jun levantou a mão.

— Não faço isso por mim, nem por você, Bãbak. Faço por Kurosh. — Ele serviu-se de mais chá forte como se dependesse dele para prosseguir. — Meu filho prometeu lealdade e um homem não deve faltar com sua palavra.

Diante daquilo, eu me encolhi num canto. Segurei os joelhos e o vexame, pois Agho Jun me dava uma dura lição. Ele pagava minhas mentiras e ofensas com um gesto de generosidade. Eu queria abraçá-lo e pedir perdão, mas estava envergonhado demais. Nem uma palavra de agradecimento fui capaz de pronunciar. Só ajudei minha irmã a recolher o restante da louça e fui vestir o pijama. Quando desci, Bãbak dormia a sono solto ao lado da bengala e de uma maleta surrada com seus únicos pertences. Foi quando ouvi um latido comprido que mais parecia um lamento. Abri a porta e lá estava, na calçada, o enorme cachorro de Bãbak, que abanou a cauda para mim. As costelas saltavam no corpanzil marrom-avermelhado e parecia tão faminto quanto o dono.

— Era só o que faltava! Agora minha mãe me mata! — e o levei para o fundo do quintal. Dei a ele meia banda do cordeiro que sobrara da festa, que ele devorou como se fosse sua única ração em meses. Aí acomodou-se debaixo do pé de romã e, prestes a desabar no sono, me encarou com seus olhões molengas cor de mel. Estiquei-me então numa almofada qualquer e, antes que me desse conta, dormia profundamente.

ROBERTO CATTANI

DERVIXE NAS RUAS DE SHIRAZ

A princípio pensei tratar-se de um daqueles dervixes, andarilhos místicos que, proibidos de espalhar sua sabedoria ancestral, viraram mendigos sob o regime dos aiatolás. Notei a palidez do rosto e fiz um esforço sobre-humano para localizar, na memória, o dono daquela voz. Foi pior do que levar um tiro. Não havia sinal de Zibã e, num flash, reconheci Bãbak, que me dera as proveitosas aulas de xadrez. Apoiado na sua bengala, estava mais magro e envelhecido, as roupas sujas e puídas como se há muito não as trocasse.

IX

A porta da frente foi arrombada com um murro. Pessoas cujos uniformes não distingui na penumbra reviravam tudo o que viam pela frente. Quando um deles se aproximou da janela, que filtrava a luz do poste da rua, uma claridade bateu em cheio no rosto do soldado. Quase não reconheci Behruz com a bandana na cabeça, uma espécie de espada na mão e olhos faiscando de ódio. Imóvel, do meu canto observei como ele ergueu o braço e, sem compaixão, perfurou o peito de Bãbak. Para meu pavor, não parecia saciado e se pôs a retalhar o artesão, separando os membros do tronco. Os nervos saltavam nos pontos em que as juntas foram cortadas, a boca dele abriu-se num esgar quando a cabeça foi decepada do corpo. Triunfante, Behruz a espetou na ponta da arma e a sacudiu, respingando sangue pelas paredes da sala inteira. A balbúrdia atiçou o cão, que latiu. Meus pais acordaram e desceram as escadas às pressas para encontrar os fanáticos numa carnificina jamais vista.

Estarrecido, eu continuava assistindo à barbárie sem conseguir mover um dedo. Primeiro, trouxeram o cachorro lá de fora, que farejou os restos mortais do dono espalhados no soalho. Narges apareceu sem o véu, o que alimentou a fúria revolucionária dos rapazes, diversos dos quais amigos de infância ou antigos colegas de classe. Atrás dela, vinham Shahin e Farzane, também sem o chador.

— O que fazemos com prostitutas que violam a sharia sagrada? — indagou um deles. Foi o sinal para que os demais avançassem sobre elas, arrancando suas roupas até ficarem nuas. Preso nas malhas da minha própria covardia, eu não era capaz nem de respirar direito, quanto mais tomar alguma atitude. Apenas um ódio mortal rasgava meu peito, um ódio amargo misturado a uma razoável dose de medo.

Num instante, eles passaram a chicoteá-las aos urros de "Alá seja louvado". Nisso, Agho Jun avançou. Trazia uma velha espingarda de caça, que descarregou no primeiro invasor. Não teve tempo para mais nada, foi impiedosamente espancado.

— Sabemos que vocês abrigam traidores e infiéis! — era a voz de Behruz que eu escutava. — Alá não perdoa quem desobedece aos mandamentos divinos, você é tão desprezível quanto suas filhas e sua cunhada infame — acrescentou, fixando a vista em minha mãe.

Eu gostaria de ter a coragem de revidar, mas estava petrificado. Aí viraram-se para mim como se apenas agora se lembrassem da minha existência. Behruz se aproximou com um olhar que atravessava meu corpo para fincar num ponto indefinido do horizonte e então me encarou.

— Há quantos anos você não reza? — ele fez uma pausa, me examinando de alto a baixo. — Quando esteve na mesquita pela última vez? — estalou a língua em reprovação. — Algum dia pensou em fazer a peregrinação a Mashad? — e, elevando a voz, respondeu em tom jocoso. — Claro que não! Afinal, para que visitar a tumba do Imã Reza? Ele não passa do oitavo na hierarquia, não é mesmo? "No Dia da Ressurreição, renegareis uns aos outros e vos amaldiçoareis uns aos outros; e vossa morada será o Fogo; e não tereis socorredores" — acrescentou.

Tentei articular alguma coisa, mas minha voz não saía da garganta.

— Como justifica o dinheiro sujo que faturou nos jogos de xadrez? Você pode esconder isso de seu pai, mas não do Deus supremo, que Alá esteja conosco!

Então Behruz sacou do bolso o relógio de pulso e ergueu-o para que todos pudessem ver.

— Ele acha que pode me corromper com uma bobagem destas! E usou minha irmã para mandar recado, porque não se atreve a me dizer na cara!

— Você não entendeu nada... — consegui, afinal, ordenar minhas idéias.

— Não me venha com desculpas! Quem precisa das frases de efeito que aprendeu nesse tipo de lixo? — e com a outra mão mostrou o exemplar de *Robinson Crusoé*. — Sabe para que serve isso? — e sem esperar resposta, picou o livro com a espada ainda manchada do sangue de Bābak. Mas Behruz não parecia satisfeito. — Onde estão os outros?

Como não respondi, ele agarrou-me pela gola do pijama e me sacudiu.

— Sei que tem outros textos em seu poder. Recusa-se a me entregar?

Não sei de onde tirei a idéia nem como driblei o medo, mas propus uma troca.

— Você deixa as mulheres em paz que eu faço o que quiser...

Uma gargalhada geral ecoou pela sala. Behruz pediu que ficassem quietos e pude escutar o soluço desesperado das minhas irmãs e da minha cunhada, cujos corpos estavam cobertos de vergões avermelhados e roxos. Varri o cômodo com a vista para contabilizar o estrago. Todos os representantes do sexo masculino tinham sido assassinados, menos eu. Nesse instante, uma fúria incontrolável tomou conta de mim e encarei meu amigo de infância transformado em carrasco.

— Então, o que vai ser? Se quer meu tesouro terá que pagar por ele!

Behruz não se intimidou. Encostou de leve a espada no meu pescoço como se fosse me degolar.

— Sempre metido a valente! Acredita que pode me desafiar? — e ele pisoteou o relógio com toda a brutalidade, deixando no soalho uma mistura de engrenagens minúsculas e vidro moído. Deixei de lado qualquer resquício de amor-próprio e implorei pelas vidas de Narges, Farzane e Shahin.

— Em nome dos velhos tempos, tenha compaixão!

Ele cuspiu de lado, mas fez um gesto para os demais. Os soldados afastaram-se, guardando os chicotes de couro que respingavam sangue pelas pontas. As três mulheres cobriram-se e nos rostos desfigurados de pavor, nenhuma lágrima, só uma raiva indizível.

Sem mais palavra, Behruz me empurrou escada acima. De alguma forma ele adivinhara nosso esconderijo. No quarto, afastei a cama, retirei o tapete e destapei o buraco. Foi como se tivesse revelado o conteúdo da caverna de Ali Babá. Eles caíram em cima como moscas. Aos impropérios, entrecortados com bordões de guerra e trechos de preces, foram retalhando as folhas impressas que flutuavam pelo quarto como flocos de algodão. Uma delas posou perto de mim, fixei a vista no chão e consegui ler: "Vronski procurou lembrar-se dela tal como era quando a encontrara pela primeira vez na estação, misteriosa, encantadora, afetuosa, procurando e distribuindo felicidade, e não cruel e vingativa como durante a última época da sua vida." Por um átimo, voei para o centro ferroviário no qual Ana Karenina jogou-se nos trilhos, até ouvir um barulho que a princípio tomei pelo apito do trem:

— Basta! — ordenou Behruz. — Esse cão maldito vai ter o fim que merece.

— O que mais quer de mim? — eu perguntei, espantando para longe as imagens da Rússia czarista. — Já não destruiu o suficiente?

— Nada é suficiente quando trabalhamos em nome de Deus.

— Alá seja louvado! — disseram numa só voz os soldados à minha volta.

— Seu desgraçado, você acabou com a minha vida!

— Está enganado. Você mesmo terminou com ela quando parou de cumprir suas obrigações com o Islã — ele então adquiriu um tom levemente irônico. — Aliás, nem deve se lembrar de que Islã é uma palavra árabe que significa "submissão"...

— Mas eu nunca matei ninguém! Não surrei mulheres indefesas!

— Cale a boca, infiel! Sei das imundícies que anda praticando com aquela outra prostituta, renegada de Alá! Ela também receberá nossa visita!

Ao perceber que ele se referia a Zibã, perdi a cabeça e parti para cima dele, mas fui contido pelos outros antes que pudesse atingi-lo.

— Seu maldito, você me paga!

— Ajoelhe!

— Não obedeço às suas ordens! — revidei, duvidando da minha própria audácia.

Behruz deu um soco na minha boca, que começou a esguichar sangue. Num instante me empurraram para dentro do buraco no qual repousara uma amostra das mais belas manifestações artísticas da humanidade. O abrigo da literatura agora seria meu túmulo.

— Deite-se aí dentro! — Behruz ordenou.

— E minhas irmãs? E minha tia, o que será delas? — perguntei, prestes a ser enterrado vivo debaixo da cama no quarto de Narges.

— Nós saberemos cuidar delas — e Behruz chutou meus olhos, que se apagaram como se fizesse noite.

— Vá para o inferno encontrar seu pai e os traidores que vocês estavam acobertando — ele sentenciou.

Foram as últimas palavras que escutei antes de cair no limbo e na escuridão. Eles pregaram a saída com uma tampa de madeira, puxaram de volta o tapete e a cama e sumiram do quarto, cuja porta trancaram por fora.

Desesperado, primeiro arranhei a tampa até minhas unhas sangrarem. Então, uma voz distante pareceu perguntar:

— Você sabe recitar o Alcorão?

— Sim, eu conheço algumas das suras — apressei-me a responder.

— O que diz o versículo 57:25? — voltaram a perguntar.

Concentrei-me, tentando recordar a āyāt sobre os mensageiros, o Livro e a Balança, mas o todo me escapava feito um filme antigo do qual lembramos apenas os protagonistas e não o enredo.

— E então, o que reza o versículo, seu herege?

— Aposto que ele esqueceu — uma outra voz mais grave intrometeu-se. — É o que acontece aos que trocam as preces na mesquita por jogos de xadrez...

Franzi o cenho, buscando relembrar o que por tantas vezes lera ao lado de Agho Jun, mas as letras embaralhavam-se. Depois, descolavam do texto e escorriam das páginas que, para meu horror, tornavam-se brancas e vazias. Com as mãos em concha eu procurava retê-las para colocá-las de volta, mas elas escapavam por entre os dedos feito areia. Aos poucos fui desistindo, enquanto meu corpo escoava para dentro de um buraco negro. Meus pulmões fizeram o derradeiro esforço para processar oxigênio, mas eu morria sufocado. O fim estava chegando e era surpreendentemente acolhedor. Não havia nada a fazer. Dei um grunhido tímido como último recurso. Sem esperança. Vazio.

Na escuridão que se fez, senti um toque no meu ombro esquerdo. Abri os olhos e vi Bãbak.

— Está passando bem, haji?

Esfreguei os olhos. Ele não estava em pedaços, tinha pernas e braços colados ao tronco como um ser humano normal. Na sala, nenhum sinal da violência que acabara de experimentar.

— Acho que você teve um pesadelo — ele explicou, passando um pano úmido na minha testa, que gotejava de suor.

Foi o tempo de correr para despejar no canteiro de tulipas, ao lado do cão, o conteúdo do meu estômago machucado de tanta apreensão. A festa, o diálogo truncado com Agho Jun, a conversa com Faty e a chegada de Bãbak tinham sido demais para mim. Passei dois dias de cama, no quarto dos meus pais, tentando digerir tanta emoção desencontrada. Nesse intervalo, aprendi que crescer era muito mais complicado e doloroso do que eu imaginava.

Estava assim, deitado na cama larga ordenando meus pensamentos, quando Agho Jun entrou. Ele voltara mais cedo do bazar para conversar comigo. Desta vez resolvi pôr tudo para fora antes de perder a coragem. Precisava falar do meu arrependimento, senão a ferida não cicatrizaria.

— Desculpe, Agho Jun. Eu nunca deveria ter falado daquele jeito!

— Sossega, filho — ele falou com voz macia, congelando o gesto para me fazer um carinho. Extravasar afeição não era costume do meu pai. Achava que esse tipo de coisa pertencia ao universo feminino.

— Nós também erramos. Deveríamos ter avisado sobre a irmã de Behruz... — ele fez uma pausa, como se estivesse escolhendo as palavras apropriadas e prosseguiu. — Tínhamos a intenção de contar, mas ele se precipitou...

Eu olhava sua testa riscada de sulcos e os cabelos que me pareceram ainda mais brancos em meio a alguns fios escuros.

— Aliás, acho que tudo está acontecendo rápido demais... — ele limpou a garganta. — Quer dizer, as coisas estão mudando de maneira radical e receio que nada transcorra como prevíamos.

— Eu sei — respondi. — Minha irmã nunca vai conseguir se formar.

Agho Jun agora alisou o próprio rosto e deixou escapar um suspiro. Ele jamais fora grande entusiasta dos projetos de Narges, mas não suportava que roubassem o sonho da filha dele que, por tantos anos, se dedicara aos estudos com disciplina e afinco. Para tentar animá-lo, reuni todo resquício de otimismo que havia dentro de mim e falei.

— Agora que terminei o colégio, vou trabalhar com o senhor todos os dias no bazar.

Para meu desaponto, a voz saiu esganiçada e fora de tom. Era óbvio que eu me esforçava para demonstrar uma alegria que não sentia. Ele, porém, fez como que não tivesse notado a falsidade da minha frase.

— Claro, claro que sim. Eu ficarei contente com isso, filho — e saiu do quarto antes que fosse traído pelas emoções.

Para compensar, uma surpresa me aguardava lá embaixo. Narges veio ao meu encontro e, disfarçadamente, me entregou um envelope no qual reconheci a letra de Zibã. Meu coração disparou e subi correndo para o banheiro, o único lugar onde poderia desfrutar de um pouco de privacidade. Só que os filhos de Shahin tomavam banho, e tive que enfiar a carta no bolso da calça até depois do jantar que parecia não ter fim. Fiquei então sabendo que Narges também recebera uma correspondência. Fora afinal chamada para um posto médico próximo à fronteira com o Iraque. Deveria partir dentro de dois dias. Fiquei impressionado como aquilo pouco me afetou, tão aflito estava para conhecer o teor da carta de Zibã. Assim que todos terminaram, corri de novo ao banheiro e com as mãos trêmulas abri o envelope. Tive que fazer um esforço para decifrar a letra miúda e um tanto rebuscada de Zibã.

Meu Kurosh,

Penso em você e nos momentos especiais que tivemos juntos para agüentar a solidão deste ermo. A vida não tem sido nada fácil, isolados neste desterro, o que por outro lado é bom, pois pouca gente fica sabendo da nossa existência. Nunca mais fomos à escola, e meu irmão não pôde sequer buscar o diploma. Disse que não tem a mínima importância, porque o novo governo jamais permitiria que ele fosse para a universidade. Õrash acorda de madrugada para ajudar meu tio com o rebanho de ovelhas e leva sempre um livro para não se esquecer do que aprendeu. Meu pai passa o dia fumando e tentando sintonizar alguma estação de rádio, nunca pega nada direito, sobretudo depois que fecharam a maioria delas. Ele tem emagrecido a olhos vistos, a falta do que fazer só piora seu estado de espírito.

Quanto a mim, me encarrego do serviço de casa. Lavo a roupa e cuido das duas filhas pequenas da minha tia. A maior é esperta e inteligente, mas a outra nasceu com um retardo mental e precisa de ajuda para tudo. Dizem que ficou assim em virtude da demora no parto, mas corta o coração ver a cara do meu tio sempre que a encontra pela frente e finge que não a vê. Ele não se perdoa por ter insistido em chamar a parteira em vez de ter levado minha tia ao hospital. Não sei direito o que ocorreu, porque ninguém gosta de comentar o assunto.

O tempo aqui é parado, demora a passar. À noite, apesar do frio das montanhas, saio com meu irmão para admirar as estrelas. Em Shiraz, elas eram ofuscadas pelas luzes da cidade, mas, nas montanhas, cintilam como minúsculos sóis na escuridão. Nessas horas lembro de você com mais força, rezo e faço mil promessas para que a gente ainda se veja um dia. Tenho fé de que isso vai acontecer, é o que me mantém viva um dia depois do outro.

Desculpe se não pergunto sobre sua família e sua vida, mas esta é uma carta de mão única, pois o correio não chega aqui. Mesmo que chegasse, seria impru-

dente, como meu tio não se corresponde com ninguém, qualquer coisa levantaria suspeita.

Eu me despeço com um beijo,

A sempre sua,

Princesa Zibã

Dobrei a folha com devoção, sabendo que a releria uma centena de vezes. Zibã tinha razão, era arriscado escrever de volta, por isso nem mandou o endereço. A sabedoria dela continuava me surpreendendo. Mas a frase sobre o nosso relacionamento me deixou fora de mim. E se a gente nunca mais se encontrasse? Senti um enjôo seguido de tontura. Teria uma recaída não fosse meu priminho me puxar pela mão para brincar com o cachorro.

— Como ele se chama? — Omid quis saber, e só então me dei conta de que eu não tinha idéia.

— Vamos perguntar — e levei-o para o quintal, onde o dono dava um banho no animal.

Ao nos ver, Bãbak abriu um sorriso largo. Ele se dava bem com crianças, mas Shahin não parecia gostar do nosso hóspede e evitava que seus filhos ficassem perto dele. Aproveitei uma das raras ausências da mãe para deixar o menino brincar junto do animal. Foi quando Bãbak disse.

— Precisamos inventar um nome para ele.

Eu não compreendi. Como alguém tinha um animal de estimação por tanto tempo sem lhe dar sequer um nome? Daí Bãbak agachou-se para ficar na mesma altura de Omid e falou.

— Vocês sabem guardar segredo? — e nós dois fizemos que sim com a cabeça.

— É que ele se chama Jimmy... — ele disse. — De Jimmy Carter, o presidente dos Estados Unidos...

— Jimmy! — gritou Omid para o cão que abanou o rabo ao ouvir seu nome proferido depois de tantas semanas.

— Shhhhh... — pediu Bãbak. Ninguém pode ficar sabendo.

— Por quê? — perguntou Omid.

Bãbak me encarou como se pedisse socorro. Eu pus Omid sobe os joelhos e inventei uma história. Se contasse o verdadeiro motivo, ele não entenderia e ainda poderia acabar nos expondo.

— Jimmy era o pai de Bãbak, que morreu há pouco. Por isso a gente precisa arrumar um outro. Senão, cada vez que alguém chamar pelo cachorro, ele se lembra do pai e fica triste.

— Eu também fico triste quando lembro do meu papai — ele falou com a vozinha rouca.

Só então caí em mim sobre a besteira que havia feito, mas já era tarde.

— Mas seu pai não morreu, Omid, ele vai voltar a qualquer momento e levar vocês embora.

— Minha mãe disse que ele se esqueceu de nós...

— As mulheres adoram fazer drama — Bãbak intrometeu-se. — Elas não sabem de nada. Mas nós, homens, somos mais espertos.

— É verdade? — ele perguntou, olhando na minha direção.

— É sim. E para provar isso, Bãbak vai fazer de você um craque no xadrez.

— E eu vou jogar tão bem quanto você?

— Muito, muito melhor! E isso me dá uma idéia. Já sei que nome dar ao cachorro.

— Qual? — ambos questionaram ao mesmo tempo.

— Xeque-mate! — respondi, arrancando palmas e risadas de ambos.

Com este desfecho inesperadamente feliz, terminamos de lavar Xeque-mate e entramos na sala. Bãbak trouxe da sua maleta um tabuleiro de xadrez que arrumou em cima de uma toalha estendida no chão.

— Estas são especiais — ele revelou, examinando as figuras de perto. — Eu mesmo as fiz há séculos...

— Devem custar um absurdo — exclamei, ao ver pequenas pedras incrustadas em cada uma delas.

— Principalmente estas duas — ele retrucou, segurando as duas rainhas. — São diamantes... E da maior pureza...

Bãbak aparentava contentamento, mas dava para perceber a tristeza na voz dele. Por sorte, a animação de Omid e do seu irmão menor, Dariush, que logo se juntou a nós com um interesse inusitado para sua pouca idade, distraiu Bãbak. O semblante dele descontraiu à medida que os pensamentos nostálgicos sobre sua boa vida pregressa também foram sumindo.

— Sabiam que, no final do século XI, Ibn Ammar e o rei Afonso VI disputaram um lugar chamado Sevilha em um jogo muito parecido com este? — ele indagou, relatando então outros episódios relativos àquele jogo que os árabes disseminaram por intermédio dos persas durante a Idade Média. Contou que no jogo original os bispos eram elefantes, e os peões, os soldados da primeira fila, como em um front de batalha. As crianças encantaram-se e em questão de minutos nos concentramos na disputa em torno do tabuleiro. Tão entretidos estávamos que nem vimos Shahin entrar.

— O que significa isso? — ela perguntou, de olhos arregalados.

Eu ia inventar uma desculpa qualquer, mas nesse instante Omid, todo contente, mexeu um dos peões e gritou "Xeque-mate". Em alguns segundos, o cachorro, pensando ter sido chamado, corria para a sala, jogando-se em cima do menino de pura satisfação. O tabuleiro foi para os ares, as peças espalharam-se pelo chão e na bagunça ele acabou derrubando Shahin.

— Isso é um despropósito! — ela berrou enfurecida, recolhendo as compras da sacola também atirada ao chão. Seu chador tinha escorregado, deixando à mostra uma bela cabeleira. — Vou ter uma palavra séria com seu pai — ela ameaçou com raiva, ao mesmo tempo em que pegava os filhos como mercadorias. — Quantas vezes tenho que avisar para não se aproximarem deste sujeito? — continuou, atraindo a atenção da minha mãe, que correu da cozinha.

— O que é isso, Shahin? Bãbak é um hóspede como você!

— Como tem a petulância de me comparar a este homem, que nem sequer é da família? — minha tia transbordava de indignação e, sem aguardar resposta, saiu batendo os pés. Ao subir as escadas com os dois meninos se debatendo nos braços dela, lançou um olhar fulminante em direção a Babãk, que se encolheu no canto com Xeque-mate.

— Não sei por que tanta implicância... — murmurei entre dentes.

— Muita insolência para quem está morando de favor! — minha mãe exclamou.

Em vez de tirar partido, Bãbak pôs panos quentes.

— Temos que dar um desconto — ele disse. — A pobre está assim por conta do marido, que sumiu do mapa...

Para meu espanto, minha mãe discordou.

— Todos nós enfrentamos uma fase muito desconfortável, nem por isso perdemos o controle.

E, virando-se para mim, completou:

— Eu avisei ao seu pai que manter a irmã dele aqui por tempo indeterminado não ia acabar bem. Imagine se Amir nunca mais dá sinal de vida? O que faremos com ela, acostumada a ter do bom e do melhor? — e voltou à cozinha para colocar mais magia na comida. Com isso ela acreditava amenizar os conflitos domésticos gerados pelas mudanças políticas radicais e suas conseqüências cada vez mais pesadas.

X

Se eu havia ficado indiferente à notícia da convocação de Narges, o dia da sua partida se transformou em um dos mais tristes de que me recordo. Ela fora minha confidente, aturou com paciência meus arroubos juvenis e estendeu a mão solidária durante minhas crises de inconformismo. Só a ela dei o privilégio de ler a carta de Zibã, que mantinha no bolso. Quando estava só na loja do bazar, eu a estendia sobre o joelho atrás do balcão e me perdia entre as linhas que já sabia de cor. Só levantava os olhos da letrinha miúda ao ser interrompido por um freguês ou ao escutar os passos de Agho Jun voltando de alguma fábrica ou ateliê nas redondezas. Com a ida de Narges, só me restava aquela folha de papel, já rasgando nas dobras de tanto abrir e fechar. Certa ocasião foi preciso amassá-la depressa, pois Agho Jun apareceu sem que eu me desse conta. Depois, em casa, fiquei horas tentando passá-la a ferro, sem sucesso. Continuou amarfanhada e ganhou duas manchas escuras de queimado.

Despedi-me de Narges com o coração apertado. Ela vestia uma roupa escura, incluindo o chador que detestava, mas era obrigada a usar. Eu sabia que minha irmã oferecera-se como voluntária mais por desespero do que por amor à causa. Entre nós, familiares, ela criticara os excessos do novo regime, mas, se permanecesse reclusa, acabaria morrendo aos poucos. No posto médico poderia, ao menos, aplicar seus conhecimentos e salvar vidas. De todos, Agho Jun foi o que mais sofreu com aquilo tudo. Apesar de guardar para si as lágrimas derramadas pela minha mãe em coro com Farzane, Shahin e filhos, ele estava dilacerado por dentro. Embora não transparecesse, nutria uma enorme admiração por Narges. Para compensá-lo, tratei de me empenhar no trabalho, fingindo um entusiasmo que nunca senti de verdade.

Com a partida, eu me transferi para o quarto dela, que passei a dividir com Farzane. Agho Jun pendurou no teto entre as duas camas um kilim, que funcionava como uma espécie de divisória, mantendo a privacidade de cada um de nós. Na sala dormia Bãbak com Xeque-mate, que depois do novo nome passou a conviver em harmonia dentro de casa como um membro da família. Salvo Shahin, todos adotaram o cão, que se tornou dócil e comportado, a ponto de nunca mais derrubar o tabuleiro de xadrez. Aliás, bastava Shahin pegar a bolsa e os meninos já ficavam inquietos para jogar com Bãbak. Muitas vezes eu voltava do bazar para encontrá-los absortos numa partida feito gente grande. Espertos, depressa aprenderam artifícios para usar diante da mãe. Eles fingiam tão bem que Shahin não desconfiava da profunda amizade que ia se solidificando entre eles e aquele homem a quem ela via como um intruso.

Omid e o irmão eram as únicas luzes que iluminavam nosso cotidiano. Cada dia era igual ao anterior, o que se traduzia em um tédio indizível. Não se podia ouvir música, e a televisão só transmitia os programas autorizados pelos censores do regime. Nem preciso dizer como eram maçantes. Passear, sair à noite, ir a um restaurante ou a um barzinho beber Delester Golden, nossa cerveja sem álcool, também estava fora de cogitação. Com o refluxo do turismo, as vendas na loja caíram para menos da metade, justo agora que tínhamos mais pessoas para alimentar dentro de casa.

Agho Jun ajoelhava-se cinco vezes todos os dias no tapete de orações voltado para Meca, mas não conseguia me persuadir a fazer o mesmo. Quando ele insistia diante dos vizinhos do bazar, eu fingia acompanhá-lo, só que em lugar de rezar, pronunciava baixinho o nome de Zibã. Certo dia, deitado na cama, enquanto eu o escutava fazer suas preces antes de seguirmos juntos para o trabalho, minha mãe apareceu.

— Levante-se, querem falar com você lá embaixo.

— Quem é? — perguntei com o coração na boca, embora soubesse que as chances de ver Zibã por ali eram remotíssimas.

Sem responder, ela desceu as escadas com pressa, o que só atiçou minha curiosidade. Enfiei uma calça, calcei os chinelos e sai abotoando a camisa. Na sala, Bãbak lançou um olhar na direção oposta de onde estava sentado, e, num susto, reconheci Faty.

Cauteloso, aproximei-me dela com minha mãe vindo atrás e convidando-a para sentar-se.

— Vou preparar um chá — e saiu fazendo um gesto para que Bãbak a seguisse, deixando-nos a sós.

Faty mudara desde a última vez que a vira. A roupa severa tornava suas feições carregadas e notei que as mãos tremeram de leve quando me cumprimentou. Nem precisei indagar o que a trouxera ali, pois ela se encarregou de iniciar a conversa.

— Vim avisar que Behruz deve ir para a guerra.

— Ele foi convocado?

— Não. Alistou-se como voluntário do Sepahe Pasdaran...

Fiquei sem reação. Aquele era o grupo religioso da milícia xiita, a facção do islamismo predominante no Irã e que defendia a revolução sob o Alcorão. Muitos acabavam de fato seguindo rumo a Ostãne Khuzestan, a oeste, para combater as tropas invasoras de Saddam Hussein.

— Ele parte amanhã da praça Setad para Darvazeye Kazerun — ela prosseguiu.

— Não vai ao menos receber treinamento?

Ela deu de ombros e eu soltei um suspiro que misturava descrença, desalento e raiva, tudo junto. Sabia, no fundo, que Behruz seria capaz de um gesto daqueles. Sempre fora corajoso, nunca recuara diante de um desafio. Para ele, não poderia haver nada mais justo do que lutar contra o inimigo que atacava seu país. Por que eu não conseguia pensar do mesmo modo? O que havia de errado comigo?

Faty cortou meus pensamentos ao me oferecer o velho relógio ganho após o torneio de xadrez.

— Meu irmão pediu que entregasse a você.

— Já disse que não posso ficar com isso. Não me pertence...

Com os olhos marejados, Faty mordeu os lábios como Zibã fazia. A lembrança dela naquele instante me deixou tonto de emoção. Amoleci.

— Aceite como uma espécie de trégua. Behruz não quer partir sem ter a garantia de que continua seu amigo.

Amigo... pensei comigo mesmo. Não lembrava mais o significado da palavra, ela perdera o sentido e não provocava em mim qualquer tipo de sentimento. Para não desapontar Faty, peguei o relógio de volta e desta vez coloquei direto no pulso. Agho Jun estava a par de tudo, não havia mais motivos para escondê-lo.

— Obrigada... — ela falou, levantando-se para ir embora.

Eu hesitei. Não tinha idéia do que dizer:

— Mande lembranças ao seu irmão.

Ela só balançou a cabeça e foi saindo em direção à porta. Despedimo-nos solenes como dois estranhos e fiquei parado na calçada até sua figura desaparecer no final da rua. Quando entrei na sala, minha mãe vinha com a bandeja de chá e seus famosos gez.

— Ela já foi? Por que não esperou pelo lanche?

Sem responder, subi em direção à metade do quarto que me cabia. Estirei-me na cama e fixei a vista no teto. Dali a pouco meu pai me chamava para ir trabalhar. Eram nove horas da manhã e estávamos atrasados devido a uns telefonemas que ele dera.

No trajeto, Agho Jun me viu consultando o relógio seguidamente, mas não comentou nada. Perguntou sobre Behruz e eu respondi monossilábico. Caminhamos no mais completo silêncio, cada qual alimentando seus pensamentos. Os meus estavam no garoto que compartilhara comigo os dias alegres da minha existência. Os dele, como eu poderia até adivinhar, giravam em torno da iminência da minha convocação para o exército, algo que ele temia acima de tudo.

O dia arrastou-se com uma lentidão enlouquecedora. Os parcos fregueses acabavam nada levando e minha impaciência não contribuía para melhorar os negócios. Quando via um deles se afastar de mãos vazias, Agho Jun resmungava baixinho, lamentando a má sorte.

— Tem que cativar o cliente, Kurosh — ele ensinava pela centésima vez, sem qualquer sombra de repreensão na voz, o que me fazia sentir ainda pior. Sabia que a situação em casa se agravava com o dinheiro escasso. Só que eu não havia nascido com o dom do comércio. Após aquela agressão gratuita que me mortificava, eu fazia de tudo para disfarçar o tédio das horas perdidas atrás do balcão. Antes, ao menos eu jogava xadrez com Farzane, mas ela desistira de ir até o bazar para nossas partidas. Preferia cuidar do enxoval, apesar do adiamento das bodas devido às circunstâncias políticas.

Quando Agho Jun ajoelhou-se para a quarta oração do dia, eu exultei de contentamento. Embora não tivesse nada para fazer em casa, ansiava por deixar aquele local e fazia contagem regressiva dos minutos.

De novo não consegui comer quase nada no jantar e minha mãe olhava para mim preocupada. Seus dons culinários surtiam cada vez menos efeito no meu humor que ia da indiferença ao cinismo, passando pelo deboche puro e simples. Por volta das oito horas eu já estava entre os lençóis sem sequer me dar o trabalho de trocar de roupa. Antes de minha irmã se acomodar, já dormia. Aquela seria uma das primeiras noites em que experimentei um sono reparador e sem sobressaltos.

Ao acordar, logo cedo, vi que o dia nem amanhecera. A rádio ainda não havia nos convidado para as orações. Estranhei. Em geral eu era um dos últimos a despertar. Consultei as horas e minha paz evaporou junto com as memórias de Behruz. As lembranças iam e vinham como as ondas do mar. Traziam recordações de momentos preciosos, mas, ao refluírem, deixavam na areia molhada tocos de madeira, galhos secos e retorcidos. Naqueles detritos estavam os símbolos da nossa amizade corrompida.

Sem conseguir voltar a dormir, desci as escadas e fui buscar um copo d'água. Ao ver a travessa de gez intocada que minha mãe fizera para oferecer a Faty, dei um pulo. Behruz partiria dentro de algumas horas. Voltei para a sala pé ante pé e abri a porta da frente. Uma lufada de ar frio bateu em Xeque-mate, que acordou com um arremedo de latido. Assustado, Bãbak sentou-se na almofada e esfregou os olhos.

— De pé numa madrugada dessas, haji?

Tentei disfarçar, inventando fome e sede. Andava para lá e para cá, sem saber o que fazer. Por fim resolvi me abrir com nosso hóspede, que me sondava desconfiado.

— Behruz está rumando para Ostãne Khuzestan — disse baixinho.

— Ele vai para o front?

— Acho que sim. Com o Sepahe Pasdaran...

— Hum — fez Bãbak, balançando a cabeça, enquanto eu continuava esfregando as mãos uma na outra e consultando o relógio como se ele fosse um oráculo. Os minutos corriam depressa e pela segunda vez eu desejei poder parar o tempo. Abri e fechei gavetas, soquei as almofadas, que faziam um barulho abafado, brinquei com Xeque-mate. Sentia-me perdido, precisava fazer alguma coisa, mas não sabia direito o quê, nem como. Foi Bãbak quem interpretou minha aflição, traduzindo em palavras o desejo que eu tentava esconder de mim mesmo.

— Você quer se despedir dele...

Era como se tirassem um peso de cem toneladas das minhas costas. Os músculos do meu rosto descontraíram-se, o alívio percorreu meu corpo soltando os nós da angústia. Devo ter demonstrado isso, mas ainda não estava convencido.

— Você acha mesmo que devo ir? — Eu queria só um empurrãozinho.

— É natural, ele é seu amigo...

O som dessa palavra ficou zunindo no meu cérebro. Relaxei. Perdoei Behruz com a metade do meu coração. A vontade imediata era abraçá-lo e dizer isso a ele, mesmo que lá no fundo restasse um vestígio de mágoa. Tornei a olhar o relógio e perdi o fôlego, se quisesse de fato vê-lo precisava correr. O caminhão que o levaria estava no estacionamento aguardando seu carregamento humano.

— Conte para meu pai o que fui fazer — falei para Bābak. Fiz menção de abrir a porta, mas ele me puxou pelo braço.

— Como pretende chegar lá?

Não sabia o que responder, na pressa nem havia pensado nessas questões práticas. A praça Setad ficava no outro extremo da cidade. Caminhar até lá estava fora de cogitação, pegar um ônibus poderia consumir minutos precisos, mas não tinha um toman para pegar um táxi.

— Espere um pouco — ele avisou, enquanto enfiava a mão no fundo da maleta.

Por um instante imaginei que ele fosse pegar uma das suas peças de xadrez enfeitadas de diamantes. Em vez disso, tirou um maço de dinheiro preso num elástico. Mas em lugar de me dar as notas, começou a rabiscar qualquer coisa num papel. Achei que fosse a orientação de como encontrar a praça, só que estava enganado.

— Estou deixando um recado para Haj Hassan.

Fiz cara de espanto. Ele explicou:

— Vou com você. Sei de um atalho para chegarmos lá — e, antes que eu pudesse protestar, ele acrescentou: — Pode ser perigoso ir sozinho.

Dizendo isso, Bābak enfiou os tomans no bolso da calça, por baixo da túnica longa que vestiu sobre a roupa, pegou a bengala e me empurrou para fora. Encolhi de frio dentro do casaco fino. Por sorte, ele tinha um gorro e um cachecol extra, que enrolei até o nariz. Com o coração batendo acelerado, andamos por um bom tempo até acharmos um táxi na madrugada ainda escura. Fizemos o itinerário sem trocar uma palavra sequer. Só ele falava, dando instruções e discutindo com o motorista, que errou quatro vezes antes de seguir a rota certa. Eu olhava apavorado para os ponteiros do relógio que pareciam girar mais depressa do que eu gostaria.

Chegamos, por fim, ao endereço dado por Faty. Estava lotado de soldados uniformizados que zanzavam de um lado para o outro. Não seria fácil achar Behruz no meio daquela multidão. Saltamos do carro e apertei a vista. Na luz tênue da aurora, distingui, do outro lado da praça, alguns jovens que seguravam o Alcorão na altura de cabeça dos colegas. Como de costume, estes beijavam o Livro Sagrado e passavam por baixo dele. Em seguida invertiam os grupos e repetiam o ritual para se protegerem na viagem. Aproximei-me com cuidado e pude ouvi-los repetindo em conjunto palavras relacionadas à guerra que iriam enfrentar. "Se alguém for ferido, o povo receberá um ferimento semelhante. Tempos assim vão existir para que Deus possa reconhecer os crentes e escolher os mártires. Deus não ama o injusto. Deus diz a verdade." Só que Behruz não estava entre eles.

Bãbak foi me levando em direção aos caminhões estacionados em fila dupla. Alguns estavam lotados de soldados que levavam na cabeça bandanas em vez de capacetes ou quepes. Outros carregavam munição e armamentos de todo tipo, encobertos pela lona verde-oliva. Quando íamos alcançar um deles, um soldado se aproximou.

— Quem são vocês? O que querem aqui?

Tremi da cabeça aos pés, ia sair correndo quando Bãbak me reteve.

— Estou procurando um sobrinho que vai partir... — ele falou. — Tenho uma encomenda para ele — e, para minha surpresa, Bãbak mostrou um pequeno embrulho que eu nem sabia que ele tinha. O soldado nos olhou com desconfiança.

— Qual o nome dele?

— Behruz.

— Tudo bem, podem passar....

Suando frio, comecei a caminhar com as pernas bambas, quando o mesmo soldado voltou a nos interpelar.

— E este rapaz? — perguntou com a voz estridente.

— É meu filho... — respondeu Bãbak.

— Quantos anos ele tem?

E antes de obter a resposta, o soldado disse.

— Parece em idade de lutar pelo Islã. Por que ele não embarca junto com os outros?

Apavorado, eu estava preparando uma justificativa convincente, quando Bãbak interveio:

— Ele é surdo-mudo — fez para mim gestos com as mãos como sinais e prosseguiu: — Senão teria a maior honra em servir em nome de Alá, que seja louvado!

O soldado olhou de Bãbak para mim e me perguntou:

— Você não ouve o que eu falo?

Sem responder, tentei manter uma expressão condizente com a de alguém que não compreende direito o que ele dissera. Alguns segundos se passaram. O rapaz parecia refletir, enquanto me examinava de alto a baixo como para checar a veracidade da minha deficiência auditiva. Logo Bãbak tornou à carga:

— Eu não disse? Ele é surdo como um poste! — e piscou para o soldado, que virou as costas e foi sumindo da nossa vista. Quando ele desapareceu, Bãbak limpou a testa, que gotejava de suor.

Aquela fora por um triz, eu fiquei de fato mudo de susto, e saí puxando de uma perna. Ele me sacudiu.

— Você é surdo e não manco! Quem tem problema na perna sou eu, haji!

Eu queria rir, mas não conseguia. Meu estômago doía e minha cabeça zumbia. Não era capaz de raciocinar e só então me lembrei de que não comera nada. O dia amanhecera e um solzinho fraco iluminava a confusão ao nosso redor. Bãbak então apontou um oficial lendo em voz alta os nomes dos que embarcavam.

— Talvez ele possa nos dar informações...

Reanimado, esqueci o mal-estar e fomos caminhando naquela direção. Em vez de mancar, eu me esforçava para não correr. Tive que fazer um esforço monumental para controlar minha ansiedade e não agarrar o oficial pelo colarinho para saber onde estava meu amigo. Queria olhar Behruz de frente e sem rancores, nem que fosse pela última vez. Precisava saber que eu o tinha perdoado, agora com o coração inteirinho, sem restrições. Ele voltava a ser a pessoa querida de sempre. As palavras iam se ordenando no meu peito prestes a explodir de tanta emoção. Eu sentia que estava a um passo de abraçar meu amigo de infância. Essa sensação aumentou quando Bãbak pediu para verificar na lista que o oficial tinha em mãos se poderia achar seu "sobrinho".

— Qual é o nome?

— Behruz — eu me apressei em responder. — Behruz Hashemi — anunciei, esquecendo-me de que era surdo-mudo.

Bãbak colocou-se na minha frente, tapando a visão. O soldado que nos interrogara estava entretido acompanhando o vai-e-vem dos militares e não pareceu ter me escutado falar. Só que a burocracia não acompanhava meu estado de agitação. Ela arrastava-se nos movimentos lentos do comandante da seção dos voluntários do Sepahe Pasdaran. Seus dedos escorregavam pelos nomes devagar, sem a menor pressa. Depois de um tempo que pareceu uma eternidade, ele perguntou:

— Sabe a que unidade ele pertence?

Bãbak negou com a cabeça. O comandante levantou-se, trocou umas palavras com um companheiro e voltou.

— Ele está em outra lista.

— Mas o senhor não poderia nos ajudar? — Bãbak implorou. — É de suma importância!

O oficial olhou com desdém para Bãbak.

— Isso aqui não é um parque de diversões, estamos trabalhando!

— Desculpe, senhor, mas preciso entregar estes medicamentos ao meu sobrinho! — e Bãbak mostrou o embrulho que trouxera conosco. Daí, para meu espanto, disfarçadamente passou o bolo de tomans às mãos do homem. — Para as milícias de Alá... — Bãbak sussurrou.

O oficial enfiou depressa o maço nos bolsos da calça cáqui do uniforme.

— Vou ver o que pode ser feito — disse. Em seguida pegou um radiotransmissor e se pôs a conversar. Dali a um tempo, apontou para a outra extremidade da praça.

— Ele vai sair de lá. Pelo menos é o que me informaram.

Agradecendo, Bãbak foi me puxando no rumo indicado. Eu ainda tentava digerir a cena que acabara de presenciar, mas a premência do tempo me obrigou a varrer tudo que não dissesse respeito a Behruz para fora dos meus pensamentos. Naquele instante, eu queria ter asas para voar sobre o amontoado de gente que me empurrava de um lado para o outro. Parecia o bazar nos dias que antecedem o Ramadã. Eu tinha a impressão de que todos resolveram atrapalhar, barrando nossa passagem de propósito.

— Por aqui! — gritou Bãbak.

— Não! Deste lado é melhor — respondi, entrevendo o que achava ser um atalho, mas em meio a tantos soldados ficava difícil enxergar por onde ir. No fim, acabei me perdendo de Bãbak. Fiquei rodando em círculos e, quando me dei conta, eu alcançara a direção oposta. De novo senti a voz salvadora de Bãbak.

— Haji, você está perdido. Depressa, venha atrás de mim.

Com o seu corpo esguio, mesmo puxando de uma perna, ele foi esgueirando-se por entre as levas que se abriam para nos dar passagem. Num átimo tínhamos chegado ao lugar certo. Imediatamente ele deu o nome ao encarregado. Nova espera, outra consulta nas listagens. Meu estômago dava sinal de vida, uma dorzinha insidiosa ia subindo dali para a minha cabeça, que latejava como se eu estivesse com febre alta.

Pela milésima vez consultei o relógio. Passava das nove horas.

— Behruz... Behruz... — ouvi o moço murmurar em busca do nome tão procurado. Diferente dos demais, ele não usava turbante e sim um capacete escuro. Tentei me aproximar para ler o papel, mas ele levantou o rosto para mim triunfante.

— Behruz Hashemi — ele gritou. — Achei, aqui está! — e me mostrou com dedo a linha com o nome do meu amigo. Exultei, olhando de um lado para o outro como numa partida de tênis. Custava segurar minha euforia.

— Onde? Onde ele está?

Só então o rapaz caiu em si. A expressão dele mudou e eu estremeci.

— Acabou de ir embora. O caminhão saiu não faz cinco minutos.

O soldado recolocou a lista no envelope com um gesto mecânico e subiu na cabine do veículo. Prestes a dar a partida, acrescentou, num tom que ia da censura ao consolo:

— Se tivesse chegado um pouquinho antes...

MICHEL SETBOUN/CORBIS – LATINSTOCK

REVOLUCIONÁRIOS IRANIANOS EM TEERÃ, 1979

HENRI BUREAU/SYGMA/CORBIS – LATINSTOCK

SOLDADOS IRAQUIANOS NO IRÃ, SETEMBRO DE 1980

Agora que nos livramos de um regime que obedecia às ordens do poderoso império do Norte, eles se vingam ajudando Saddam Hussein e suas tropas assassinas. Isso me leva à razão principal desta carta. Ou seja, a de pedir a você, implorar em nome de tudo o que julga mais importante, que NÃO SE ALISTE nesta guerra.

XI

Havia duas semanas eu não me levantava da cama. Agho Jun esgotou sua paciência quase infinita tentando me reanimar, e minha mãe experimentou todos os truques culinários para me tirar do torpor. Tudo em vão. À minha volta, acumulavam-se jornais e revistas que minha irmã trazia. Eu me sentia um intruso neste mundo que roubara de mim o mais precioso. Narges partira para longe, Zibã ficou fora do alcance e Behruz sumiu sem que eu tivesse a oportunidade de lhe dar um abraço de perdão. Bãbak gastara à toa suas últimas economias numa tentativa frustrada pela minha própria teimosia. Não me conformava em não o ter seguido no meio da multidão. Cinco minutos teriam mudado o curso da história e agora eu estaria com a consciência tranqüila. Chegaram a cogitar chamar Faty, mas ela viajara com os pais para a cidade dos avós.

Meu relógio de pulso virou um talismã que era acariciado como se fosse o rosto de Behruz. A imagem dele se confundia com a de Zibã e de Narges, lutando para sobreviver enquanto eu nem sequer fora capaz de chegar a tempo para uma mera despedida. Agora estava à mercê de um duplo arrependimento sem qualquer vislumbre de solução. Deixara Behruz partir sem falar com ele e fiz Bãbak desperdiçar o pouco que conseguiu salvar para uma eventual emergência. Embora ele insistisse que tinha mais dinheiro, era óbvio que aqueles tomans representavam as derradeiras notas de sua minguada algibeira.

— Você tem que reagir. Não foi sua culpa, sou testemunha disso.

Ele repuxava a barba que deixara crescer como a maioria dos iranianos neste período pós-revolucionário. Elas surgiram no rosto de todos os homens adultos na mesma proporção em que os cabelos femininos sumiram debaixo do chador.

— O que os meninos vão pensar? — Bãbak mudava de tática, de pé ao lado da cama. Apegara-se tanto aos garotos que Shahin acabou desistindo de afastá-los dele. Ensinara-os a jogar um xadrez de gente grande e, no fundo, terminou por dividir com Agho Jun o papel do pai ausente. Por umas frações de segundo eu me animava, mas depois via o retrato do meu amigo sobre a cadeira que servia de mesa-de-cabeceira, e a depressão voltava. Pensaram em consultar um médico, mas ninguém tinha um tostão, e Narges, que resolveria o problema, estava longe para carregar mais este peso.

Cheguei a cogitar em dar cabo de tudo e só não levei o plano adiante por Agho Jun e Zibã. Nutria alguma esperança em revê-la e isso me mantinha vivo nos momentos mais dilacerantes. A falta de convívio com pessoas da minha idade, agora que as escolas permaneciam fechadas, me abatia ainda mais. Com o país inteiro semiparalisado em virtude das mudanças impostas pela revolução seguidas da guerra com o Iraque, a comunicação entre os órgãos públicos funcionava de forma precária. Nessa brecha, inúmeros escaparam à convocação compulsória. Não que o governo contasse com pouco contingente, sobravam voluntários dispostos a dar a vida em nome de Alá. Só por isso as autoridades não saíam à caça dos jovens em idade de servir o exército como eu.

De uma hora para a outra, sem qualquer aviso, a luz se fez. Percebi que não era apenas um estranho no meu próprio corpo, mas também um exilado na minha pátria. Eu só conseguiria superar a frustração se seguisse os passos de Behruz e fizesse algo de útil pelo meu povo. Como no caso de uma picada de cobra, eu teria que tomar soro feito com o veneno da serpente se quisesse me curar. Era isso ou morrer de desgosto por algo que poderia ter sido.

Nesse instante resolvi me alistar o mais rápido possível. Estaria cumprindo com meu dever e arrancando do peito aquela dor que não calava. Pulei da cama, coloquei a roupa e, meio zonzo devido à fraqueza, desci as escadas cambaleante. Por sorte, não havia ninguém em casa para questionar aquela decisão súbita. Bebi um pouco de chá frio e comi os nân-e sangak que achei na mesa da cozinha. No bolso da calça, apalpei meus documentos, duas fotos 3x4, e abri a porta. Consultei o relógio, cujo mostrador parecia sorrir. Behruz iria se orgulhar de mim e mesmo que não o encontrasse nunca mais, ele ficaria sabendo do meu gesto. Estava leve como há séculos não me sentia. Peguei a chave e, ao fechar o portão, esbarrei em Bãbak, que voltava do passeio matinal com Xeque-mate.

— Vejo que sarou! — ele me segurou pelo braço. — Aonde vai com tanta pressa, haji?

Dei uma desculpa qualquer e continuei andando. Bãbak correu atrás de mim com dificuldade por causa da perna.

— Espere, espere!

Fingi que não escutei e acelerei o passo. Ele tornou a berrar.

— Ei, tenho uma carta para você!

Parei no ato. Nem um raio teria me detido com tanta eficácia. Primeiro um tremor quase me derrubou. Depois, uma ansiedade sem limites me empurrou em direção ao envelope pardo que ele segurava em uma das mãos. Daí comecei a suar de emoção, antevendo a escrita miúda de Zibã. O que ela contaria desta vez? Teria arrumado um jeito de vir a Shiraz? Suas palavras doces já borbulhavam diante de mim quando reconheci a letra de Narges. Balbuciei qualquer coisa, sem esconder a decepção. Tão desencantado estava que nem estranhei o fato de ela ter escrito direto para mim e não para Agho Jun e toda a família como seria natural.

— Não vai abrir? — Bãbak indagou, tentando decifrar minha expressão.

— Depois — respondi, enfiando a carta no bolso da jaqueta.

— Não está curioso? Mandaram entregar no vizinho com a recomendação de que eu desse direto a você — ele fez uma pausa, examinando-me de cima a baixo. — Não veio pelo correio, foi trazida por um portador. Decerto ela quis evitar a censura do governo.

Balancei a cabeça e fui andando. A carta não me interessava tanto a ponto de me deter. Tinha uma meta estabelecida e agora nada poderia me tirar do caminho. Foi quando ouvi de novo a voz firme de Bãbak:

— Seja lá o que for fazer, pode esperar. Volte comigo para casa e leia a carta antes de o pessoal voltar.

Fiquei com raiva, ele não tinha o direito de atrapalhar meus planos.

— Venha, pode ser importante! — ele insistiu.

Então avaliei que era cedo. Os postos de alistamento funcionavam até a noite. O dia apenas começava, e meia hora de atraso não representava perigo. Virei para seguir Bãbak, sem me dar conta de que pela segunda vez consecutiva ele salvava minha vida.

"*Meu querido Roshy, espero que não fique zangado por usar seu apelido*", Narges dizia na primeira linha. Eu estava sentado na almofada de Xeque-mate, que dividia o espaço comigo e prestava atenção feito gente. Para me deixar à vontade, Bãbak entrara na cozinha para esquentar o chá. Dali eu escutava o barulho das xícaras e da chaleira no fogo. Continuei a leitura com esforço, a letra dela estava tremida como se tivesse escrito com pressa:

Você deve estar achando estranho eu endereçar esta carta a você, mas precisava contar sobre o que tem acontecido aqui sem deixar nossos pais angustiados. Consegui como emissário um parente do vizinho, que se ofereceu para encaminhar esta carta em mãos, sem correr o risco de cair nas malhas dos milicianos encarregados da censura.

Soube que ficou arrasado com a partida de Behruz, de quem não teve a oportunidade de se despedir nem se reconciliar. Imagino como isso o abalou e temo que acabe tomando alguma atitude precipitada. Primeiro, saiba que ele estava ciente da sua amizade e do seu perdão. Faty me contou que o fato de ter aceitado o relógio de volta representou muito para Behruz. Ele partiu com a certeza de que você continuava o mesmo amigo de sempre. Quanto a isso, fie-se na minha palavra. Eu não mentiria ao meu irmão. Sabe disso, não é?

Um dos motivos pelos quais envio estas linhas é para fazer um breve relato do que tenho presenciado por aqui. Se algum dia você chegou a imaginar como seria o inferno, não deve chegar aos pés do que vejo diariamente à minha volta. Os soldados vão para o campo de batalha sem o menor treinamento, dispostos a se imolarem em nome do Islã. Muitos são quase crianças, as faces lisas e sem pêlos, a voz quebradiça mudando de tom. Os pais os incentivam e até os forçam a se alistar. Acreditam que assim estão franqueando a entrada da família no Paraíso. Se ouvissem como estes meninos choram, chamando pelas mães no meio da noite como criancinhas pequenas...

Falo sério, dá vontade de pôr cada um deles no colo. Mas nossa presença é proibida e só podemos estar com eles acompanhadas por um médico e nem preciso lembrar que isso é coisa rara neste fim de mundo. As atrocidades sucedem-se com uma freqüência inacreditável. Como os cirurgiões são requisitados para atender aos oficiais e às patentes superiores, os garotos terminam abandonados à própria sorte. Se levam um tiro na canela, acabam com a perna amputada porque não há quem faça uma operação simples e extraia a bala. Outras vezes esperam a ferida gangrenar, e os coitados morrem de infecção generalizada por falta de medicamentos. Fazemos o possível, mas os antibióticos são racionados, de nada adianta boa vontade sem infra-estrutura. Acostumei com o cheiro de podridão que infesta as barracas transformadas em enfermaria, nem vomito mais ao ver os corpos que chegam em caixas de papelão, com o sangue escorrendo pelas dobras e tingindo o chão de vermelho, formando uma lama que gruda na sola dos sapatos feito cola.

Não há refrigeradores para guardar os mortos ou o que restou deles, mas, em vez de enterrá-los, o que seria o mais lógico e higiênico, preferem esperar para remetê-los às famílias nas diversas regiões do país e, com isso, conseguir uma repercussão de grande impacto sem maiores esforços ou gastos. Os próprios mártires que regressam nos caixões convertem-se no maior artigo de propaganda a favor dos alistamentos. Após cada funeral coletivo, cresce o contingente de novos voluntários. Eles são enviados como vanguarda das tropas para receber de peito aberto os primeiros tiros e ajudar a livrar a área das minas terrestres. Atrás deles chegam os tanques e os soldados de verdade. E ninguém questiona o absurdo disso. Sai mais barato, é eficaz e o governo ainda dá a impressão de estar fazendo um favor aos familiares das vítimas, que assim sentem-se orgulhosos dos filhos estraçalhados.

Quanto aos que são capturados, procuro nem pensar. Poucos sobram para contar a história, mas ouvi coisas que gostaria de nunca ter escutado. Hospitais de Bagdá mantêm centenas deles vivos só para ir tirando pedaços de pele e fazer enxertos nos iraquianos queimados no front. Quando viram uma massa de carne, sem nenhum tecido encobrindo o corpo, são enterrados vivos, para economizar munição. Saddam Hussein não tem um pingo de escrúpulo e, com a ajuda do governo norte-americano, ignora as convenções internacionais sobre prisioneiros de guerra. Receio que logo, por vingança, nós, do lado de cá, estaremos praticando monstruosidades semelhantes. Olho por olho, dente por dente...

É evidente que só escrevo isso tudo porque tenho garantias de que a carta seguirá por vias seguras e que minhas palavras jamais serão repetidas por você à nossa mãe e a Agho Jun. Creio que eles não suportariam saber o que tenho passado.

Dobrei as folhas sem pressa e caminhei até o quintal para tomar um pouco de ar fresco. Tinha que fazer uma pausa, as notícias de Narges eram pesadas demais para meu estômago enfraquecido por semanas de jejum. Bãbak me seguiu, mas não disse nada. Esquadrinhava meu rosto em busca de pistas, mas eu tinha os olhos secos e vazios. Ele respeitou meu silêncio. Xeque-mate se aproximou abanando o rabo e lambendo minha mão. Fiquei com inveja do cachorro, desejando trocar de lugar com ele para escapar das armadilhas feitas pelos homens. Como seria bom esquecer tudo e mergulhar no vácuo da inconsciência canina...

Uma brisa soprou as folhas do pé de romã, espalhando um perfume com sabor de infância. Épocas alegres, quando a única preocupação era escolher o tipo de brincadeira, apostar quem apanharia as melhores frutas para fazer o rôbe anor, meu doce predileto. Um tempo que agora parecia tão remoto como as lendas sobre nossos heróis que eu costumava ouvir de Agho Jun quando éramos pequenos. Não apenas o passado, mas meu presente e futuro esfacelavam-se diante de mim sem que eu nada pudesse fazer.

As tulipas recém-plantadas não haviam brotado. Lembrei-me de como ficávamos excitados, à espreita dos brotos. Eu levantava antes das minhas irmãs para ser o primeiro a notar a flor esgueirando-se para fora da terra em busca do sol. Para mim aquilo significava um pequeno milagre que se repetia a cada primavera. Agora tudo estava saturado da paisagem precocemente envelhecida. Dava a impressão de que as plantas não iam florescer nunca mais. Como eu, Behruz, Narges e uma geração inteira de jovens, elas morreriam encruadas sem desabrochar.

Atormentado por tais pensamentos, sentei-me no degrau que dava acesso à cozinha, ao lado de Xeque-mate, e tornei a abrir a carta. Quanto sangue ainda pingaria daquelas páginas? Reuni coragem e continuei a leitura:

Meu cansaço às vezes me faz confundir as coisas e nesse meio a gente perde as referências como se tivesse sofrido uma lavagem cerebral. É difícil, quase impossível, manter um resquício de lucidez diante de tanta crueza. Tento me agarrar ao fiapo de humanidade que me resta para prosseguir proporcionando alívio aos que sofrem. Infelizmente é pouco, lamentavelmente pouco, o que posso fazer. Sobretudo diante do imenso poder de fogo dos nossos inimigos. Recordo as palavras sábias de Agho Jun, de que estávamos nos afastando dos nossos princípios sob o regime de Pahlevi. Os Estados Unidos fizeram de tudo para nos desviar do Islã, nossa raiz mais profunda. Agora que nos livramos de um regime que obedecia às ordens do poderoso império do Norte, eles se vingam ajudando Saddam Hussein e suas tropas assassinas. Isso me leva à razão principal desta carta. Ou seja, a de pedir a você, implorar em nome de tudo o que julga mais importante, que NÃO SE ALISTE nesta guerra. Acima de tudo, evite qualquer contato com as milícias e, se for convocado, não se apresente. Acredite, o que presencio é um preço alto demais para a defesa da pátria. Frente ao arsenal oferecido por Washington, lançamos mão do fanatismo como último recurso. Só que ele destrói vidas e não leva a nada. A guerra, a meu ver, vai se arrastar por anos a fio, e nesse período será também usada como pretexto para o governo nos manter sob o mais rígido controle. Eu já estou aqui, dando o meu quinhão. O seu papel é permanecer em

Shiraz, cuidando da nossa família, ao lado dos nossos pais. Ajude Agho Jun, sobretudo agora, com os gastos extras de Shahin e seus filhos. Eles precisam mais de você aí do que aqui, nesta loucura.

Precisa prometer, meu irmão, de que fará de tudo para escapar a esta loucura que não tem nada a ver com religião e sim com desespero. De todo coração, não posso acreditar que Alá aprove esta carnificina inútil. Por isso oro todos os dias, mas, sinceramente, fico cada vez mais cética e sem esperanças.

Assim que conseguir uma licença, vou até aí visitá-los. Enquanto isso, durmo um pouco mais tranqüila sabendo que você atenderá meu pedido. Aliás, isso é uma das únicas coisas que me mantém viva, senão seria capaz de morrer. Sei que posso contar com você neste momento, que sempre me escutou e agiu de modo sensato. Agora não será diferente. Esse é o apelo da sua irmã.

Termino aqui com um beijo e o pedido de que nada comente com Agho Jun.

A sempre sua,

Narges.

Não me recordo quanto tempo permaneci ali, mudo, sem mexer um dedo. Por fora eu continuava inerte, mas dentro de mim havia um vulcão em plena atividade. Estava prestes a selar o meu destino com Behruz quando Narges vem e me joga para o alto como uma planta desenraizada. O que fazer? No fundo eu pensava como ela, decifrava as entrelinhas dos jornais e notava a estupidez dos fanáticos. Agho Jun precisava mesmo de mim no bazar. Por outro lado, eu era um jovem com obrigações e deveres, e nem sempre se pode fugir diante de uma ameaça. A guerra também tinha seu lado bom, o companheirismo e a camaradagem que aprendi nos filmes, sem falar na honra e no orgulho nacional. Mais do que tudo, a aventura das trincheiras me excitava e me atraía, seria mais interessante do que minha vida enfadonha e previsível.

Soltei um suspiro tão fundo que fez Xeque-mate dar um latido. Visivelmente curioso, Bābak se aproximou, mas não se intrometeu. Ficou remexendo os canteiros, mas eu sabia que ele estava ali para mim, para o caso de eu querer desabafar. Engraçada figura este homem, pensei com meus botões. Chegou feito um intruso, mas moldara-se à nossa família como se já tivesse nascido nela. Era um hóspede invisível, jamais ocupava o banheiro no horário dos outros, nunca comia o último pedaço de carneiro, jamais tomava o derradeiro gole do chá. Suas pouquíssimas roupas ele mesmo lavava no tanque e secava não sei como, pois nunca vimos nenhuma delas pendurada no varal. Dormia pouco e ajudava em tudo o que fosse preciso. Fazia pequenos reparos na casa e conquistou Shahin com os objetos delicados que fabricava com os retalhos de madeira trazidos por nós do mercado. Caixas, porta-retratos, vasos e enfeites das mais variadas formas foram decorando a casa. Após uns meses, Agho Jun sugeriu levar alguns para vender no bazar, aumentando a renda familiar. Não era possível cobrar o preço justo, tínhamos que ser discretos e não dava para alardear que os objetos haviam saído das mãos do maior artesão de Shiraz. Bãbak não se importava, ficava radiante em contribuir e nunca reclamou que eles fossem vendidos muito abaixo do seu real valor.

Como não tinha filhos, adotou Shahin e os meninos, que tratava com um carinho de enternecer, sobretudo Omid, de quem se orgulhava como se fosse sua carne. O garoto ganhava todos os torneios de xadrez da região, estava a caminho de ser tornar um campeão. Tudo isso veio à minha mente quando nossos olhos se cruzaram. Decidi compartilhar minhas aflições dando a carta para ele ler.

— Tem certeza? — Bãbak perguntou.

Emiti um som que ele entendeu como sinal positivo. Bãbak pegou o envelope, entrou na sala e eu o segui. Ele sentou-se na almofada, colocou os óculos e, ao começar, ainda pediu veladamente minha autorização. Aguardei no mais completo silêncio por infindáveis minutos. Ao final, ele retirou os óculos e me encarou.

— Você estava indo se alistar, não é mesmo?

"Apenas pedem-te isenção os que não crêem em Alá nem no Derradeiro Dia; e seus corações duvidam; então vacilam em sua dúvida." A sura 45 zunia diante de mim. Este capítulo do Alcorão vibrava como se tivesse vida própria. Sentia-me num beco sem saída, e o bom homem notou meu desespero.

— Filho — era engraçado ouvi-lo chamando-me assim. — Ingressar no Sepahe Pasdaran não vai resolver seus problemas. — Ele tocou meu ombro com aquele seu gesto característico e continuou: — Não adianta fingir, você não consegue enganar a si próprio.

Bãbak fez uma pausa como se pesasse cada uma das próximas palavras que poderiam decidir o meu destino.

— Por um lado, sente-se mal por Behruz... — ele parou de novo como se hesitasse. — Mas sua vontade de ingressar na milícia é motivada pelo fato de estar entediado no bazar.

Engoli em seco, ele adivinhava cada um dos meus sentimentos como se eu fosse um esquema de xadrez. De novo vi Xeque-mate balançando o rabo e desejei virar um ser irracional cujas escolhas eram feitas por terceiros. Eu queria ter um dono que me desse ordens para eu não precisar decidir nada, nem me sentir culpado por isso ou aquilo.

— A resposta para sua falta de horizonte não é o suicídio... — ele acrescentou. — Isso seria uma grande covardia da sua parte, e sei o quanto você pode ser corajoso. — Bãbak soprou ao meu ouvido como se temesse que suas frases se perdessem.

Uma sensação estranha me invadiu, as pernas bambearam e meu frágil muro de certezas desabou como um castelo de cartas. Soltei um soluço fundo e meus olhos secos afinal marejaram. Bãbak me abraçou forte. Deixei as lágrimas correrem como as águas de um rio caudaloso que transborda pelas margens. Elas estavam molhadas do relato de Narges, das má-criações feitas a Agho Jun, da solidão de Shahin, da melancolia de Farzane e do fanatismo de Behruz. Elas também testemunhavam a dor de uma nação violentada, de jovens soldados imolados, da economia estagnada e do futuro roubado. Acima de tudo, elas estavam encharcadas de saudade de Zibã, cujos contornos e perfume suave eu custosamente conseguia relembrar.

XII

Agho Jun e minha mãe jamais souberam da carta de Narges, nem que o único filho homem deles quase partira para morrer na guerra. Tampouco tinham noção exata do quanto Bãbak estava se tornando importante para a nossa família. Uma das maiores provas disso ocorreu quando ele colocou sua vida em risco para salvar outra vida — desta vez, a de Farzane. E, novamente, em parte por minha causa.

A confusão coincidiu com o início da primavera. As tulipas e os amores-perfeitos floresciam no jardim, embora agora eu pouco ligasse para as plantas. Pus na cabeça a idéia de satisfazer Agho Jun a qualquer preço, e o bazar agora me ocupava em período integral. Aprendia as artes do comércio mais facilmente do que imaginara, apesar de continuar detestando o que fazia. Mas como meu círculo de amizades encolhera depois que a maioria dos rapazes foi para a guerra, eu procurava ficar o dia inteiro fora de casa para evitar o ambiente familiar cada vez mais tenso. O marido de Shahin afinal conseguira mandar notícias, mas elas não eram nada boas. Ele avisava que seria quase impossível retirá-la do Irã com as crianças, de modo que a liberava para se casar de novo se desejasse. Aquilo foi um choque para minha tia, que se tornou mais irritadiça do que antes. Não dava a mínima atenção aos filhos, educados pelos meus pais com a ajuda inestimável de Bãbak.

Omid, que ia crescendo a olhos vistos, em vez de se desesperar, passou a identificar o pai com os Estados Unidos, um inimigo tão mortal quanto Saddam Hussein. Notei que se afastara de Bãbak, a quem via com desconfiança como se houvesse herdado aquilo da mãe. A princípio não dei maior relevo ao fato, mas não tardaria a constatar a profundidade daquele rancor ou aonde ele seria capaz de levar.

Os colégios haviam reaberto, assim como as universidades. O ensino médio era franqueado a todos, mas as vagas nos cursos superiores foram reservadas aos familiares dos patriotas. Por isso, em casa, só as crianças de Shahin estudavam. Entre os dois, Omid era o mais aplicado e chegava a surpreender. Trocava brincadeiras de rua por aulas extras de religião, cujos ensinamentos procurava dividir conosco. Encontrara no aiatolá Yusuf Bastani o seu marjae taghlid, o líder espiritual que elegera como fonte de inspiração e o qual imitava com fé cega. Agho Jun se divertia com a religiosidade do menino com quem rezava logo de madrugada, mas eu ficava irritado com a insistência para que os acompanhasse. Ao contrário de muitos amigos e gente da minha idade, eu me afastava cada vez mais do Islã que tornava meu cotidiano enfadonho e sem perspectivas de mudança a curto prazo. Como qualquer jovem, eu tinha pressa, tinha sede de viver. Eu suportava mal o tédio do dia-a-dia, mas estava cético demais para encontrar refúgio na religião. Sobretudo agora, quando ela fanatizava antes para matar depois.

— Você soube do Farshad? — minha mãe perguntou, de manhã, enquanto servia chá.

Diante da minha negativa ela contou que meu antigo colega fora levado pela milícia.

— Alguém o denunciou às autoridades — ela explicou. — Foi acusado de conspirar contra o governo.

— Mas eu o conheço! — protestei. — E nunca soube que ele estivesse envolvido com os grupos de oposição.

— Pois é... — ela completou, me oferecendo aqueles pãezinhos cujo perfume suavizava minha revolta. — Hoje em dia não precisa fazer muita coisa para cair em desgraça. Basta dizer qualquer coisa e ser mal interpretado...

Ela então passou os dedos pelos meus cabelos como a certificar-se de que estava ali presente, ao lado dela.

— Eu morro de pena da mãe dele, coitada. Chora sem parar, apavorada, e ninguém pode fazer nada pelo filho...

— Para onde o levaram? — perguntei, levantando da mesa como se pudesse tomar alguma atitude concreta para ajudar o menino.

— Não se sabe... — ela retrucou, olhando para Bãbak, que entrava pela porta atraído pelo aroma do forno.

Minha mãe interrompeu o assunto, mas ele escutara o que fora dito e, como sempre, tentou nos acalmar.

— Qualquer hora soltam o rapaz, não há prova alguma contra ele.

— Não se iluda — minha mãe disse. — Eu gostaria de acreditar nisso. Ela parou, encarando-me cheia de compaixão e medo, para completar. — O mais provável é que o executem feito um animal... — e soltou um soluço que reunia as dores de todas as mães iranianas cujos filhos estavam sendo sistematicamente trucidados. Daí saiu correndo em direção ao quarto para chorar e rezar longe da nossa vista.

Bãbak sentou-se à mesa da cozinha e acendeu o narguilé. O ar pesava. Era como se um véu negro envolvesse nossa casa, o quarteirão, a cidade, o país inteiro. Naquela escuridão, poucos conseguiam enxergar com clareza.

Esse é o problema das revoluções — ele ponderou, dando uma baforada no tabaco negro, de forte odor. — Elas sempre pecam pelo excesso no início. — Ele fez uma pausa como se refletisse. — Depois atingem certo equilíbrio, mas logo no começo o pêndulo tende para um lado só...

— Isso é uma injustiça! — desabafei, liberando minha raiva e indignação.

— Eu sei, eu sei... — Bãbak procurava me acalmar, mas eu dei murros na parede até ficar com os punhos doloridos.

— Escute, Kurosh, o governo tem diversas frentes de luta. Há a guerra contra o Iraque, há os complôs dos opositores apoiados pelos Estados Unidos...

— Você está defendendo essa insanidade? — eu quase gritava de tanto ódio.

— Óbvio que não! Só estou tentando explicar uma coisa simples. — Ele me puxou até conseguir me sentar na cadeira. — Sem uma boa medida de radicalismo, nenhuma revolução sobrevive.

— Não acredito que estou escutando isso justo de você!

— Só por que eu apoiava o regime de Pahlevi?

Eu ia responder de forma ríspida, mas ao vê-lo ali à minha frente, magro e enrugado, os olhos sem brilho e as mãos de dedos finos com um ligeiro tremor, senti pena e engoli em seco. Bãbak era um sobrevivente que buscava compreender e se adaptar à realidade que roubara seu estilo de vida. De rico comerciante respeitado pela comunidade e invejado pelos concorrentes, passara a refugo, um trapo humano que só não caíra na sarjeta graças ao espírito caridoso de Agho Jun. Era um pária sem direitos nem esperanças.

Aquela noite tive sonhos lúgubres, mas, ao acordar, duas notícias agradáveis esperavam por mim. Primeiro, fiquei sabendo que o noivo de Farzane conseguira uma licença e iria encontrá-la próximo a Persépolis, onde sua família residia. Como estávamos com dinheiro curto e Agho Jun não podia se ausentar do bazar, eu fora escolhido para acompanhar o casal que se reveria depois de longo tempo.

Minha irmã estava exultante e sua felicidade só não superava a minha, que acabara de receber a segunda carta de Zibã. De novo fora Bãbak quem me entregou o envelope, trazido pelo portador anterior. Ele me estendeu aquele pequeno tesouro no momento em que eu embarcava no ônibus junto com minha irmã. Só deu uma piscadela e virou as costas, sumindo na multidão barulhenta de parentes que se despediam dos passageiros.

No instante em que deixamos a estação, pensei em abrir a carta. Só que Farzane desandou a falar e não tive como interromper o fluxo represado durante meses a fio. Ela fazia planos de se casar dali a meio ano, quando Parviz fosse dispensado do serviço militar. Ao contrário de Narges, ela nunca foi muito próxima de mim e raramente conversávamos. Vi que estava tão ansiosa para mudar de vida quanto eu. Para Farzane, a união com Parviz significava a oportunidade de fugir de um cotidiano maçante e repressor, já que a revolução mostrava-se especialmente dura para jovens mulheres como ela. Sem uma fé vigorosa ficava difícil abrir mão das regalias e privilégios garantidos durante o antigo regime. O hejab representava, por fora, a submissão ao comportamento recatado imposto em quase todos os setores e atividades.

A carta de Zibã ficou no meu bolso durante todo o percurso até Persépolis, onde o noivo dela nos esperaria de carro. Enquanto ela falava, meus pensamentos voaram para longe e quando me dei conta, já havíamos chegado. Saltamos num ponto na beira de estrada, na qual Parviz já nos aguardava. Ele viera sozinho, com uma braçada de tulipas nas mãos. Não pude reprimir a inveja ao ver como os dois se olhavam com um carinho que ainda não podiam demonstrar fisicamente. Eu faria qualquer coisa para sentir a pele de Zibã de encontro à minha. A todo momento tocava o papel do envelope dentro do bolso. Precisava ler a carta, senão enlouqueceria! Num estado de muita excitação, tive uma idéia brilhante.

— Por que vocês não me deixam em Naqsh-e Rostam, perto de Persépolis? — perguntei, ansiando por ler a minha preciosa carta em meio às ruínas impregnadas das nossas lembranças.

Para minha alegria, Farzane concordou. Queriam estar a sós antes de encontrarem com a família na casa dele, onde não teriam privacidade. Quem sabe trocariam um beijo proibido? Era contra a lei, se fossem apanhados poderiam ser presos e até açoitados, mas naquela lonjura, quem iria flagrá-los? Parviz redirecionou nossa rota temendo que eu mudasse de idéia. Percorremos os setenta quilômetros que separavam as duas cidades ancestrais como se tivéssemos asas em vez de rodas. Desci do automóvel sem virar para trás, combinando revê-los no final da tarde. Não me preocupei em saber o paradeiro deles nesse intervalo, tudo o que eu queria era saborear as palavras de Zibã naquele cenário.

Ao me despedir do casal que seguiu feliz, dirigi-me à região das tumbas milenares. Queria voltar ao local exato em que vira a delicada figura de Zibã recortada contra o fundo montanhoso. Não consegui ir longe, pois minha curiosidade falou mais alto. Mal me certifiquei de que não havia ninguém por perto, já que os monumentos estavam fechados à visitação, sentei-me no chão arenoso sem procurar por nenhuma sombra. Rasguei uma das laterais do envelope e retirei duas folhas finas dobradas em quatro. Estavam ligeiramente amassadas, mas comecei a beber as palavras uma a uma. Minha ânsia era tamanha que só depois da quarta ou quinta vez as frases começaram a fazer sentido.

Kurosh querido,

Os dias correm lentos e tristes. A situação que já não era das mais animadoras piorou com a morte da minha priminha. Ela despencou de um barranco enquanto meu irmão pastoreava as ovelhas. Eu havia ido às compras semanais com minha tia e meu tio fora à aldeia vizinha negociar a venda de lã. Õrash descuidou-se por um segundo. Foi o quanto bastou para acontecer a tragédia. A irmã dela presenciou a cena e desde então não emite um som. A saúde do meu pai, que mal se agüenta em pé, deteriorou-se ainda mais, e o ambiente também.

Não temos para onde ir, mas aqui não é possível continuar. Se formos para uma cidade maior, corremos sério perigo de sermos denunciados e em locais menores não há trabalho nem emprego. Por isso, Õrash outro dia cogitou deixar o Irã. Como os serviços de passaporte estão suspensos, ele teria que armar uma fuga. Soube que há gente escapando da convocação e das milícias radicais através da fronteira com a Turquia. Ele e meu pai fazem planos para assim que conseguirmos juntar o suficiente.

Tudo isso me deixa muito angustiada, mas não vejo alternativa para nossas vidas. Fora do país, Õrash poderia enviar dinheiro para eu cuidar do nosso pai em algum ponto remoto onde não nos possam encontrar. Ouço histórias de delações e execução dos que tentam fugir, fico arrepiada de preocupação, embora saiba que não temos escolha.

Espero que com você a vida tenha sido um pouco mais generosa e, apesar de tudo, continuo acreditando que poderemos nos ver um dia.

Deixo aqui um beijo afetuoso da sempre sua,

Zibã.

Depois da décima leitura, guardei as folhas em estado de choque. Pela primeira vez via diante de mim uma porta semi-aberta. A menção da palavra "fuga" reverberava feito um eco. Ele zunia ao meu redor que nem enxame de abelhas. Apesar de não saber que caminho seguir, nem a quem recorrer, senti que aquela carta selava o meu destino. Partir do Irã assumia a forma de uma possibilidade real a ser considerada. Ainda era cedo para tomar uma decisão concreta, mas aquela idéia abria uma fenda na muralha erguida à minha volta. Até a falta de Zibã encolheu frente à luz que, inesperadamente, iluminou minha vida. Descobri que havia um universo lá fora. Atraente e ao mesmo tempo pecaminoso, uma tábua de salvação a que eu me agarrava no meio do naufrágio.

O sol já se escondia por trás das ruínas quando vi o farol do carro. Era Parviz junto com um tio. Nos meus devaneios, eu havia me esquecido de tudo e levantei num pulo. Mal reparei que estávamos em outro automóvel. Sentei-me no banco traseiro feito um autômato, jantei na casa dos sogros de Farzane como um forasteiro dentro do meu corpo. Dormi pesado e, ao despertar, encontrei um outro ser no lugar de Kurosh. Este agora tinha como único objetivo a fuga do Irã.

— Que cara é essa? Parece que viu fantasma! — era a voz familiar de Bãbak me trazendo de volta à realidade.

Apesar de levá-lo na mais alta conta, nem a ele revelei o meu segredo. Não contei a ninguém, mesmo porque uma série de circunstâncias viria atropelar meus planos. Farzane estava doente. Sem revelar nada a meus pais, para não os preocupar à toa, ela e Parviz haviam sofrido um pequeno acidente. Para evitar a polícia rodoviária, já que estavam sós e não eram casados, pegaram uma estradinha de terra abandonada cheia de buracos cobertos por pedriscos. A certa altura, em uma descida íngreme, Parviz perdeu o controle do automóvel, que só parou ao atingir uma rocha metros adiante. Conseguiram voltar para a casa dos pais dele. Lá, com a conivência de um tio mais novo, esconderam o fato para evitar descobrirem que tinham ficado sozinhos e estragar o clima alegre da festa. Em casa, só nos inteiramos de tudo quando ela caiu doente, com uma febre alta que não cedia. Um médico ex-colega de Narges foi chamado às pressas. Só então ela confessou que ganhara um corte profundo na cabeça mantido oculto pelo lenço que não usava no momento da batida.

Quando soube, Agho Jun olhou para mim de um jeito que me fez encolher de vergonha. Eu fora escalado para acompanhar minha irmã e falhei ao abandoná-la para ler em paz a carta de Zibã. Com a minha imprudência, tinha contribuído, ainda que indiretamente, para aquele drama que punha a família inteira em perigo diante da lei.

— Ela ficará boa — Bãbak comentou comigo. — Não vá acumular mais esta amargura no peito, faz mal à saúde e não resolve nada. E citou parte da sura 79: "O que quer de bom que te alcance vem de Alá, o que quer de mau que te alcance vem de ti mesmo."

Obviamente nada disso aliviava meus remorsos. Além do problema policial, havia o risco de morte se não debelassem a infecção da ferida que não fora logo desinfetada.

— Ela precisa de antibióticos — o médico avisou. — Não tenho como conseguir, e se for a um hospital será pior, vão acabar descobrindo o motivo e aí nem quero pensar...

— Minha filha pecou, mas não merece morrer! — minha mãe se desesperava, procurando curar Farzane com sua magia culinária. Só que eles não surtiam efeito e ela delirava dia e noite. Narges talvez tivesse resolvido o problema, mas de novo encontrava-se longe. Aliás, já havia algum tempo que não tínhamos notícias dela.

Shahin mostrou-se a mais prestativa, pois nem Agho Jun tinha condições de tomar providências. Numa das crises, Farzane disse que temia Omid.

— Você viu como ele me olha? — ela perguntou, enquanto eu enxugava o suor do rosto esgotado.

— Que bobagem, Omid é uma criança!

— Mas tem uns pensamentos estranhos.

— Você é que está com idéias esquisitas — retruquei.

— Tenho medo dele. Por favor, não o deixe sozinho comigo.

Garanti que respeitaria o desejo dela e, nesse meio tempo, Bãbak desapareceu. Quando regressou, dois dias depois, trazia na maleta de couro um vidro de comprimidos. Conseguira o medicamento que estendeu para um incrédulo Agho Jun com os olhos fixos na embalagem. E antes que fizessem qualquer tipo de pergunta, Bãbak se adiantou:

— Ainda tenho alguns conhecidos influentes...

— Você se arriscou... — foi tudo o que minha mãe pôde balbuciar.

— Não foi nada comparado ao que vocês têm feito por mim — Bãbak respondeu.

De todos, só eu adivinhava o preço que ele havia pago. E aquilo me deixou mais deprimido.

— Você se desfez delas? — perguntei, referindo-me às peças de xadrez incrustadas de diamantes.

— Ora, não se preocupe com isso.

— Vendeu as duas? — e, sem aguardar resposta, corri para a maleta, ignorando as advertências para que eu não pusesse as mãos ali. Virei o conteúdo sobre o tapete à procura das rainhas que, para meu desespero, logicamente não estavam mais lá. — Não sobrou nenhuma? — indaguei à beira das lágrimas. Eu estava comovido e, ao mesmo tempo, revoltado.

— Sabe quanto custa uma única dose de antibiótico em tempos de guerra e bloqueio? — e Bãbak tentava esconder a mágoa perceptível na sua voz.

Nesse momento eu odiei o Iraque, os Estados Unidos, os aiatolás e os fundamentalistas. Acima de tudo, odiei a mim mesmo, um imprestável que colocava em risco e machucava as pessoas de quem mais gostava.

— Essas coisas materiais não têm importância, haji — ele disse, colocando a mão no meu ombro daquele seu jeito peculiar que significava um meio abraço. — O que interessa é que sua irmã vai ficar boa.

De fato, Farzane acabou superando a infecção no limiar de uma septicemia. Mas a demora em ser medicada deixou no couro cabeludo uma imensa cicatriz que latejava quando a temperatura sofria variação. Aquilo deixou-a prostrada. Se já havia abdicado do trabalho no bazar, agora ficava andando de um lado para outro como barata tonta. Irritava-se à toa e tinha a maior implicância com Omid.

— Esse menino realmente me dá calafrios — disse, mostrando a parede ao lado da cama dele enfeitada com um retrato de Khomeini e a nova bandeira do Irã. Nas bordas das listras vermelha e verde, o leão com espada fora substituído pelos dizeres "Deus é grande, maior que todas as coisas". A frase "Allah o Akbar" é repetida 11 vezes em cada faixa. A soma delas representa o 22º dia do mês Barmân, quando a Revolução derrubou o regime no 11º mês do calendário iraniano.

Isso tudo ia me passando pela cabeça ao observar aquele símbolo da pátria reformulado, quando fui cortado pela minha irmã:

— Ele não brinca lá fora, nem se integra com as outras crianças.

Desta vez tive que concordar, dentre outras coisas, porque ele deixara de disputar partidas de xadrez com Bābak. Pior, impedia seu irmão menor de jogar. Notei o ponto a que chegara quando o flagrei virando no lixo o último tabuleiro que restava na casa. Ao questioná-lo, ele me respondeu sem pestanejar:

— Qualquer tipo de jogo deve ser banido sob os ensinamentos do Islã.

— Como ousa falar assim comigo?

— "Quem obedece ao Mensageiro, com efeito, obedece a Alá."

Eu duvidava de meus próprios ouvidos, mas ele prosseguiu:

— "De Alá é a soberania dos céus e da terra. Ele dá a vida e dá a morte. E não tendes, além de Alá, nem protetor nem socorredor."

A princípio dei risada, mas vendo a seriedade do rostinho dele, fiquei preocupado. Fui falar com Agho Jun.

— Deixe o garoto em paz. Ele vai crescer um bom muçulmano que reza as cinco vezes ao dia.

Perdi as palavras diante daquela indireta, mas passei a observar Omid de perto. Ele havia sido cooptado pelos fanáticos e funcionava como um pequeno espião no nosso bairro. Afinal, quem desconfiaria de uma simples criança? Eu deveria ter tomado uma atitude, insistido com Agho Jun, conversado com Shahin. Mas preferi ficar calado, ruminando meus problemas. Quando dei por mim, era tarde demais. Às vésperas do Noruz seguinte, mais um duro golpe atingiu a família.

— Viemos buscar Bãbak — um soldado da polícia política, notória pelos métodos truculentos, gritou à porta no instante em que nos sentávamos em volta da toalha para jantar. Atrás deles estavam mais quatro ou cinco milicianos da Amaken. Na noite pouco iluminada, não foi possível contá-los direito.

Agho Jun empalideceu, minha mãe ficou muda e Farzane começou a tremer. Sem pensar, levantei de um pulo e me coloquei à frente do rapaz cuja barba rala traía sua pouca idade.

— Acho que está enganado, aqui não tem ninguém com esse nome.

Com um violento empurrão ele avançou em direção à minha família. Ia dizer qualquer coisa, mas fui interrompido pelo próprio Bãbak, que se pôs de pé sem nos dar qualquer chance de impedir o gesto.

— Sou o homem que procuram — ele falou, encarando o rapaz. — O que desejam de mim?

— Você me segue.

— Para onde, posso saber?

— Cale a boca! Não tenho que lhe dar satisfações.

Nisso Agho Jun, recomposto, também se levantara. Aliás, todos nós fazíamos um círculo em volta de Bãbak tentando protegê-lo.

— Você é bem-vindo à minha modesta moradia, mas não tem meu consentimento para levar ninguém daqui!

Sem hesitação, o rapaz deu uma pancada em Agho Jun com a coronha da arma. Ele caiu no chão com os lábios rachados e minha mãe ajoelhou-se ao lado para estancar o sangue. E antes que mais violência fosse desencadeada, Bãbak acenou para o soldado e saiu pela porta da frente. Então lançou-nos um olhar que misturava tantas coisas juntas que eu jamais seria capaz de descrever.

No meio do tumulto, vi a maleta surrada ao lado da almofada. Levado pelo mesmo impulso que tive ao enfrentar a milícia, corri para entregá-la ao dono. Bãbak estava prestes a entrar no jipe estacionado no meio-fio. Ele parou, eu me aproximei. O soldado também ficou nos observando, sem nada dizer. Bãbak então me puxou contra o peito e desta vez me deu um abraço completo. Depois entrou no veículo e partiu, deixando-me sozinho com sua velha mala na calçada.

XIII

Não foi difícil descobrir o autor da denúncia. Omid não fez o menor esforço para escondê-la, e via sua atitude como um ato de heroísmo. Para ele, entregar um simpatizante do regime Pahlevi, que usufruiu no passado das benesses do governo, significava ganhar pontos junto aos seus orientadores religiosos. O menino estava orgulhoso e, ao mesmo tempo, indiferente à sina do pobre homem.

— Como teve o desplante de fazer uma barbaridade dessas? — perguntei completamente transtornado.

— Você não tem nada que me cobrar. — Ele me encarou como um adulto e disparou: — Se fosse um bom muçulmano, saberia das suas obrigações...

— O que quer dizer com isso, seu pirralho?

— Sabe muito bem o que estou dizendo!

Ele parou e sem nenhum vacilo diante de mim, que tinha quase o dobro do tamanho dele, me acusou de evitar as milícias, a guerra e o islamismo. Daí mudou de tom, buscando uma conciliação que eu não estava disposto a aceitar. Não depois de entregar para a execução certa um homem que nunca fizera mal a ninguém e ainda salvara a minha vida e a da minha irmã.

— Alá é o Misericordiador. Se implorar por socorro e se arrepender,

Ele o perdoará.

— Você é que deve pedir perdão! Traiu não só um amigo, mas toda a nossa família!

Primeiro os olhos dele injetaram-se de raiva. Depois abrandaram e Omid saiu balançando a cabeça. Antes de sumir em direção à escada, virou-se para mim e disse:

— Acho melhor pensar duas vezes antes de dizer blasfêmias. Estou de olho em você, nos seus livros proibidos e na sua irmã...

Eu ia responder qualquer coisa, mas ele me cortou de novo.

— Também soube daquela impura de quem costuma receber cartas... — e desapareceu do meu campo de visão.

Não preciso dizer o quanto aquilo tudo me abalou. O pequeno espião estava a par de cada detalhe das nossas vidas. E não demonstrava um pingo de remorso pelo que fizera. Nem parecia que há alguns meses apenas se divertia e ria sem parar ao lado de Bãbak. Eu tinha ouvido falar do que faziam com as crianças nas madrassas, as escolas religiosas, mas só agora tomava consciência da gravidade do problema. Vínhamos alimentando uma cobra no seio da família. Resolvi conversar com Agho Jun, a quem relatei o diálogo que travara com Omid.

Ele não pareceu surpreso, apenas mais triste do que nos últimos meses. Refletiu e disse que Shahin e os filhos não podiam continuar morando conosco. Só que antes de comunicar isso à irmã, soube dela própria que eles iriam embora.

— Aceitei o pedido de casamento do professor de Omid.

Estranhei a voz pesada e sem brilho, mas logo veio a explicação.

— Serei a segunda esposa... — e desatou num pranto longo, nos braços de Agho Jun.

Nesse momento tive mais pena dele do que dela. Imaginei o quanto era duro para Agho Jun ver sua família desmantelar-se sem que nada pudesse fazer. Acostumado a tomar a rédea das nossas vidas, agora ele se convertera num mero espectador, passivo e sem poder de decisão. De mãos atadas, era incapaz de interferir nos enredos. Por isso, a idéia da fuga, saída da carta de Zibã, refluiu para uma parte oculta do meu cérebro, onde permaneceria em estado latente por algum tempo.

Em duas semanas Shahin partiu, levando consigo as crianças e os poucos pertences. Agho Jun lamentava-se de não dar a ela sequer uma quantia mínima de fundos próprios, o que a tornaria menos vulnerável aos caprichos do novo marido. No íntimo, todos nós sabíamos que ela teria a função de mera empregada doméstica com a carga extra de satisfazer os desejos sexuais do esposo. Nossa preocupação aumentou quando vimos o pretendente, um mulá de barba e vestes longas, com um turbante que não tirava da cabeça. Bem mais velho do que ela, era um dos líderes locais do Sepahe Pasdaran e tinha idéias ultraconservadoras a respeito do papel da mulher na sociedade iraniana. Iriam morar perto da mesquita da qual ele era o muezim.

Deplorei o infortúnio de Shahin, mas não tivemos muito tempo para isso devido à proximidade das bodas de Farzane. A cerimônia foi marcada para dali a dois meses, quando Parviz estivesse dispensado do exército. Minha mãe desaparecia dentro da cozinha, agora precisava usar de todo seu talento criando iguarias especiais para servir como um curativo tamanho família. Estávamos machucados por dentro, inclusive Xeque-mate. Já abatido e sem apetite depois que Bãbak se foi, caíra em depressao após a partida das crianças com quem costumava brincar.

Com a iminência da festa, por quatro semanas consecutivas nossa casa entrou numa verdadeira ebulição. Como não havia dinheiro extra em caixa, precisávamos fazer nós mesmos tudo que os festejos demandavam. A decoração ficou por minha conta e eu não passava um minuto sem lamentar a ausência de Bãbak, cujas habilidades e talento teriam sido de grande valia.

Outro lado bom das núpcias era que Narges chegaria após quase um ano fora. Pedira uma licença para assistir ao matrimônio da irmã e eu mais do que todos ansiava por revê-la e desabafar.

Uma semana antes da data marcada, acordei com uma sensação estranha. Havia recuperado meu quarto depois da partida de Shahin e agora não precisava dividir espaço com minha irmã mais nova. Levantei sem fazer barulho e deduzi que Agho Jun já fazia suas preces matinais. Desci para preparar o chá e mecanicamente peguei a comida do cachorro que me acompanhava no café da manhã enquanto eu lia o jornal. Abri a porta e chamei-o pelo nome. Distraído, coloquei a vasilha próxima ao canteiro de flores. Sentei-me na almofada da sala, aguardando Xeque-mate, que se acomodava ao meu lado após devorar sua primeira refeição do dia.

Os minutos foram passando e só notei que ele não viera quando dobrei o jornal inteiramente lido. Sem me preocupar, caminhei até os fundos assoviando para ele. Nada aconteceu. Por um instante pensei que tivesse escapado.

"Deve ter ido atrás dos meninos", cogitei, quando vi o corpanzil do bicho deitado no fundo do quintal. Aproximei-me e passei a mão sobre seu pelo macio. Ele continuou inerte. Xeque-mate estava morto. Minhas pernas bambearam e eu soltei um soluço baixinho, testemunho das sucessivas desgraças que tinha vivido.

No mesmo dia, enterramos Xeque-mate no canteiro das tulipas, que este ano não preparamos por falta de dinheiro para comprar os bulbos. Tivemos que cavar um buraco profundo, pois o cachorro parecia ter crescido após a morte. Uma tristeza diáfana caiu sobre nossa casa em antecipação de festa. Aquilo era mau presságio.

Narges chegou de manhãzinha, às vésperas do casamento. A moça que quase um ano antes saíra de Shiraz agora regressava precocemente envelhecida. Sem ver os cabelos debaixo do chador, eu adivinhava os numerosos fios brancos. Os contornos dos olhos ganharam pequenos sulcos que morriam pelas laterais das faces e, quando os lábios ressequidos abriam-se num sorriso forçado, percebia-se a falta de um dente.

Mal conversamos, os preparativos nos tomavam cada hora do dia e das noites sem dormir para deixar tudo pronto para a cerimônia. Não haveria grandes festejos, apenas os pais e irmãos de Parviz estariam presentes, além de Roya, a irmã mais nova da minha mãe que morava em Isfahan. Shahin declinou do convite, ela não queria nos constranger sem necessidade. Assim mesmo a trabalheira era intensa, na cozinha minha mãe recebia as bandas de carneiro, frangos, pães e todos os ingredientes que ia processando com o auxílio de Narges e de Farzane.

A correria tinha um lado bom. Deixava-nos ocupados e livres dos pensamentos sobre Bãbak, que Agho Jun não conseguiu localizar por meio dos amigos do bazar com bons contatos na milícia. Eu desconfiava que eles sabiam o que fora feito do nosso hóspede, mas preferiram se calar para não dar desgosto a Agho Jun. O paradeiro daqueles identificados com a dinastia do Xá era bastante conhecido e divulgado pelos meios de comunicação. Para mim, não pairava dúvida alguma. Bãbak fora executado após longas horas de tortura. Eu não me habituara à ausência nem dele, nem de Xeque-mate, cujos latidos ainda escutava no meio da noite. A mala surrada ficou no meu quarto e, dentro dela, para meu assombro, achei a segunda rainha com a pedra incrustada. Ele mentira para mim ao dizer que vendera as duas para comprar os antibióticos. Revirei a peça de xadrez entre os dedos como se ainda ouvisse o eco das explicações do seu dono: "Antigamente estas eram o vizir, que em farsi se diz fersan", Bãbak me contara quando revelou seu tesouro. Com reverência, guardei-a no fundo falso de uma gaveta. Pretendia usá-la para dar um funeral digno ao amigo solidário se nos devolvessem seu corpo.

Faltavam dois dias para as bodas quando recebemos um telefonema no bazar. Agho Jun fechou as portas e corremos para casa. Lá, soubemos que os pais de Parviz telefonaram avisando sobre a morte dele. Levara um tiro na testa em pleno front.

Para surpresa de todos, Farzane não se desesperou como previamos. Rearranjou os comes e bebes do casamento para oferecer às visitas de pêsames. Trocou as vestes coloridas pelo hejab e queimou o traje que usaria na cerimônia religiosa.

— Estou apreensiva com o comportamento de Farzane — Narges me confidenciou duas semanas após a morte de Parviz. — Ela está guardando o pesar, e isso não faz bem.

Narges tinha que reassumir seu posto, mas adiava a partida como se temesse pelo pior. Não podia prever que jamais retornaria à guerra. É que na manhã seguinte à nossa conversa, acordamos e descobrimos que Farzane tinha sumido. Foi embora deixando um bilhete seco no qual dizia não ter mais nada a fazer na cidade. Não explicou as razões, nem para onde pretendia ir. Apenas desapareceu na calada da noite, levando a roupa do corpo e o dinheiro do dote.

Agho Jun de novo moveu céus e terra para descobrir o paradeiro da filha. Narges mobilizou seu pequeno exército de conhecidos e até Shahin se propôs a cooperar através dos amigos influentes do marido, mas não conseguimos notícia alguma. Agho Jun e minha mãe definharam como romãs colhidas ainda verdes, e Narges permaneceu em casa para dar suporte emocional. A família, que há pouco transbordava de gente, agora se via reduzida a quatro membros que se locomoviam como vultos de si mesmos. Nem a comida interessava mais à minha mãe, que abandonou a cozinha, agora comandada por Narges, com minha ajuda na compra dos ingredientes.

Sem a profusão de bocas a alimentar, fomos conseguindo juntar algum dinheiro. O clima pesava dentro e fora de casa, a televisão e os jornais iam desfiando as catástrofes e meu círculo de amizades foi encolhendo na exata medida em que se enchiam os cemitérios e os pátios das mesquitas. A cada manhã eu temia receber a convocação, era dos únicos jovens nas redondezas que não fora chamado nem se alistara por vontade própria. Embora eu andasse feito um fantasma, sem atrair a atenção sobre mim, esta atitude, tida como inadmissível, desencadeou uma série de pressões. Dois guardas da Revolução apareceram no bazar sem qualquer aviso. Pensei que fossem me levar à força, mas, em vez disso, dirigiram-se a Agho Jun.

— Você tem que fechar a loja! — disse o primeiro.

— Ou confiscaremos todos os seus produtos! — concluiu o segundo.

Observei que ambos eram mais novos do que eu, e tinham nos olhos o mesmo brilho que vira em Behruz. A minha vontade era enfrentá-los, discutir, mas Agho Jun me fez calar e foi ter com eles.

— Por quê?

— Porque estamos mandando.

— E os outros? O que fiz de errado? — Agho Jun estava à beira do desespero.

— Ainda pergunta?

— Já se esqueceu de que abrigou sob seu teto um procurado pela lei?

De trás do balcão eu esquadrinhava a feição dos milicianos para tentar adivinhar até onde seriam capazes de ir. Um deles retirou do bolso uma folha de papel e, lendo nela um nome, perguntou.

— Quer ter o mesmo fim de Bãbak?

Sem conseguir me conter, dei um salto.

— O que fizeram com ele? Onde está Bãbak?

— Cale a boca — avisou o soldado, guardando de volta o papel no bolso da farda.

Agho Jun tentou serenar os ânimos. Seria pior irritar os revolucionários.

— Por favor, não vamos brigar. Escolham o que quiserem e fiquemos em paz, que Alá o Misericordioso nos proteja.

Nesse meio tempo, uma pequena multidão juntara-se à nossa volta. Um dos vendedores vizinhos interveio.

— Deixe o homem em paz, ele é um crente que segue os preceitos do Islã, disso sou testemunha.

Outros também vieram defender Agho Jun, fazendo os soldados recuarem em seu intento de fechar a loja. A atitude dos comerciantes era ditada mais por sobrevivência do que solidariedade. Sabiam que se abrissem aquela brecha, qualquer um poderia ditar regras e prejudicar os negócios já de mal a pior. Os guardas então saíram avisando que voltariam.

De fato, eles retornariam inúmeras vezes, infernizando nossa vida e assustando todo mundo. Por temer represálias, os velhos companheiros se afastaram e até os clientes fiéis passaram a evitar nosso balcão, que vivia às moscas. Só daí soube que, embora nunca tivesse se envolvido em política, Agho Jun fora associado à Rasta-Khiz, um partido da época do Xá que reunia profissionais da área. Ele nunca mencionara aquilo porque era algo absolutamente normal. Na verdade, o bazar constituía um sistema organizado, de perfil conservador, agrupado em corporações que controlam quase três quartos do comércio interno. Não havia nada de errado nisso. Sempre manteve estreitas ligações com os produtores rurais e também com o clero e os organismos do governo. Não é à toa que ministros, juízes e aiatolás são filhos de bazaris. Agho Jun não participava das reuniões do setor, mas lembro-me de ter visto alguns boletins anuais que chegavam em casa antes da Revolução.

— Eles acham que estamos nadando em dinheiro, que somos podres de ricos — Agho Jun disse, explicando a ação das milícias que não nos dariam mais sossego.

Como prometido, eles apareciam toda semana para aterrorizar. Tentavam nos provocar de todas as maneiras, mas Agho Jun mantinha o sangue-frio e conseguiu por meses a fio evitar qualquer tipo de briga.

Agora eu olhava para os lados com desconfiança. Assisti à transformação do comportamento das pessoas à nossa volta. Da noite para o dia, convertiam-se em fanáticos apoiadores do governo, deixavam crescer a barba e mudavam o estilo de vida. Pregavam a obediência incondicional à nova interpretação dada aos mandamentos do Islã e não admitiam discordância. A palavra "liberdade" havia sido apagada dos dicionários do meu país.

Não era fácil trabalhar naquela situação que se agravava dia após dia. Em pleno inverno, chegaram perguntando por meu pai que estava de cama por conta de uma gripe. Expliquei isso ao líder do grupo. Tentei usar a maior moderação possível, pois prometera a Agho Jun jamais entrar em confronto direto.

— Avise-o que ele não passa de um porco capitalista!

Se tivessem me dado um soco, teria sido mil vezes preferível. A menção daquele nome imundo até para um não praticante como eu era ir longe demais. Num átimo, esqueci as promessas feitas a Agho Jun, os perigos que corria, o poder da polícia e minha condição pessoal delicada. Parti para cima deles e tudo o que me lembro é de acordar, algum tempo depois, com a água fria me congelando até os ossos.

Abri os olhos e tentei me mexer. Cada centímetro do meu corpo doía, era como se tivesse sido atropelado. Aos poucos fui me recompondo, até conseguir sentar-me no chão úmido. Então percebi que estava em uma cela. Ao meu lado, um policial segurava o balde cujo conteúdo usara para me despertar.

— Como se chama?

Tentei responder, mas minha língua inchara dentro da boca, impedindo a fala. Eu podia ouvir a respiração do inquisidor e o pulsar do meu coração.

— Você é surdo?

Experimentei um breve tremor, será que ele sabia da minha encenação ao lado de Bābak, quando fomos procurar Behruz? Logo vi que uma coisa nada tinha a ver com a outra. Quis saber há quanto tempo estava ali. O policial soltou uma risada.

— Quem faz as perguntas aqui sou eu.

Ele deu alguns passos rodeando-me e tornou a perguntar meu nome, endereço, a profissão do meu pai e quanto ganhávamos na loja. Respondi que eles sabiam onde eu morava e tinham todas as informações, pois nunca se cansavam de nos visitar no bazar.

— Não banque o esperto comigo. Sabemos das suas atividades subversivas.

— Eu não tenho nenhuma atividade política, não pertenço a nenhum partido.

— Nem ao Rasta-Khiz?

— Já disse que não sou nem jamais fui filiado a qualquer organização política.

— Em que escola você estuda? — ele insistiu.

— Já terminei o ensino médio.

— E freqüenta a universidade?

Fiz que não com a cabeça.

— Claro! — ele disse com desdém. — Lá dentro só aceitam bons muçulmanos e não gente da sua laia!

— Eu sou um bom muçulmano.

— Se fosse mesmo, não ficaria alimentando idéias políticas contrárias ao regime.

— Não sou subversivo. Eu apóio a revolução.

Duvidando das minhas palavras, o soldado agachou-se ao meu lado e me encarou nos olhos.

— Você quer ver seu pai de novo?

Eu não sabia o que responder e temi pela vida de Agho Jun. Qualquer coisa que falasse poderia ser usada contra ele. Resolvi permanecer mudo.

— Se teimar em manter silêncio nunca mais vai ver sua família... — o soldado levantou-se, apagou o cigarro na sola da bota e ordenou que eu ficasse de pé. — Fale-me sobre aquele homem que sustentaram... Como se chamava mesmo? Bãbak, não é?

Eu só abaixei a cabeça, doía lembrar-me do nosso amigo e imaginar o que ele deve ter passado nas mãos da polícia política.

— De quem foi a idéia de acolher uma pessoa daquelas?

Pressenti que ele estava buscando um pretexto para incriminar Agho Jun. Queriam confiscar a loja dele, mas precisavam de uma desculpa, nem que fosse pura invenção. Decidi manter a boca fechada, dos meus lábios não sairia uma palavra que pudesse machucar meu pai. Eu já havia ferido muita gente, agora era a minha vez de pagar a conta.

— Sabe que podemos manter você aqui, sem julgamento, pelo prazo que bem entendermos, não sabe? — e saiu batendo a porta de metal, com um barulho seco que permaneceria guardado na memória para o resto da minha vida.

Nada mais fazia sentido. Permaneci isolado por três dias. Não conseguia comer a mistura que traziam na hora do almoço e do jantar. Não era uma greve de fome e sim falta de vontade de continuar lutando. Só bebia água e tomava um caldo gorduroso com saudade da comida da minha mãe. Passei o tempo todo numa espécie de limbo, em uma zona semiconsciente que me fazia voar para longe dali. Recordei os últimos acontecimentos numa ordem confusa, misturando as invasões na loja do bazar à morte do meu cunhado, da chegada de Narges à prisão de Bãbak, do desastre de Farzane aos meus devaneios sobre Zibã em Pasárgada. Pensei em Behruz e na irmã dele, nos estudantes que estavam na frente de batalha e nos que fugiam das milícias. Pensei nos fanáticos e nos descrentes, nos revolucionários e nos que se opunham à rigidez da nova ordem. No meio de tudo, o que mais me comoveu foi a lembrança de Xeque-mate com seu doce olhar canino, o focinho úmido me reconhecendo na escuridão da noite. Não vieram mais me interrogar e ao cabo do terceiro dia disseram que eu estava livre. Simples assim, sem mais nem menos.

À saída, o policial de plantão me fez assinar uns papéis cujo teor a custo fui capaz de ler, devido ao meu estado físico. Estava escrito que eu jamais poderia tirar carta de motorista, nem ser o proprietário de qualquer imóvel. Não permitiam que trabalhasse em lugares públicos e me ordenavam a comparecer todo mês à delegacia para reportar todas minhas atividades.

— Se for visto envolvido em qualquer manifestação política, se escutarmos um pio seu, nao haverá uma segunda chance — ele avisou, recolhendo o documento assinado.

Quando saí para a rua, tive que tapar os olhos com as mãos. Apesar do frio, a luz do sol de inverno iluminava a cidade inteira. Na outra calçada, distingui uma figura humana que tentei identificar. Era Agho Jun, que me aguardava com um sorriso acanhado e mãos trêmulas.

Controlando o ímpeto de correr, fui caminhando devagar até ele, que então me apertou como se nunca mais fosse me largar.

— Vamos para casa... — e saímos de mãos dadas sem olhar para trás.

ROBERTO CATTANI – MESQUITA AZUL EM ISFAHAN

XIV

Os três dias que passei na prisão tiveram um efeito psicológico avassalador na minha família. Não se convenciam de que eu não sofrera tortura física. Por mais que explicasse, não engoliam o fato de que os roxos em torno dos meus olhos e espalhados pelo corpo foram resultado da briga, ou melhor, da surra que levei na loja do bazar quando revidei o xingamento contra Agho Jun. Não pediram para repetir o palavrão, intuindo do que se tratava. Para nós, muçulmanos, nada é mais ofensivo do que xingar alguém de "porco".

Por conta do episódio não me deixavam pôr os pés fora de casa. Minha mãe me empurrava comida goela abaixo, acompanhada de uma enxurrada de palavras. Ela garantia que não deixaria me machucarem e que cuidaria de mim, me sustentando pelo resto da vida, se necessário. Eu passava o dia estirado na cama cantarolando músicas dos Beatles já que, por medida de segurança, Agho Jun destruíra meu toca-discos. Ele também mandara jogar fora todos os impressos, fotografias ou revistas de conteúdo ocidental, além das calças jeans e outros objetos que pudessem me incriminar.

Éramos suspeitos em potencial, não podíamos correr riscos desnecessários. Como ele não sabia do buraco debaixo da cama no quarto das minhas irmãs, não tocou nos livros escondidos, e Narges guardou nosso segredo. Ela agora ajudava meu pai no bazar. Tinham que reaver os 50 mil tomans que Agho Jun pagara para me tirar da cadeia. Além do dinheiro, levaram uma boa quantidade de mercadorias, só tapetes foram mais de trinta. Eu achava aquilo uma grande injustiça, mas não havia a quem reclamar, no final ainda tínhamos que agradecer por não terem fechado a loja em definitivo.

Com tempo de sobra, sem qualquer tipo de obrigação e me sentindo um inútil, eu caminhava pelos parques, ruas e avenidas até cansar e cair de exaustão à noite. Sob censura, os jornais, rádio e televisão davam sempre as mesmas notícias a respeito da guerra, da revolução, dos mártires e dos traidores — estes, exemplarmente executados. Eu procurava esquecer Farzane e Bābak, ao mesmo tempo em que tentava apagar a figura de Behruz dos meus pensamentos. Tudo corria de forma monótona até eu atender a um telefonema no meio de certa manhã. Estava sozinho em casa e comecei a tremer quando ouvi do outro lado da linha a voz de Zibā.

— Sou eu, Kurosh...

O silêncio que se seguiu carregava o peso das palavras e das idéias que eu queria, mas não era capaz de formular.

— Está me escutando?

Com esforço articulei qualquer frase num tom de adolescente mudando de voz.

— Estou em Shiraz... — ela falou. — Preciso ver você com urgência...

— Aconteceu... alguma coisa? — gaguejei como Agho Jun quando ficava nervoso.

Agora foi a vez de ela permanecer muda, o que atiçou a minha curiosidade. Marcamos um encontro às duas da tarde no mausoléu de Saadi, que acreditávamos ser mais seguro devido à visitação constante.

Desliguei apreensivo e fiquei consultando o relógio. Minha vontade era quebrar o vidro e adiantar os ponteiros. Só então me lembrei da minha situação inusitada de prisioneiro domiciliar por imposição da família. Não poderia sumir de casa, acabaria matando meus pais de aflição. Deixei um bilhete para minha mãe e fui ao bazar falar com Narges.

Pela minha expressão, ela adivinhou do que se tratava. Por sorte, Agho Jun tinha ido buscar mercadorias para repor o estoque desfalcado pelo pagamento do meu "resgate" e não regressaria até o final da tarde. Ela disse que inventaria uma desculpa convincente, e fui ao encontro que tanto desejava e ao mesmo tempo me amedrontava.

A pé, cruzei a cidade de leste a oeste, até chegar à avenida Bustân. Como tinha três horas de folga, economizei o dinheiro da passagem que Narges me dera para a volta. Desconfiado, eu prestava atenção nas pessoas ao meu redor, achando que escutavam as batidas do meu coração acelerado. Também temia que lessem meus pensamentos ou me reconhecessem. Não raro, tinha pesadelos em que era arrastado de volta à prisão sob o olhar desesperado da minha amada. Tão absorto estava nas minhas alucinações, que nem percebi ser dela a silhueta feminina sentada no banco do jardim.

— Não me reconhece?

A voz mudara de timbre, parecia mais adulta e madura. Aproximei-me devagar para apreciar o rosto emoldurado pelo chador escuro e parei. Os ares da montanha tinham feito bem a Zibã, delineando melhor a boca de lábios espessos como uma flor prestes a desabrochar. Só os olhos pareciam mais fundos, embora soltassem faíscas luminosas quando me viam.

— Como você está linda... — alisei a barba que tinha deixado crescer e falei mais para mim do que para ela. — Quase tinha me esquecido do quanto é bonita...

Um sorriso franco, de dentes alvos, abriu-se para logo fechar num repuxo de tristeza. Fez menção para eu me sentar ao seu lado no banco. Não nos tocamos, mas sentir de novo o perfume dela já era suficiente. Baixinho, quase no meu ouvido, ela disse.

— Meu pai morreu, Kurosh...

Eu fiquei sem saber o que falar, ela continuou:

— Talvez tenha sido melhor assim, ele não agüentava mais o tipo de vida que éramos obrigados a levar...

Só então me lembrei da família dela e perguntei pelo irmão.

— Õrash está aqui, em um refúgio seguro.

Zibã olhou em volta e, vendo que não havia pessoas próximas, pegou minha mão. Cerrei as pálpebras para melhor apreciar aquele contato, mas o momento não era propício a romantismos.

— Ele vai embora...

— Vai se mudar de Shiraz? — indaguei.

— Não. Ele vai partir do Irã. Vai fugir do país...

— Isso é muito perigoso... — foi o que me ocorreu comentar, para logo me sentir um completo idiota.

— Eu sei — ela retrucou. — Mas não há opções para gente como nós. Pelo menos agora, com a guerra e todo o resto.

— Concordo — agora minha voz saiu firme e sem alterações. — Mas saiba que para muitos muçulmanos a situação também não é das melhores... — e contei os últimos acontecimentos desde que havíamos nos separado. Relatei sobre Omid e sua denúncia contra Bãbak, minha prisão, a chegada de Narges, a morte de Parviz e o sumiço de Farzane. Só pulei a parte da doença dela. Por um sentimento de culpa persistente, fiquei com vergonha de revelar a minha participação indireta no evento que quase resultou na morte da minha irmã.

— Pobre Kurosh! Pensei que apenas famílias iguais à nossa sofressem as conseqüências dos extremismos religiosos.

Zibã soltou um suspiro e com seus dedos finos ajeitou meus cabelos.

— A barba caiu bem em você... — e pude sentir o hálito fresco que despertou em mim os desejos mais inconfessáveis.

— Não imagina o quanto eu pensei em nós dois... — ela prosseguiu avivando o fogo que eu não conseguia controlar.

De súbito, Zibã levantou-se e disse que estava com pressa. Notei que tinha crescido, estava quase da minha altura. O corpo dela, que eu tentava enxergar através do tecido grosso do hejab, tornara-se mais delgado em algumas partes e arredondado em outras. As pernas eram esguias como as de uma garça, mas os quadris haviam se avolumado de leve, dando aos seus contornos uma feminilidade até então ausente. Zibã se transformara em mulher, embora ainda conservasse trejeitos de menina.

Ao se despedir, ela roçou os lábios contra os meus, após certificar-se de que não havia gente por perto. Segurei o desejo de apertá-la contra meu peito, colar minha boca na dela e sentir a umidade da sua língua de encontro à minha. Foram pensamentos que zuniram num piscar de olhos, quando dei por mim, ela se afastara até sumir de vista.

Em casa ninguém perguntou nada, mas confidenciei a Narges o que se passara no encontro. Ela refletiu por uns instantes e como sempre me surpreendeu.

— Você pensou alguma vez em seguir os passos de Õrash?

Ela me pegou desprevenido e comecei a gaguejar. Na verdade, tempos atrás eu cogitara a possibilidade de fugir, mas, com todos os eventos envolvendo minha família, eu me sentia acorrentado a Shiraz como um condenado à prisão perpétua. Ainda não resolvera as contradições que aumentavam e me confundiam. Sempre amei minha cidade e meu país. Adorava Agho Jun e minha mãe, tinha especial devoção por Narges. Nunca soube direito que profissão escolher quando crescesse, mas isso não me preocupava, eu poderia ser qualquer coisa neste mundo. Não tinha um plano de vôo como Behruz nem alimentava sonhos impossíveis, mas não duvidava de que alcançaria as nuvens se assim desejasse. Para tanto, bastaria escolher um percurso e me dedicar aos estudos com seriedade. Agora que virara adulto, as certezas esvaíram-se junto com as oportunidades, inexistentes no meu Irã atacado de fora e devorando-se por dentro em um sinistro ritual autofágico. Se antes o Alcorão servia de guia e consolo, a nova ordem determinava que os preceitos islâmicos deveriam orientar cada um dos nossos passos. Religião e Estado confundiam-se em um só órgão que ditava nos detalhes o cotidiano dos cidadãos. A sobrevivência dos que não se alinhavam com os ensinamentos de Maomé ou dos que buscavam uma liberdade individual descolada do Livro Sagrado tornava-se praticamente impossível. E eu, que há anos vinha me afastando das rezas e das mesquitas, estava entre os discordantes e os excluídos. Naquele momento, eu concordava com Bãbak. Se cometer suicídio na guerra não era a resposta para minha falta de perspectivas, a fuga passara a representar a única saída, sobretudo depois que eu entrara para a lista negra da Amaken.

— Por que você não conversa com o irmão de Zibã? — Narges perguntou, cortando o fio das minhas reflexões.

— E Agho Jun? — perguntei.

— Eu me encarrego disso, Roshy, deixe esta parte por minha conta...

Após o diálogo com minha irmã, fui procurar Õrash para saber os pormenores dos planos. Ele não pareceu surpreso em me ver, acho que Zibã intuíra minha predisposição de ir embora e orientou-o a dar todas as informações necessárias. De posse delas, criei coragem para encarar Agho Jun, mas não foi preciso usar metade dela.

Nesse meio tempo recebemos a notícia da morte de Behruz no campo minado. A princípio eu senti apenas uma secura indescritível. Era como se estivesse no meio do deserto mais árido do planeta. Passei a semana que precedeu o funeral anestesiado por dentro. Fazia tudo como um autômato, sem emoção nem desejos. A paisagem perdeu as cores e o cotidiano adquiriu uma textura monótona, com tons que iam do marrom ao sépia. Às vésperas do enterro, minha mãe me obrigou a tomar um prato fundo de kufte sabzi, o caldo verde bem grosso, com aquelas deliciosas almôndegas feitas com massa de arroz misturado a legumes e carne de carneiro moída, que sempre adorei, mas agora a contragosto engolia.

— Se Bãbak estivesse aqui, ele diria que não adianta você fingir que não está sofrendo — ela falou com doçura, passando a mão na minha cabeça, esquecida de que eu não era mais seu caçula mimado.

Fechei os olhos para registrar aquele gesto de carinho tão comum na minha infância, perdida junto com o passado feliz e despreocupado. Ele desaparecera assim como Behruz, meu melhor amigo e de quem não tive tempo de me despedir. Naquele exato minuto, toda a tristeza e o desespero que eu vinha armazenando escoaram como as águas de uma comporta rebentada. O deserto virou mar e então percebi que nem se chorasse todos os rios do mundo conseguiria expressar a dor que de fato sentia.

Com o rosto vermelho e o nariz respingando, fui acompanhar os funerais de Behruz. O pai dele não juntou dinheiro suficiente para sepultá-lo na mesquita de Vakil, perto do bazar, nem na de Nasir al-Molk. Teve que se contentar com um cemitério público. No cortejo fúnebre, quando fiz um esforço sobre-humano para carregar o esquife com seus restos mortais pelas ruas da cidade, vi que Agho Jun me olhava diferente. Era como se quisesse gravar minha imagem na memória. Eu ainda não me dava conta de que no fundo ele estava, silenciosamente, despedindo-se de mim. A catástrofe do meu amigo de infância, que explodiu em centenas de pedaços, foi a gota d'água. Ele chegara à conclusão de que corria um risco incalculável de perder o filho se eu continuasse em solo iraniano por mais tempo.

O lema "Deus é nosso objetivo; o Alcorão é nossa Constituição; o Profeta é nosso líder; a luta é nosso caminho e a morte em nome de Deus é nossa maior aspiração", ecoado durante o funeral de Behruz, ilustrava de forma definitiva o perigo que eu corria em Shiraz. Minha breve prisão apavorou-o de tal forma que ele abriria mão de qualquer coisa para me manter vivo, mesmo a milhares de quilômetros de distância. Assim, quando mencionei a idéia de me juntar a Õrash na fuga desesperada, a pergunta dele teve um caráter bastante prático:

— Onde vamos arrumar todo esse dinheiro?

Enfiei a mão no bolso e saquei a peça de xadrez.

— Bãbak largou isto para trás... — eu disse em voz baixa. — Guardei pensando que um dia usaria para dar a ele um enterro digno...

— Filho — ele gaguejava de novo — nosso amigo estaria feliz em ajudar você...

Agho Jun então examinou a rainha de perto.

— Vou levá-la para ser avaliada como deve — e saiu em direção ao bazar, deixando-me entregue aos meus próprios pensamentos.

Foi quando Zibã ligou de novo para saber as novidades. Contei meus planos por alto. Combinamos de nos ver, pois temíamos que nossos telefones estivessem grampeados. Ninguém mais tinha segurança em falar a não ser pessoalmente. Desta vez fui até a casa em que ela estava morando com o irmão, num bairro de periferia. Demorei quase uma hora para chegar e depois me perdi pelas ruelas e becos, habitados por pessoas simples que me olhavam de modo estranho. Zibã me chamou pelo nome e pude de novo ver sua figura no vão da porta. Ela abriu seu sorriso franco e fez um gesto para que eu entrasse.

Fingi que não notei as paredes descascadas, a iluminação fraca e o odor de gordura impregnado no chão de terra batida. Tentei parecer o mais natural possível, apesar do meu desejo de correr com ela para longe dali. Minha princesa zoroastra merecia um palácio e não uma choupana...

— Tudo isso é provisório — ela comentou, lendo meus pensamentos como era seu costume.

Murmurei qualquer besteira e revelei a permissão de Agho Jun para a minha fuga, se Õrash me aceitasse como companheiro de viagem.

Zibã pegou minha mão e levou-a aos lábios.

— Vou sentir falta de vocês.

Trêmulo, dei-me conta de que talvez nunca mais a visse. O futuro não tinha a menor graça sem a perspectiva de reencontrá-la.

— Fique tranqüilo, um dia nos reencontraremos — ela garantiu com os olhos úmidos.

Nisso a porta se abriu com um baque e o tio dela surgiu diante de nós. Era um homem encorpado, um pouco mais jovem do que Agho Jun, com o rosto curtido pelo sol das montanhas.

Ele me cumprimentou e, antes que eu respondesse, prosseguiu:

— Minha sobrinha contou sobre sua intenção de partir junto com Õrash.

Servindo-se do chá que fumegava no samovar, continuou:

— Acho ótimo ele ter uma companhia nesta aventura...

Levantou-se, veio para perto de mim e quis saber se eu já tinha a quantia de que precisava.

— Meu pai está no bazar tentando vender um objeto para conseguir o dinheiro — respondi. — Até amanhã devemos ter uma resposta.

Ele repuxou a barba como eu vinha fazendo. Para a maioria de nós, iranianos, barba era algo inusitado, iríamos demorar um longo tempo para nos acostumarmos a ela.

— Tudo bem, mas isso não pode demorar. Os arranjos estão adiantados.

Eu ia indagar o motivo da pressa, mas ele se adiantou:

— É preciso aproveitar o inverno, quando as fronteiras estão menos patrulhadas.

— Tem que levar muitas roupas de frio, é melhor você ir se preparando — Zibã falou, como a mãe zelosa.

Saí de lá deprimido. Eu deveria estar contente com a possibilidade concreta de dar um rumo à minha vida, mas a idéia de me afastar de Zibã, talvez para sempre, tornava tudo pesado e cinzento. Nem a felicidade de Agho Jun, mostrando a pilha de tomans obtida com a venda da peça de Bãbak me animou. De qualquer jeito, minha família deu início aos preparativos. Embora fosse a menos conformada de todos, a que se lamuriava pelos cantos, minha mãe tratou de armazenar uma quantidade descomunal de alimentos como se fizesse o farnel de um pelotão inteiro.

Agho Jun estava em contato com a pessoa encarregada de nos levar para fora do país. Por intermédio dele, escolheu junto com o tio de Õrash a rota de fuga que seguiríamos entre as várias existentes. A fronteira com o Iraque estava fora de cogitação, devido à guerra. Poderíamos ir a leste, através do Paquistão ou então por mar, pelo golfo Pérsico até o Kuwait ou a Arábia Saudita. Para mim, que morava em Shiraz, este seria o lógico, mas achamos por bem viajar ao norte em direção à Turquia, cujas baixas temperaturas no inverno diminuíam o policiamento ostensivo. A última parada em território iraniano seria a cidade de Rezaye, assim chamada em homenagem a Reza Pahlevi e convertida em Orumiê depois da revolução. Dali cortaríamos a cordilheira do Albroz para alcançar o país vizinho.

Essa primeira parte do roteiro, que incluía viagem de ônibus, carro, avião e a cavalo na parte montanhosa, levaria cerca de dez dias. Combinamos telefonar para um número "limpo" de um conhecido de Narges, sobre quem não pairavam suspeitas de grampo, tão logo pisássemos em solo turco e antes de seguirmos para Istambul, onde os documentos necessários para emigrar estariam à nossa espera. Nessa idade, em condições de ir para a guerra, solicitar passaporte ao governo era pedir para ser preso. De lá pegaríamos um vôo para Montreal e, uma vez em área canadense, pediríamos asilo político. Isso Agho Jun contou, tentando controlar o nervosismo, visível na gagueira que ele não era capaz de superar. Narges encomendara no bazar roupas de frio e botas pesadas para a neve do norte, onde enfrentaríamos até 15 graus negativos.

Enquanto organizavam a minha ida, eu fingia que nada estava acontecendo à minha volta, embora utilizasse o tempo vago para estudar mapas e guias que Narges conseguira. Eu tinha pelo menos três semanas para dizer adeus à minha família e à minha cidade. Foi quando Zibã apareceu em casa despencada das nuvens. Eu não sabia como agir, mas Narges me acalmou.

— Eu cuido da mãe, vá falar com a moça.

Desci entre curioso e tenso, e, ao me rever, ela abriu um sorriso que logo morreu nos cantos dos lábios.

— Meu irmão foi convocado... — disse de supetão.

— Como assim? — perguntei, tentando me refazer do susto.

— Minha tia ligou contando que a carta estava no correio da aldeia na montanha.

Eu puxei-a pela mão, fazendo-a sentar-se numa almofada. Ela obedeceu como um autômato, mas sem perder o fio da meada.

— Não sei como conseguem descobrir um endereço tão remoto! — exclamou, para acrescentar. — Ele deve ter sido denunciado!

— Mas você mesma disse que ele ficava sempre com as ovelhas, longe dos olhos de todos do vilarejo.

— Eu sei — ela disse, repuxando o chador. — Mas quando minha priminha morreu, a polícia esteve na casa pra fazer perguntas e ele foi obrigado a aparecer.

Ela fez uma pausa para relembrar um fato que teria gostado de esquecer.

— Dois policiais falaram com Õrash. Eles queriam saber detalhes do acidente.

Zibã disse que se oferecera para dizer que ela estava com a menina na hora, mas o irmão não permitiu.

— Foi uma grande bobagem dele...

Eu concordei, embora tivesse gostado do gesto de Õrash protegendo minha princesa. Só que aquele incidente resultara na convocação dele, um péssimo sinal.

— O que vão fazer agora? — perguntei.

— Não sabemos. Minha tia disse que ele conseguiu fugir antes de a milícia chegar, mas estamos aguardando notícias.

Suspirei aliviado ao constatar que ainda poderia estar com Zibã por algum tempo, mas dali a dois dias ela me telefonou pedindo que fosse vê-la. Corri até lá como se tivesse asas nos pés e desta vez não me perdi no emaranhado de ruelas e becos sem saída. Quando dei por mim, já entrava pela portinhola em direção à sala, que havia mudado desde minha visita anterior. O chão fora esfregado e ganhara almofadas coloridas. Havia um tapete tapando um remendo no soalho e uma cortina rota. O ambiente tornara-se pelo menos agradável. Balancei a cabeça de um lado para o outro, não havia nada que mãos femininas habilidosas não ajeitassem. Mas Zibã cortou minhas reflexões.

— Você precisa ir embora! — ela disse num fiapo de voz.

— Eu mal cheguei... — gaguejei feito Agho Jun.

— Não, não desta casa! — ela afastou o chador que caíra sobre a testa, quase encobrindo os olhos. — Tem que sair da cidade, do país!

Notei o timbre de pavor e pedi calma.

— Sente-se comigo e conte tudo o que aconteceu.

Fiquei então sabendo que Õrash fizera contato. Refugiara-se em uma comunidade zoroastra próxima de Yazd, em um vilarejo denominado Cham.

— Você tem que ir encontrá-lo o mais rápido possível, se for pego será executado no ato — Zibã rematou, não esclarecendo se estava se referindo a mim ou ao irmão.

No fundo, isso não importava tanto, pois, na verdade, nós dois corríamos sério risco de vida caso caíssemos nas mãos do Sepahe Pasdaran. Éramos proscritos na nossa própria terra e ninguém poderia nos salvar.

MULÁS NA GRANDE MESQUITA DE QOM

Para penetrar nos mistérios do Alcorão, Agho Jun me fez ter aulas particulares com Seyyed. Barbudo, o mulá usava o ammame, turbante preto próprio dos descendentes de Maomé. O suor gotejava da sua testa estreita na cabeça gorducha que brotava direto do corpanzil sem pescoço. Com voz gutural, dizia que um muçulmano não deve negligenciar as cinco namaz, as orações diárias.

MAZIAR HOOSHMAND/ISTOCKPHOTO – CORDILHEIRA DO ALBROZ NO INVERNO

Parte IV
Fuga na cordilheira

ROBERTO CATTANI

A CIDADE DE YAZD COM MESQUITAS DE MINARETES GÊMEOS, TÍPICOS DA REGIÃO

Aproveitamos para visitar Yazd, erigida no meio do nada, entre os desertos de Kevir ao norte e de Lut a leste. Cercada de lagos salgados, durante séculos alimentou-se de água por um complexo sistema de canais descendo pelas colinas. À entrada, na vastidão árida salpicada de minaretes, vi as formas cônicas de duas torres de adobe a sinalizar a presença de cisternas profundas, cujas águas são refrescadas pela corrente de ar criada entre elas. Nesse momento não pude evitar a lembrança de Agho Jun. "Nós, iranianos, somos um povo engenhoso, que instruiu os árabes e tem muito o que ensinar ao restante do mundo."

XV

O lado positivo da minha partida iminente foi que faltou tempo para pensarmos na separação. Os últimos preparativos não deixaram espaço para nostalgia nem arrependimentos prévios. Com a convocação de Ôrash, em menos de uma semana eu embarcava no ônibus intermunicipal em direção a Yazd. Seria mais lógico partir rumo ao norte, mas eu fazia aquele desvio de rota a pedido de Zibã. Levava comigo uma mochila de três andares, recheada com mudas de roupas, sapatos e provisões. Aliás, comida era o que não faltava e, se me perdesse por cem dias no deserto, não morreria de fome. Minha bagagem mal entrou no compartimento de malas do veículo, a poltrona era pequena para acomodar o farnel feito por minha mãe, que ainda costurou uma espécie de cinto de pano para eu levar o dinheiro preso à cintura, dentro da calça.

Despedi-me de Zibã e de minha mãe, que saiu correndo para chorar trancada no quarto consolada por Narges. Na rodoviária, sobramos Agho Jun e eu. Ambos sabíamos o quanto seria dura a separação, mas evitávamos nos fitar com medo de que um dos dois ou ambos desabassem. Não era conveniente dar um show em público, tínhamos que passar a impressão de que eu partia em viagem de férias. A Amaken mantinha olheiros onde menos suspeitávamos, e aquele era, por motivos óbvios, um local bastante visado. Por isso escolhemos um horário de final de tarde, chegando ao destino final já na noite fechada.

Tentei pensar em qualquer coisa ao segurar a mão de Agho Jun, que sempre evitava explicitar seu afeto. Desta vez ele não se reprimiu, me apertando num abraço parecido com aquele de quando eu saí da prisão.

— Nós estamos otimistas, filho. Trate de se cuidar.

No rosto vincado dava para notar as marcas de seu sofrimento. A barba que ele adotara para agradar às milícias e se livrar de encrencas no bazar davam-lhe uma expressão estranhamente séria. Agora parecia de fato um avô, só que Omid não estava mais aqui para chamá-lo de babaí.

Embarquei sem olhar para trás. Qualquer palavra naquela hora teria desencadeado uma avalanche incontrolável de emoções represadas. Escolhi um banco vago e, através da janela, vi a figura do meu pai diminuir até virar um ponto na paisagem. Eu podia imaginar o tamanho da sua dor ao relembrar uma frase que não me saía da memória: "Um dia você vai aprender que para nós, iranianos, a família é tudo. Enquanto estivermos juntos e unidos, ficaremos bem", ele dissera no dia da minha formatura, quando reagi com desprezo diante da possibilidade de passar a vida atrás do balcão na loja do bazar.

Por uma cruel ironia, Khoda conseguira colocar aquilo no meu coração. Ele me ensinou a dar valor à família justo no momento em que eu não poderia tê-la comigo. Aliás, seria o primeiro Noruz, em toda minha vida, que passaria longe deles. Talvez fosse um castigo merecido. Tardio, mas merecido. Nesse instante, fechei os olhos e, mesmo sem poder ajoelhar-me em direção à Meca, recitei baixinho o versículo 107 do Alcorão: "E, se Alá te toca com um infortúnio, não há quem o remova senão Ele; e, se Ele te deseja um bem, não há revogador de Seu Favor. Com este, Ele alcançará a quem quer de Seus servos."

Como por um passe de mágica, senti minha alma pacificada e o desespero esvaiu-se. O ônibus deixara para trás a entrada para Persépolis e eu divisava no horizonte a cordilheira de Zagros. Quando era mais novo, costumava fazer trekking nestas montanhas por um dia inteiro, caminhando pelos vales com Behruz, que localizava as figueiras de frutos maduros e doces feito mel. Na primavera, por cerca de dois meses, o panorama muda de cor e, entre as rochas gigantes amareladas, podem-se ver nesgas de vegetação rasteira muitas vezes com flores pequenas e coloridas. As árvores maiores são escassas, e sombra, uma raridade. No auge do verão tudo seca, restando uma ou outra planta resistente ao calor, espinhosa e com belas flores do tamanho do meu punho.

Agora o verde sumira por completo, dali a pouco a neve encobriria os picos mais altos. Aproximávamos-nos da estrada para Pasárgada, o que evocava em mim lembranças românticas de Zibã. Dormitando enrolado em uma manta, naquele frio do início de inverno, eu recordava nosso encontro nas ruínas da cidade sagrada, quando a menina de tranças despertara minha atenção pela inteligência e bom senso. Ao balanço do veículo, fui refazendo passo a passo nosso relacionamento desde o princípio até a despedida final. Eu sentia o perfume dos cabelos que imaginava dentro do chador escuro. De repente, Zibã estava entre meus braços, pulsando de paixão e de saudade antecipada. Antes disso, minha princesa retirara o lenço da cabeça e, sem qualquer resquício de falso pudor, foi desvestindo a túnica, que caiu a seus pés com um barulho suave.

— O que está fazendo? — eu dizia com a voz esganiçada.

— Você não quer? — ela posou em mim os olhos de amêndoas que jamais esquecerei.

— Não é isso... — eu de novo gaguejava feito um bebê, perdido no labirinto dos meus receios. — E seu tio? Ele pode chegar...

— Ele só volta tarde da noite, fique tranqüilo...

Zibã então se aproximou de mim com o hálito fresco de chá de rosas e colocou minha mão direita sobre seu seio esquerdo. Agora não havia tecido entre meus dedos e a pele com textura de pêssego se enrijeceu ao primeiro contato.

— Você tem certeza? — balbuciei, num vestígio de lucidez e prestes a perder o autocontrole.

Zibã afastou-se com raiva, cruzou os braços sobre o peito nu e levantou o queixo. Pude ver que seus lábios tremiam de leve e um rubor encobria as faces antes pálidas.

— Você sabe o que o Sepahe Pasdaran faz com as irmãs dos traidores?

Em pânico, não pude responder enquanto flashes do meu pesadelo de meses atrás voltaram num surto de pavor. Eu me sentia à beira de um precipício.

— Por que você não vem conosco? — agora eu a segurava com toda a força. — Você não pode ficar para trás.

— Não se preocupe. Sei me cuidar. — Ela então me puxou para mais perto e nossos lábios se colaram. Minha língua procurou a dela, que não se esquivou. Logo estávamos na cama do quartinho mal iluminado, minhas calças espalhadas pelo chão, enquanto eu ia tateando as curvas do corpo, que parecia mais reconhecer do que descobrir. Era como se desde sempre estivéssemos predestinados um ao outro, faltando apenas selar ali nossa união perfeita. E isso se fez de forma instintiva e natural, mas com a afoiteza própria da idade e da falta de experiência de ambos. Fui entrando nela como um hóspede há muito esperado. Sem grande dificuldade, consegui romper o véu diáfano que escondia o Jardim das Delícias. A princípio me perdi nas águas profundas daquele oceano proibido, mas logo me encontrei para, de novo, desejar morrer a fim de perpetuar aquele instante tão sublime quanto fugaz.

Mais familiarizado com a sensação impossível de ser descrita em palavras, na segunda vez demorei-me a explorar os recônditos secretos que ela abrira para mim sem nenhuma restrição. Devagar, fui penetrando em câmera lenta, minhas mãos por trás empurrando seu quadril contra o meu, acariciando a pele de regiões jamais visitadas por qualquer forasteiro. Com um soluço seco, ela me aceitou e me acolheu, trançando as pernas por cima das minhas costas e comprimindo meu rosto entre os seios. A minha virgem prometida dissolveu-se para que eu, peregrino e crente, satisfizesse minha fome da carne e do espírito.

Ao sabor de tais devaneios, um solavanco causado por buracos na estrada me trouxe de volta à realidade dos fatos. Acordei para constatar que tudo não passara de sonho, cujas marcas eram visíveis apenas na minha calça úmida em torno da braguilha. Na verdade, nem fora possível despedir-me de Zibã como deveria, ela apenas passara em casa com o tio a caminho da aldeia nas montanhas. Permaneceria morando com eles até receber notícias nossas. Acalentávamos a idéia de dar um jeito de fazê-la juntar-se a nós assim que alcançássemos o Canadá. Eu precisava acreditar nessa possibilidade remota para me manter vivo. Descobriria que Õrash, muito unido à irmã, iludia-se da mesma forma.

Na única parada até Yazd, desci para tomar um chá quente e aproveitei para trocar a roupa de baixo e a calça. Lavei-me da melhor maneira que pude naquelas circunstâncias e segui viagem. Passava das nove horas. O frio apertara e o horizonte desaparecera na escuridão da noite. Sem querer, lágrimas começaram a escorrer pelo meu rosto, numa mistura de medo do desconhecido e pena da minha profunda solidão. Agora era apenas eu mais eu, sem ninguém para me consolar, apoiar, dar conselhos. Como um enxadrista solitário, enfrentava de peito aberto a insegurança de um futuro incerto distante de todos, numa torrente de lembranças de entes queridos. Behruz abriu a lista das perdas, seguido por Bãbak, Farzane, Shahin, minha família inteira e até Xeque-mate. Sorri ao recordar o cão companheiro, que definhara após o sumiço do dono. Até Omid entrou no meu rol de carências, encerrado por Zibã, cuja imagem me fazia enrubescer devido ao sonho recente.

Com a freada do ônibus, que afinal alcançara o destino, tive que engolir as reminiscências e me recompor na maior rapidez. A luz tênue da estação não me deixava ver direito o exterior, mas logo ao desembarcar uma pessoa dirigiu-se a mim.

— Kurosh? — o homem perguntou.

Desconfiado, acenei positivamente com a cabeça.

— Por favor, venha comigo — e, notando minha hesitação, acrescentou: — Seu amigo Õrash está esperando por você.

— Ele não veio?

— Não... — respondeu. — Estou aqui para levá-lo até ele, na aldeia de Cham.

Pensei em telefonar para Agho Jun ou mesmo para Zibã, mas depois raciocinei melhor e decidi obedecer ao estranho. Entrei em um carro velho que não me parecia capaz de cobrir o pequeno trecho de meia hora até onde meu amigo me aguardava. O motorista apresentou-se como Behnam, natural de Yazd, e conhecia toda aquela região. Ele parecia saber do nosso propósito de fuga, mas não disse uma palavra sobre o assunto durante todo o trajeto. A noite escura atiçava minha curiosidade sobre as imponentes torres zoroastras nas quais depositavam os mortos.

— Não praticam mais este tipo de funeral, foi proibido antes mesmo da revolução — disse ele, confirmando a informação de Zibã. — Mesmo assim o lugar é impressionante, quando amanhecer você verá.

Passamos pelas poucas casas da aldeia e nos dirigimos às montanhas por uma estrada tortuosa por mais vinte minutos. Afinal ele parou em frente a um pequeno sobrado de adobe no meio de um vasto jardim malcuidado. Ao descer, discerni a figura de Õrash andando em nossa direção. Ele também se beneficiara do ar das montanhas. O rosto adquirira feições másculas graças à barba cerrada à altura do queixo. Estava encorpado e quase um palmo mais alto do que eu.

— Fez boa viagem? — perguntou, estendendo a mão de dedos delgados como os de Zibã, semi-encobertos pelas mangas compridas do casaco de lã.

Respondi com monossílabos. A mochila imensa parecia pesar três vezes mais e a fome apertava, mas como a irmã, ele parecia ler meus pensamentos.

— Tem um lanche esperando por você — disse, conduzindo-me à cozinha, em cujo canto a lenha crepitava num fogão, irradiando um calor agradável.

Ao comentar que ali fazia mais frio do que em Shiraz, Õrash provocou em mim uma vontade quase incontrolável de chorar. A simples menção da minha cidade me comovia, fazendo-me lembrar de que talvez jamais retornasse a ela. Ele percebeu o pesar e procurou me distrair.

— Esteja à vontade. Tem pão, queijo de cabra e geléia de damasco — falou, servindo-me sopa quente e chá preto fumegando.

Enquanto eu comia, ele foi detalhando os planos.

— Ficaremos nesta chácara de um velho conhecido do meu pai até acertarem nossa ida para Teerã, o que não deve demorar.

— Quem mora aqui? — eu quis saber.

Õrash fez com o braço um gesto largo.

— Aqui? Só o casal que toma conta.

— Onde está o dono?

— Ele mudou-se para longe, depois que perdeu os dois filhos na guerra — Õrash respondeu baixinho como se temesse o som das próprias palavras.

Sentado na banqueta, engoli em seco. Era disso que fugíamos, de uma condenação à morte certa se continuássemos no país.

— Sorte a sua não ter sido convocado... — ele acrescentou, elevando o tom da voz.

— Por enquanto — respondi. — É só uma questão de tempo. Mais dia, menos dia iriam me achar...

— E sua família?

— O que tem ela?

— Você não tem medo de uma retaliação quando descobrirem que fugiu?

Colocado daquela forma, sem rodeios, aquilo me deixou perplexo. Larguei o pão a meio caminho da boca e segurei a cabeça entre as mãos. No meu egoísmo extremado eu nunca tinha pensado nisso. Simplesmente fui embora, deixando Agho Jun, Narges e minha mãe à sanha da Amaken. Fiquei lívido. Õrash levou um susto e se pôs de pé ao meu lado com a mão no meu ombro, como Bãbak costumava fazer.

— Desculpe, eu não deveria ter dito isso. Eles ficarão bem...

Passados alguns minutos eu me acalmei. Não havia nada mais a ser feito. Minha decisão não tinha volta. Agora restava torcer para tudo dar certo. Lembrei que Narges tinha amigos influentes e me prometera não deixar nenhum mal acontecer a eles.

Morto de cansaço, carreguei o mochilão para o quarto, onde um braseiro mantinha o ambiente quente e acolhedor. Ao fechar a porta, Õrash perguntou:

— Como está minha irmã?

— Ela... Ela está ótima e mandou lembranças. Vai morar com o tio nas montanhas até... — gaguejei — até as coisas se acalmarem...

Despedimo-nos e me joguei na cama de roupa e tudo. Numa fração de segundos caí num sono profundo, sem sonhos nem pesadelos.

Quando abri os olhos com a luz filtrada pela janela batendo em cheio no meu rosto, passava da uma da tarde. Eu havia dormido mais de 12 horas. Esfreguei os olhos, afastei as cobertas e fui procurar um banheiro. No corredor, uma mulher me ofereceu o almoço e disse que Õrash me aguardava na sala. Expliquei que gostaria de tomar um banho.

— Então vou falar para ele esperar — e saiu carregando um cesto de roupas nos braços.

Com as forças refeitas pela noite bem dormida, enchi a banheira de água e fiquei imerso por algum tempo. Lembrei-me do cheiro do hamam, o banho turco do meu bairro, que eu freqüentava com Agho Jun desde adolescente. Agora, o mesmo odor penetrava nos meus poros como um presente de Noruz. Lavei os cabelos e, ao me enxugar, vi uma lâmina sobre a pia. Num repente inexplicável, livrei-me da barba como quem raspa fora o passado e se prepara para o futuro. Saí do banheiro com a alma lavada e pronto para o que viesse.

Õrash fez um sinal para eu me sentar à mesa da cozinha. Só então reparei que ele transformara-se em um homem desde a última vez que nos encontramos. Embora fosse quase um ano mais novo do que eu, parecia o irmão mais velho. Ao meu redor, admirei a construção em tijolo, tradicional da região, assim como o teto em abóbada que terminava numa espécie de chaminé perfurada por uma série de buracos na parte superior. Õrash explicou que estas torres do vento funcionavam como um sistema de ventilação eficaz que permitia a circulação do ar dentro de casa e serviam para refrescar a água nos tórridos verões. Através das janelas rasgadas ao longo da fachada, observei que a propriedade deveria ter sido bem tratada no passado, mas agora o mato tomava conta do jardim sem flores no meio da vegetação escassa. Uma terra amarelada cobria as colinas que se estendiam a perder de vista, formando um cenário agradável sob o sol ameno do início de inverno.

Após o almoço, Õrash sugeriu darmos um passeio a cavalo pelas redondezas. Eu não estava acostumado a montar, e aquela seria também uma aula de equitação, um treino para nossa travessia rumo à fronteira, depois que alcançássemos Orumiê. Subindo no animal mais manso, saímos para explorar a região de uma beleza rara. O vilarejo de Cham situava-se no meio de um cinturão de campos repletos de figueiras e laranjeiras. Evitamos o centro da aldeia, apesar da minha curiosidade sobre o templo zoroastra local, próximo a uma frondosa árvore centenária conforme Õrash me contou, e seguimos alguns quilômetros adiante. Eu me equilibrava no lombo do animal obedecendo às instruções dele, exímio cavaleiro. Parávamos aqui e ali para admirar os arredores e trocar idéias sobre a viagem à Turquia.

— Resolvi tentar a Inglaterra — ele me informou, sem diminuir o ritmo do trote.

— Por que não o Canadá? — foi a minha pergunta.

— O dono do sítio onde estamos tem um irmão que mora perto de Birmingham. Ele se ofereceu para me receber e ajudar no começo.

— Sorte sua — retruquei. — Eu vou ter que me virar sozinho em Montreal.

Õrash pareceu constrangido, com pena de mim. Para desviar a atenção do assunto, disparei num galope arriscado. Ele me acompanhou, dois fugitivos correndo alegres pelos descampados. Tão ocupado estava em não ser derrubado da sela, que nem reparei que subíamos uma colina. Foi quando, num susto, vi no meio de montanhas ainda mais altas um monumento imponente. A luz do crepúsculo banhava as edificações de tijolos, com enormes portas em arco e tetos em abóbada. Algumas formas circulares precediam a torre principal, dando ao conjunto um toque de magia. Paramos ao mesmo tempo e, sem pronunciar palavra, ali permanecemos em reverência até o sol desaparecer por completo. Só então retomamos as rédeas dos animais e fomos voltando em passo lento, com o barulho dos cascos tateando o chão iluminado pelas estrelas.

Na manhã seguinte, aproveitamos para visitar Yazd, erigida no meio do nada, entre os desertos de Kevir ao norte e de Lut a leste. Cercada de lagos salgados, durante séculos alimentou-se de água por um complexo sistema de canais descendo pelas colinas. À entrada, na vastidão árida salpicada de minaretes, vi as formas cônicas de duas torres de adobe a sinalizar a presença de cisternas profundas, cujas águas são refrescadas pela corrente de ar criada entre elas. Nesse momento, não pude evitar a lembrança de Agho Jun. "Nós, iranianos, somos um povo engenhoso, que instruiu os árabes e tem muito o que ensinar ao restante do mundo." Sorri, torcendo para que os canadenses pensassem do mesmo jeito e me acolhessem.

No centro daquela cidade que tinha se modernizado à força sob o Xá, sobrara o portal de um teatro do século XIX, erguido para as apresentações sobre Hussein. Õrash me aguardou à porta da mesquita de Jame e entrou comigo na de Vaght-o-As'at. Em troca, ele me levou para conhecer o templo Atashkadeh, guardião do Fogo Sagrado que arde há mais de 1.500 anos. Conforme Behruz havia me explicado no passado, a chama fora transferida em 1940 para aquela comunidade zoroastra, a maior de todo o Irã.

Depois de lavar as mãos, assegurarmo-nos de que nossas roupas estavam limpas e colocarmos uma touca, entramos pela porta, sempre destrancada, em um pátio calçado. Este dava acesso a uma construção de estilo neoclássico, com colunas redondas e a fachada em triângulo, exibindo os símbolos do mazdaísmo e algumas figuras humanas semelhantes às do Egito antigo. No meio do edifício, dentro de uma espécie de câmara de vidro circundada por cadeiras para os fiéis rezarem quando melhor lhes conviesse, queimava a pira acesa desde o ano 470 da era cristã.

À saída, Õrash me explicou que, ao contrário do Islã, o zoroastrismo não se mistura com política e cultiva a alegria de viver, desencorajando a penitência, a mortificação e o luto típicos dos xiitas, a população majoritária iraniana. No lado de fora, ele apontou um dos retratos dos que contribuíram para erguer aquele prédio feito especialmente para acolher a chama sagrada e disse.

— Este é o dono da casa onde estamos hospedados.

Olhei com reverência a figura do homem grisalho e senti pena dele ao lembrar que perdera dois filhos na guerra.

Continuamos a caminhar pelo labirinto de ruelas estreitas do centro velho como dois turistas às avessas, em processo de despedida e não de descoberta de um país. Quando a fome apertou, aguardamos pacientes na longa fila que se formava diante de uma padaria. Flagrei meu amigo com os olhos rasos de lágrimas, decerto prevendo que jamais veríamos, no Ocidente, o processo artesanal de feitura desses nune sangak, nem as demonstrações de habilidade dos padeiros orgulhosos do seu ofício milenar. De avental branco e mãos ligeiramente trêmulas, devido ao calor constante que enfrentavam todos os dias, eles pressionavam a massa de leve com os dedos antes de ela ser colocada direto sobre pequenas pedras incandescentes no forno de tijolos. Com isso provocavam bolhas, tornando ainda mais crocantes os pães que após alguns minutos retiravam com uma pá de madeira, não raro ainda com um ou outro predisco grudado na casca. Eu mesmo me lembrava das vezes em que me queimei em criança quando alguma dessas pedrinhas em brasa rolara do alto do balcão para cair dentro da minha camisa pelo colarinho. Talvez por isso eu preferisse o nune bãzãri, um pão mais leve assado nas paredes do forno de barro, mas com o mesmo formato triangular de bordas arredondadas.

Do mausoléu dos Doze Imãs pegamos um táxi para o jardim de Dowlat Abad, na parte oeste de Yazd, para ver de perto a mais alta torre de vento existente em todo o Irã. Agora no inverno ficava difícil apreciar o frescor de 15 graus a menos na parte de dentro, mas no verão dava para imaginar que seus 35 metros faziam toda a diferença. Há séculos nosso povo dominava os princípios da física que regem a temperatura do ar, mais leve quando aquece e vice-versa. Guardei no coração aquelas imagens para recorrer a elas quando estivesse no outro lado do planeta. Esta era mais uma dura lição de Khoda. A paixão pela minha terra crescia na medida exata em que me preparava para deixá-la. Veio então à minha mente uma sura que dizia: "Em casas que Alá permitiu fossem erguidas e em que fosse celebrado o Seu Nome, nelas glorificam-n'O, ao amanhecer e ao entardecer."

XVI

Na terceira noite na propriedade rural, tivemos notícia da pessoa contratada para nos tirar do país. Fomos avisados de que sairíamos dentro de 24 horas, de ônibus, em direção a Teerã, numa viagem de 500 quilômetros. Dali um carro nos transportaria direto a Tabriz, de onde seguiríamos por um atalho de terra até Orumiê, evitando a estrada principal. Até agora, tudo ia saindo de acordo com o planejado. Antes de dormir conversei com Õrash. Contei a ele que gostaria de me casar com Zibã assim que meu futuro estivesse definido com clareza. Ele não se mostrou otimista, pois achava quase impossível conseguirmos levar a irmã dali.

— Para uma mulher é mais complicado — ele falou, acrescentando acreditar que a guerra se prolongaria, tornando ainda mais penosa a vida de todos.

Entrei no quarto desnorteado. Sem conseguir pegar no sono, fui assaltado por uma sucessão de dúvidas e perguntas sem respostas. Será que estava de fato fazendo a escolha acertada? Não teria sido melhor permanecer em Shiraz, isolado de tudo e de todos, mas protegido pelos meus familiares de quem já sentia tanta falta? "Uma escolha equivocada, feita com paixão, que é o contrário do equilíbrio, limita suas jogadas futuras, levando ao encurralamento final", me ensinara Bãbak durante as aulas de xadrez. E o que seria de Zibã, condenada a morar com os tios enquanto o irmão e eu, que deveríamos protegê-la, a abandonávamos para cuidar das nossas próprias vidas? Acima de tudo, seria correto ignorar uma convocação para defender a pátria invadida e vilipendiada?

Cheio de angústia, acabei adormecendo. De repente, bateram forte na porta.

— Acorda, Kurosh, acorda!

Demorei para recobrar a noção das coisas. Tateei até o abajur que acendi para consultar o despertador. Eram três horas da madrugada, por que estariam me chamando com tanta urgência?

Bêbado de sono, girei a fechadura para dar de cara com a caseira. Seu rosto era a mais autêntica expressão do terror.

— Depressa, depressa! Pegue suas coisas e venha!

Descalço, saí arrastando minha mochila. Passamos pela sala e ela abriu a porta, apontando dois cavalos já selados no quintal da frente. Em um deles estava Õrash, que tentava equilibrar sua bagagem na garupa do animal.

Coloquei a bota e caminhei ao encontro dele sob o facho da lanterna do rapaz que puxava o animal pela rédea.

— Rápido, no caminho explico tudo — Õrash disse, sem disfarçar a aflição, enquanto me ajudava a montar com a mochila ajeitada às costas. — Você consegue galopar? — e sem aguardar resposta, meu amigo disparou pela escuridão, atenuada pela luz leitosa do luar.

Engoli em seco e o segui superando a insegurança que sentia em cima de um cavalo correndo às cegas atrás do outro. Só conseguia pensar no frio cortante que me congelava os dedos e as pontas das orelhas. Num instante meu nariz começou a pingar e a vista embaçou. Arfando, alcancei Õrash no momento em que ele ia desaparecer numa curva.

— O que aconteceu? Para onde estamos indo?

Ele pareceu não ouvir, ou fingiu que não escutou. Eu desisti de perguntar, concentrando-me apenas em não ser derrubado do cavalo e manter as mãos dentro da manga do casaco, que puxei na tentativa de aquecê-las. Enxerguei então luzes bruxuleando no negrume.

— Chegamos — Õrash avisou. — Vamos deixar os animais aqui.

Desci do cavalo com dificuldade por causa da mochila que agora parecia pesar mil toneladas. Seguimos em direção à luminosidade e só então percebi tratar-se da torre do silêncio que tínhamos visto no passeio pelos descampados.

— Vamos nos esconder — Õrash falou, apertando o passo. — Um grupo de homens usando ammames foi visto pelas redondezas — ele explicou, referindo-se aos turbantes pretos dos mulás descendentes de Maomé. — Creio que são membros do Sepahe Pasdaran — acrescentou.

— Vieram atrás da gente? — perguntei.

— Não tenho certeza, mas temos que nos prevenir.

— Você acha que alguém nos denunciou? — voltei a perguntar.

— Nao sei. Talvez estejam apenas de passagem. Em todo caso, não vamos pagar para ver.

Ao pé da torre vimos um senhor cuja barba batia na cintura. Estava enrolado em uma manta grossa que cobria todo o corpo.

— Dorud — ele disse, cumprimentando-nos.

— Dorud — respondeu Õrash. — Este é o sacerdote Beman — ele me apresentou.

— Salam — retruquei, sentindo-me então como um estranho no ninho ao utilizar o termo árabe em lugar do farsi puro como eles.

— Podem vir comigo — e ele destrancou a porta que dava para um salão sem qualquer iluminação. Como eu hesitei, Õrash explicou:

— É o único local seguro. Vamos ter que passar o resto da noite aqui — e entrou sem olhar para trás.

Apesar do medo, eu o acompanhei. O senhor que nos recebera passou a chave por fora e se afastou. No silêncio que se fez, dava para ouvir o som dos cascos dos cavalos que ele levava pela rédea. O barulho foi sumindo até desaparecer por completo. Só então, com a vista acostumada à penumbra, ousei olhar à minha volta e abafei um grito de terror. Na outra extremidade, centenas, talvez milhares de ossos e crânios desafiavam minha credulidade. Achei que tinha ficado louco.

— Estamos onde estou pensando? — indaguei num fiapo de voz.

— É melhor não pensar — ele aconselhou. — Fique quieto e tente dormir.

— Você não está falando sério! — retruquei.

— Tome isto — e ele me passou uma pílula, que examinei entre os dedos com desconfiança.

— Para que serve?

Õrash ficou impaciente.

— Tome. Vai ajudá-lo a relaxar.

Sem mais rodeios, engoli o comprimido e sentei no chão recostado na mochila. Em alguns instantes desaparecia nas névoas de um sono opaco. Quando tornei a abrir os olhos, horas depois, estava envolto em duas mantas que Õrash retirara da bagagem dele. Meu amigo ainda dormia ao meu lado, também coberto da cabeça aos pés.

Devagar, criei coragem e varri com a vista o ambiente ao meu redor. Um arrepio gelado percorreu meu corpo dolorido. Nós nos encontrávamos no interior de uma torre do silêncio, naquele fosso em que os ossos dos cadáveres eram jogados após toda a carne ser devorada pelos abutres no topo da construção. Por alguns momentos, não consegui mexer um músculo. Aos poucos fui recobrando o domínio sobre meus nervos e quase ri de mim mesmo. Não era eu que morria de curiosidade sobre estes lugares sagrados? Pois lá estava. Recebera de presente uma oportunidade rara e conhecia de perto um espaço a que apenas os sacerdotes tinham acesso. Se conseguisse mesmo partir do Irã, aquela seria uma história incrível para contar aos meus filhos e netos. Nisso fui sacudido por um tremor. Quem garantia que nós íamos sobreviver? Na verdade, começava mal nossa aventura. Passar a noite trancafiados em meio a restos humanos! Aquilo não poderia significar um bom presságio...

Cutuquei Õrash com a ponta da bota. Ele esfregou os olhos e me encarou, adivinhando o que ia pela minha cabeça.

— Não precisa ter medo. Tudo vai acabar dando certo.

Nem terminara de falar, uma chave girou do lado de fora e a figura de um homem surgiu no umbral da porta.

— Vocês podem sair, eles já foram embora.

Nós dois levantamos de um pulo. Õrash agradeceu ao sacerdote zoroastra que abrira uma enorme exceção nas normas religiosas para nos admitir naquele recinto sagrado. Eu duvidava que algum imã fizesse o mesmo por alguém que não fosse um crente muçulmano. Arrastei minha mochila e, na claridade da manhã, vi os dois cavalos à nossa espera. Junto deles estava o caseiro carregando uma cesta. Ele avisou que precisávamos partir imediatamente, pois alguém nos havia denunciado. Cada minuto era precioso e um automóvel nos aguardaria no meio do caminho para Yazd. Montamos apressados e, guiados pelo bom homem, em meia hora vimos um carro parado à beira da estrada. De dentro dele saiu Behnam, a mesma pessoa que me buscara na rodoviária para me levar a Cham.

— As coisas se precipitaram — ele falou. — Vou deixar vocês no ônibus para Teerã — e estendeu para nós um envelope contendo duas passagens.

Despedimo-nos do caseiro, que levou os cavalos e entramos no automóvel. Eu estava faminto, mas não ousava abrir a cesta da qual saía um cheiro irresistível de queijos, pão e frutas frescas. Lembrei-me com pesar dos pratos da minha mae que talvez jamais voltasse a experimentar, mas a visão dos ossos na torre do silêncio acabou por cortar meu apetite. Õrash não parecia ter se intimidado, ou talvez para ele as imagens do que havíamos visto pela manhã já fizessem parte do seu imaginário. O fato é que ele devorou metade do conteúdo da cesta.

Dali a pouco chegávamos a um ponto de ônibus no meio da estrada. Behnam achara mais conveniente esse arranjo do que arriscarmos a rodovia principal, sempre vigiada. Tentando afugentar as lembranças macabras da torre, em menos de meia hora embarcamos para Teerã. Era uma longa viagem, eu estava exausto e logo adormeci. Acordei tempos depois com um cutucão de Õrash.

— Aqui é a entrada para Nâin — ele falou, indicando uma placa na beira da estrada.

Já havíamos rodado quase 160 quilômetros, e meu estômago reclamava de fome. Dali a pouco o ônibus fez uma parada e descemos para comer. Muitos dos passageiros desembarcaram ali, pois era sexta-feira, dia de prece para os muçulmanos. A maioria dirigia-se ao vilarejo bastante procurado por sua mesquita do século X, toda ornamentada com motivos geométricos e florais, além de belos exemplos de caligrafia em estuque.

Agora que sobravam poltronas, estiquei-me no banco e voltei a adormecer sob o barulho apaziguante do motor. Perdi a noção do tempo e do espaço, até que um estrondo seguido de uma freada brusca me arremessou contra o banco da frente. Tentei me segurar, mas fui jogado para os lados e para cima como dentro de um liquidificador. Ouvi gritos e choros, e o ônibus afinal estancou por completo. Por alguns segundos, fez-se um silêncio profundo, mas logo as vozes começaram a subir de tom.

— Você está sangrando — Õrash dizia, me estendendo a mão para levantar.

Ainda sem compreender o que acontecera, fomos deixando o veículo. Do lado de fora, o motorista avaliava os estragos causados pelo estouro do pneu dianteiro esquerdo. Ao meu lado, uma senhora ajeitava o chador arrancado no meio da confusão e outra, mais jovem, tentava acalmar o filho pequeno esperneando nos seus braços. Vendo a cena, lembrei-me de Narges e de Farzane, e tentei ajudá-la, mas ela se afastou de mim com pressa. Só então lembrei que as mulheres eram proibidas de falar com estranhos em público, uma regra que ia se tornando cada dia mais severa.

"Foi um milagre não termos capotado", pensei, reparando o sulco que o veículo deixara no asfalto ao derrapar e chocar-se contra o barranco.

— Só nos faltava essa! — Õrash murmurou entre dentes, examinando minha ferida. — Parece superficial. Mas se quiser ir ao médico...

— Nem pensar — respondi rápido. — Não queremos chamar atenção, lembra-se?

Ele concordou. Seria preciso trocar a roda, danificada ao entrar em contato direto com o chão. Isso se não tivessem que reparar o eixo. Com sorte, retomaríamos a viagem no início da noite. De pouco adiantava procurar outra companhia, às sextas-feiras raros ônibus circulavam. Além disso, nosso dinheiro estava contado.

— O jeito é esperar... — concluiu Õrash, desinfetando meu corte com a gaze embebida num líquido que tirou da caixa de primeiros socorros oferecida pelo motorista.

Ao ver o rolo de esparadrapo que ele manuseava, lembrei das hastes dos óculos de Agho Jun e meus olhos umedeceram. Andava mesmo de mal a pior nossa epopéia! Não seria mais prudente virarmos as costas e retornar a Shiraz? Quem sabe aqueles últimos incidentes não significavam um alerta?

— Vocês podem passear em Abyâneh enquanto consertamos o estrago — o homem sugeriu, mostrando o entroncamento que levava à vila. — Deixem a bagagem aqui, nós tomamos conta — ele garantiu.

Sem escolha, caminhamos até o posto rodoviário de onde começava a estradinha sinuosa e estreita serpenteando o vale. Deixando para trás os vastos espaços semidesérticos, a paisagem surpreendente me fez esquecer a dor e as dúvidas. Subimos acompanhando o curso do rio, ao longo do qual plantaram árvores de laranja, de maçã e de ameixa. Apesar da nossa lentidão devido à fadiga acrescida do susto, em menos de meia hora alcançávamos Abyâneh, que divisamos após uma curva fechada. Paramos de queixo caído para admirar a vista. Diante de nós, a guirlanda de casinholas enganchadas na falésia era de tirar o fôlego. Sua imagem, divulgada pelas fotografias estampadas nas revistas e nos jornais do Irã inteiro, tornava-se realmente impressionante ao vivo e em cores. Sobretudo àquela hora, no lusco-fusco da tarde, quando as minúsculas moradias agarradas umas às outras, como a se resguardarem do frio e do vento, adquiriam tons que iam do rosado ao vermelho-sangue, desmaiando em um marrom-claro à medida que o sol se punha.

— Deve ser assim a entrada do Paraíso — exclamei, retomando o passo rumo ao vilarejo no qual os automóveis eram proibidos de circular.

Õrash contou que ali uma pequena comunidade zoroástrica sobrevivia, procurando manter suas práticas milenares. Vagamos pelo centro marcado pela arquitetura típica das regiões montanhosas iranianas, descobrindo as construções feitas de adobe com balcões e terraços onde secam os damascos e pêssegos vendidos nas lojinhas da rua central. Na outra extremidade, uma mesquita modesta acomodava os fiéis que ainda usavam os trajes tradicionais — calças bufantes para os homens, vestidos e xales multicoloridos para as mulheres. No alto do minarete, o muezim chamava para a última prece do dia: "Não existe nenhum deus, mas sim Deus, e Maomé é Seu profeta." Quando nos demos conta, havia escurecido.

— Será que o ônibus ficou pronto? — indaguei a Õrash.

— Espero que sim — ele respondeu, tomando a dianteira do caminho de volta num passo apertado. — Tomara que esperem por nós — acrescentou, com uma nota de pânico na voz.

Ao ver o veículo estacionado e com o motor ligado, achei que nossa sorte afinal estava mudando para melhor. Conseguiram finalizar o conserto e partiríamos dentro de meia hora. Para evitar o vento gélido que começara a soprar, nos sentamos nas poltronas para comer as frutas secas que havíamos comprado no vilarejo. Logo depois, o motorista acionou o veículo, que voltou a rodar normalmente. No trajeto, a 154 quilômetros de Teerã, passaríamos pela cidade santa de Qom, um centro xiita do século VII que se tornara um importante ponto de peregrinação desde a morte de Fatma, irmã do Imã Reza.

Apesar da ferida, aproveitei para descansar enrolado na manta de lã de carneiro que Narges comprara no bazar de Shiraz. Õrash também dormiu, e dali a cerca de três horas começamos a ver as luzes da capital iraniana. Entrávamos em um grande centro urbano que eu tinha visitado anos atrás, quando Shahin morava lá com o marido Amir. Recordei-me do arco do triunfo que marcava a fundação do império persa, o almoço alegre no apartamento amplo da irmã de Agho Jun, os cabelos soltos das mulheres e a alegria despreocupada da reunião familiar. Tempos que pareciam longínquos e, pior do que isso, destinados a nunca mais voltarem. Agora não havia ninguém conhecido em Teerã, onde até o monumento erguido sobre quatro pilares alargados na base mudara de nome para Azâdi, Torre da Liberdade. Se nosso contato não estivesse nos esperando na rodoviária, estaríamos perdidos.

— Nós ficaremos bem, Kurosh — de novo Õrash me consolava, justo ele, que tinha mais a temer.

De fato, mal estacionamos, e um homem entrou nos procurando dentro do veículo. Relaxei ao ver que o esquema estava operando a contento. Fomos levados a um pequeno hotel nas imediações da rodoviária. Pedimos a refeição no quarto, lavamos as roupas de baixo, tomamos um banho e caímos exauridos na cama. O relógio da mesa-de-cabeceira marcava uma hora da madrugada e só fomos acordar com o telefone tocando, estridente, às duas da tarde.

— O guia de vocês vai pegá-los amanhã cedo — a voz avisou do outro lado do fio. Ele se chama Ehsãn, estejam preparados.

Eu queria dar uma volta pela cidade, mas Õrash, sempre compenetrado, achou melhor não arriscarmos. Capital da Pérsia desde o século XVIII, Teerã tinha mais de quatro milhões de habitantes. Esparramava-se por uma vasta área sob a sombra da cordilheira do Albroz, na qual se via o pico do monte Damavand, vulcão extinto com encostas nevadas ideais para a prática de esqui. Sentia-me atraído pelo burburinho vindo lá de baixo e, afinal, desci sozinho. Peguei um táxi para conhecer a estação de trem, construída na década de 1930 e um dos orgulhos da capital. Voltei a pé para o hotel, pois a corrida saíra bem mais cara do que imaginei. Jantamos nas redondezas e regressamos ao quarto, pois a parte mais crítica da nossa odisséia teria início no dia seguinte.

Em poucos minutos, Õrash ressonava na cama ao lado, mas minha cabeça não parava de funcionar. Até Tabriz, a última parada antes de Orumiê, eram cerca de 600 quilômetros, mas como pegaríamos estradas vicinais, levaríamos um dia inteiro para cobrir o trecho. Não sei quanto tempo permaneci acordado, mas às sete da manhã o telefone soou. Ehsãn nos esperava na porta de trás do hotel com um carro velho que não me pareceu adequado para uma longa viagem como a nossa. As bagagens tampouco couberam no porta-malas, minha mochila imensa teve que ocupar o banco da frente.

Ehsãn morava na região, era quase da nossa idade e tinha pouca experiência. Ele perdeu-se várias vezes pelas estradinhas de terra que escolheu para evitar a via principal. Não pregamos o olho. Dormir poderia significar nossa perdição nas mãos daquele rapaz que deveria estar ganhando uns poucos tomans para se arriscar levando dois fugitivos como nós. A certa altura, os faróis iluminaram um par de olhinhos fixos no automóvel. Ehsãn não conseguiu desviar, atingindo o bichinho que saiu se arrastando completamente aturdido.

Afinal despedimo-nos de Ehsãn e tomamos o ônibus em Tabriz rumo a Orumiê. O pobre coelho não me saía da mente, aquilo parecia outro mau agouro. Tinha a ligeira impressão de que sabiam da nossa presença. Minhas suspeitas se agravaram quando, apesar de sentados na última fileira, os guardas vieram direto até nós. Eles subiram a bordo ao pararmos no posto rodoviário que separava a província do Azerbaijão do leste, cuja capital era Tabriz, do Azerbaijão do oeste, que tinha em Orumiê seu centro comercial. Ao mostrar minha identidade, um deles estranhou.

— Tão longe de Shiraz? O que está fazendo por aqui?

Eu me remoía por dentro, mas o policial virou-se para Õrash.

— Você também é de lá?

Meu amigo fez que sim e, para agravar a situação, ao puxar o documento de dentro da carteira, ele grudou no plástico úmido e rasgou ao meio. Õrash ficou pálido e mudo. Aquele tinha sido o pior momento da minha vida, nunca experimentara tamanha angústia. O homem pegou os dois pedaços, olhou dele para mim e disse.

— Isso não é identidade que se apresente... Vocês vão acabar tendo problemas... — mas, para nosso espanto, saiu sem nada acrescentar, liberando o ônibus. Õrash recuperou as cores e o bom humor. Soltando um assovio de alívio, sentei-me ereto no banco como se olhasse meu futuro de frente. Tudo ia dar certo, nada nos poderia deter.

XVII

O pior ia ficando para trás, ou pelo menos assim imaginávamos. Seguimos sem maiores temores para a cidadezinha edificada em um platô fértil ao longo da margem direita do lago de 4.500 quilômetros quadrados que dava o nome a Orumiê. Eu havia lido que suas águas salobras tornavam quase impossível a vida vegetal e animal, mas, em compensação, eram benéficas contra reumatismos, como se podia comprovar nas várias estações termais espalhadas ao seu redor. Também sabia que a população local compunha-se de uma mistura de armênios, caldeus, turcos e curdos. Profundos conhecedores da região, um grupo deles iria nos guiar por cerca de dez dias através da cordilheira do Albroz.

Eu estava excitado com a perspectiva de chegar a Orumiê, célebre por seu conjunto ecumênico de mesquitas e templos protestantes, além de igrejas católicas e russas ortodoxas. Agora tudo parecia simples e quase automático. Dali a menos de duzentas horas eu telefonaria para minha família de solo turco, relatando o sucesso da empreitada. Apesar dos contratempos, tudo saíra como planejado, sem maiores atrasos. Uma espécie de euforia tomou conta de mim e contagiou Õrash, que sorriu como se lesse o que cruzava minha mente.

Contornamos o lago, tido como o maior do país. Embora o frio apertasse, dava para ver os pássaros que vinham fazer os ninhos à beira d'água. Fiquei imaginando como aquilo tudo deveria ser bonito na primavera, quando as nesgas de verde colorem as montanhas agora encobertas por uma fina camada de neve. Dali a pouco entramos na rodoviária. Só então reparei o intenso movimento de passageiros e apertei os olhos na esperança de distinguir na pequena multidão o guia que estaria nos aguardando. Ao longe, vi uma figura que parecia acenar para nós. Apontei-o a Õrash, que junto comigo retirou as imensas mochilas do porta-bagagem.

— Por ali — eu disse, mal reprimindo a animação, enquanto abria caminho entre as pessoas que zanzavam como abelhas na colméia.

Senti um cutucão nas costas e voltei-me alegre, acreditando tratar-se do nosso homem, mas dei de cara com um guarda da milícia.

— Aonde vão com tanta pressa? — ele indagou.

Tinha alguns anos menos do que eu, mas o uniforme lhe conferia uma inquestionável ascendência sobre nós. Õrash disse qualquer coisa e ele deduziu, pelo acento, que não éramos daquele lugar, onde se falava um farsi com carregado sotaque turco.

— Seus documentos... — pediu num gesto autoritário que fez soar um alarme dentro de mim. Minha vontade era sair em disparada, mas sentia-me preso ao chão como naqueles pesadelos em que você não consegue se mover diante do perigo iminente.

Com as mãos trêmulas, Õrash apresentou as duas partes do papel que formavam sua carteira de identidade. A minha, o guarda nem se deu ao trabalho de pegar.

— De Shiraz?... O que fazem por estas bandas?

Olhei para Õrash, cuja palidez me deixou completamente abalado. Como se alguém soprasse uma desculpa qualquer no meu ouvido, respondi rápido.

— Vamos a um casamento.

— É isso mesmo! — Õrash animou-se. — Temos parentes que vão se casar...

— Com essas mochilas de quase um metro? — o soldado acrescentou com ironia. — Deixa ver o que tem aí dentro — e, sem cerimônia, desamarrou uma delas, da qual foi retirando casacos, gorros e meias de lã, bota de neve e ceroulas grossas. Em torno da pilha de roupas formou-se uma platéia de curiosos. Varri com a vista a rodoviária e nosso guia desaparecera. Estávamos nas mãos de Khoda, decerto ocupado demais naquele momento para se lembrar de nós, dois simples pecadores.

— Me acompanhem — o soldado ordenou, enquanto eu e Õrash púnhamos as roupas de volta na mochila, que então me pareceu anormalmente chamativa.

Eu queria perguntar para onde estávamos indo, mas as palavras não saíam. Meu coração batia em descompasso com as pernas que se arrastavam como acorrentadas a uma bola de chumbo.

— Entrem aí dentro — ele abriu a porta de um jipe do exército, empurrando Õrash e a mim para o banco de trás. Nossas mochilas foram acomodadas em outro veículo que parou ao lado. O motorista uniformizado desceu e perguntou alguma coisa numa mistura de farsi e curdo, que não compreendi direito.

Nosso captor nos deu duas faixas para colocar nos olhos.

— É bom taparem direito, se eu pegar vocês espiando para fora, vai ser pior — ele disse num tom que gelou meu sangue nas veias.

Olhamos pela janela o soldado que nos levara até ali, e ele permaneceu do lado de fora do carro. Atamos as vendas com os dedos trêmulos. O carro deu a partida e começamos a rodar rumo a um destino tão desconhecido quanto temeroso. Quase ri ao pensar que há meia hora eu cantava de alegria acreditando ter escapado do pior. Agora nossa sorte sofrera um duro revés. Por que aquilo estava acontecendo? Como tinham o direito de nos prender em solo iraniano só porque carregávamos mochilas vistosas em vez das cestas e malas surradas da maioria das pessoas? Mesmo sem nada ver, percebi que o jipe ia para a frente e para trás de propósito como se quisessem nos confundir e meter medo. Apesar de não termos feito nada de errado, estávamos à mercê de fanáticos, e eles eram jovens, muito jovens, poderiam nos executar a qualquer minuto. Se fôssemos levados a um centro da guarda revolucionária, só um milagre poderia nos salvar.

— Desçam! — ordenaram de dentro do veículo.

Levantamos tateando na escuridão. Sem dizer nada, eles nos conduziram ao longo do que parecia um corredor interminável. Então um som metálico de porta me levou a concluir que entrávamos em algum tipo de cela. Agora um outro soldado, cuja voz soava ainda mais jovem do que o primeiro, mandou que soltássemos as vendas. Obedecemos e pude distinguir um cubículo mal iluminado com uma janelinha minúscula quase junto ao teto fechada por barras de ferro.

— Tirem as roupas! — o guarda falou.

Õrash e eu hesitamos.

— Estão surdos? Precisam de ajuda pra arrancar as calças? — o soldado berrava perto dos nossos ouvidos, alisando um cassetete que trazia preso à cintura.

Olhei para Õrash e, juntos, começamos a nos despir. Quase não conseguia desabotoar a camisa, tamanha a tremedeira, insuportável com o ar gélido do final da tarde. Ao fim de alguns minutos, paramos nus no centro da sala. Encolhido, eu não sabia se usava as mãos para tapar meu sexo ou para cruzá-las contra o peito na tentativa de me proteger do frio. Não precisei decidir, pois sem mais nem menos, o soldado começou a me bater enquanto eu tentava aparar os golpes com os braços, evitando que pegassem minha cabeça.

— O que estão fazendo aqui? — ele perguntou. — A que grupo pertencem? — tornou a indagar, batendo alternadamente em mim e em Õrash.

Mandou então que nos ajoelhássemos.

— Virados para o outro lado, na direção de Meca!

Atordoado, naquela circunstância eu não era sequer capaz de discernir a direção da cidade sagrada. A ponta da bota no meu rosto me guiou para o rumo certo.

— Você sabe recitar o Alcorão? — ele perguntou aos gritos.

— Sim, eu conheço algumas suras — respondi baixinho, limpando o sangue que pingava dos meus lábios partidos pelo chute.

— E quanto ao seu amigo? — ele enfatizou a questão com uma bordoada nas costas de Õrash, que soltou um grunhido e olhou para mim em busca de ajuda. — Eu fiz uma pergunta! — e puxou os cabelos de Õrash até colocá-lo de pé.

Vi o desespero do meu amigo e entrei em parafuso. Ele não sabia nenhum versículo porque não era muçulmano, mas se descobrissem isso, morreríamos naquele minuto. Fechei os olhos para não testemunhar minha própria execução, mas, em vez de outra pancada, senti a mão no meu ombro. Quando criei coragem para voltar a abri-los, quem estava ao meu lado era Bãbak. Com uma expressão calma e sábia, ele deu a volta em torno de Õrash e começou a fazer uns gestos para mim. Esfreguei os olhos, sem entender o que acontecia. Por um momento pensei que tivesse morrido, mas num susto percebi que Bãbak tentava se comunicar comigo. Dali a instantes revi a cena da nossa busca por Behruz na periferia de Shiraz. Lembrei-me de que ele me fez fingir de surdo-mudo para escapar do Sepahe Pasdaran. Estalei os dedos e passei, eu próprio, a repetir alguns gestos com os dedos e as mãos.

— Ele não pode falar... — eu disse em alto e bom som, surpreendendo o soldado, que largou Õrash num canto e caminhou para mim. Mas antes que ele retrucasse qualquer coisa, eu emendei, inspirado por Bãbak, que salvava minha vida pela enésima vez. — Ele é surdo-mudo!

— Como?

— Ele não consegue falar! — eu repeti, quase aos berros.

Observei que o rapaz vacilou. Não sei como, aproveitei a chance e, sem parar de fazer sinais malucos para Õrash, imitando a linguagem de surdos-mudos, garanti que eu conhecia o Alcorão de trás para a frente. Fiquei surpreso com o tom de desafio, eu estava fazendo o papel do herói que atrai a atenção da fera para salvar a mocinha. Era burrice, eu me afastara do Livro Sagrado há anos, só gravara alguns fragmentos esparsos e dificilmente recordaria algo mais específico. Por que agira de modo tão impulsivo? Quem me passara aquela bravura repentina?

Bãbak me encarava do lado oposto da cela, ele continuava calmo e sorria como se dissesse: "Vá em frente, confie em si mesmo que eu o ajudarei a ganhar a partida."

Nesse meio tempo, que durou apenas frações de segundo, nosso algoz mordeu a isca. Curioso, ele me fez uma proposta.

— Se você recitar o que eu pedir, trago suas roupas de volta e vocês ainda duram até amanhã. Caso contrário... — bateu com o cassetete na coxa, andando de um lado para o outro.

— Tudo bem... Rezo o que quiser. Mas deixe meu amigo em paz, ele é doente e não consegue falar...

O soldado passeou a mão pelo queixo tentando sentir os pêlos da barba que se recusavam a sombrear seu rosto. Olhou para mim incrédulo, antevendo o quanto ia se divertir nos matando a bordoadas.

— Então repita o versículo 57:25 — e balançou o corpo, como se dançasse. — Vamos... estou esperando. Tenho a noite inteira, mas vocês vão acabar morrendo de frio.

Só então percebi que não sentia os dedos das mãos nem as pernas. Tentei me concentrar no livro que Agho Jun abria sobre o tapete da sala para me ensinar as preces quando eu era criança. Ele folheava devagar de trás para a frente, seguindo com os dedos as linhas de cima para baixo e recitava alto para eu repetir cada uma daquelas passagens. Eu aprendia depressa e ao me alfabetizar já sabia de cor a maioria das suras. Agora enveredava pelos labirintos da memória, abrindo gaveta por gaveta de infindáveis arquivos para localizar o versículo 57:25. Foi quando de novo senti a presença amiga de Bãbak. Ele piscou para mim, e na escuridão da cela, enxerguei a luz.

"Na verdade, enviamos os nossos Mensageiros com sinais manifestos, e com eles enviamos o Livro e a Balança para que os homens promovam a justiça..." — sussurrei, sem acreditar nas minhas próprias palavras.

O soldado ficou mais assombrado do que eu, sem saber o que fazer. Então ajoelhou-se ao meu lado e recitou de novo junto comigo a sura dos mensageiros. Em seguida levantou-se e saiu, batendo atrás de si a porta de ferro.

Escutamos os passos dele afastando-se e, sem forças para nada, Õrash e eu nos olhamos sem acreditar que estávamos vivos. Não tínhamos ânimo para dizer uma palavra, apenas para recuperar nossas roupas que fomos vestindo devagar. No silêncio da noite procurei pela figura de Bãbak, mas ele não estava mais ali. Sobre o chão de cimento, apenas dois colchões velhos, cujo recheio de palha escapava pelas bordas. Em mais alguns minutos, a porta tornou a abrir e a fechar depois que nossas mochilas foram jogadas através da fresta.

— Aí tem algumas mudas de roupas. O resto foi confiscado pela revolução — avisaram do lado de fora.

Enfiamos os gorros até o pescoço. No fundo do bolso da jaqueta peguei o relógio de Behruz, que por milagre não haviam encontrado. Também achei uma barra de chocolate meio derretida, que reparti com Õrash. Deitamos cada qual no seu colchão enrolados nos cobertores com cheiro de mofo que deram e por uns instantes ficamos quietos, desfrutando o chocolate como um consolo pelos maus-tratos sofridos. A luz do corredor foi apagada e afundamos na escuridão. Da guloseima sobrou apenas a lembrança do prazer que terminou rápido demais para compensar nossas dores. Ela trouxe consigo doces memórias de casa e junto com isso veio uma saudade imensa. Misturada ao sentimento de injustiça e à revolta, tornava minha existência quase insuportável. Eu já havia desejado morrer para preservar um prazer sublime. Agora pensava na morte como a redenção final para um sofrimento atroz. Não sei o que ia pela cabeça de Õrash mas, sem aviso, desatamos num pranto como se tivéssemos ensaiado.

Na lassidão que se sobrepôs ao desespero, ambos dormimos. Por quantas horas não saberia dizer. Fomos acordados com uma pancada na porta, chamando para a primeira prece do dia. No relógio que escondi na canela, sob a meia, vi que eram cinco da madrugada.

Afugentei o sono e cutuquei Õrash, que me encarou com os olhos inchados. Tive pena dele, queria abraçá-lo, mas fiquei sem jeito. Pedi que ficasse também de joelhos, com a cabeça tocando o solo, fingindo rezar.

— Para este lado — avisei, agora que sabia a direção de Meca.

Ao término das orações, abriram a porta. Um soldado trouxe chá em dois copos de metal e um pão achatado. Eu queria perguntar onde estávamos e o que iam fazer conosco, mas ele se foi antes que eu pudesse articular uma frase sequer. Õrash e eu bebemos o chá com tamanha sofreguidão que queimamos a língua e o céu da boca. Depois devoramos o pão amanhecido e nos sentamos sobre o colchão.

— E agora? — ele perguntou.

Dei de ombros. Pouco importava.

— Acho que vão nos matar — ele disse.

— Não sei... — retruquei. — Se quisessem, teriam dado cabo da gente ontem mesmo.

— Aliás... — Õrash falou. — Eu queria te agradecer.

Permaneci calado.

— Você salvou minha vida. — Ele esboçou um sorriso. — De onde tirou aquela idéia genial de surdo-mudo?

Eu não sabia o que responder. Não fora eu quem pensara aquela maluquice, fora Bãbak quem me dera a dica no meio do aperto.

Contei a Õrash sobre o episódio, quando fui tentar me despedir de Behruz. Ele riu feito criança com a façanha, e naquele momento tive certeza de que seríamos salvos. Eu teria a ajuda de todos os que se foram ou estavam longe. Bãbak, Agho Jun, Narges, minha mãe, Zibã e até Behruz tomariam conta da gente. Nada nos aconteceria de grave se não deixássemos a esperança morrer. Fora o que Bãbak me ensinara na noite anterior, foi o que fez nas várias vezes em que me protegeu.

— Se permanecermos juntos e confiarmos um no outro, tudo correrá bem — proferi em voz solene, sentindo que não eu, mas Agho Jun falava pela minha boca.

Combinamos uma estratégia para sobreviver. Eu sabia que logo voltaríamos a ser interrogados, por isso precisávamos combinar o que falar para não cairmos em contradição. Para início de conversa, ele teria que se manter como surdo-mudo e só daria depoimentos por escrito. Depois, não éramos criminosos, não pertencíamos a nenhum partido ou facção política. A situação dele era pior do que a minha, pois além de não ser muçulmano, ele não respondera à convocação para a guerra, tornando-se um desertor. Mas daquele fim de mundo as comunicações com Shiraz deviam ser complicadas e, assim, contávamos com a ineficiência do sistema e da burocracia para não descobrirem nada e nos mantermos vivos.

No dia seguinte, levaram-nos a salas separadas para tentar tirar de nós depoimentos contraditórios. Diante de mim, sobre uma mesa, vi nosso pequeno arsenal de cadernetas de endereços, anotações e mapas. Tinha telefone do Paquistão, de Istambul e até do Canadá. Quem eram aquelas pessoas e o que eu pretendia fazer fora do país?

Como me negasse a dar informações, eles mandaram tirar a roupa e ficar só de cuecas. Um homem mais velho sentado atrás da mesa fazia as perguntas enquanto um soldado jovem me vigiava.

— Quantos anos você tem?

— Vinte e um.

— Por que não está na guerra?

— Não fui convocado.

— Por que não se alistou como voluntário? — e antes que retrucasse, ele levantou-se e vislumbrei uma barriga proeminente debaixo da túnica comprida do mulá que, diferentemente do restante dos milicianos, não usava uniforme.

— Você não quer defender sua pátria? Não gosta do Islã? Não respeita o Alcorão?

— Claro que sim — respondi depressa. — Sou um bom muçulmano...

— Então por que não está na guerra junto com os rapazes da sua idade?

— Sou arrimo de família — inventei na hora. — Meu pai está velho e doente, tenho que sustentar minha mãe e minhas irmãs.

— Quem ia encontrar no outro lado da fronteira?

— Eu só estava indo a um casamento...

— Então por que tantos endereços e telefones estrangeiros?

Para aquilo não havia resposta convincente. Só restava recitar a cantilena que abraçava como um náufrago se agarra a uma tábua em alto mar.

— Não matei ninguém, não tenho atividades políticas contra o regime, pertenço a uma família tradicional e estou viajando dentro do meu país — disse de enfiada, tremendo diante daquele homem que tinha nas mãos o poder sobre minha vida. Bastava um estalo de dedos e eu morria. Ele fez um gesto com a mão e foi saindo da sala. O guarda passou então a bater nas minhas pernas e nas costas com um pau, repetindo as perguntas do mulá como se estivesse lendo um manual. Eu me concentrava na figura de Bãbak e mais uma vez negava as acusações.

Quando ele se cansou, foi substituído por outro guarda. Este bateu no meu joelho, na cabeça, nos pés. Um terceiro resolveu me levar para um giro descalço na neve e, como eu continuava negando tudo, desceu comigo até um porão com cheiro de carniça. O colega dele cismou que íamos para a União Soviética, éramos espiões disfarçados e pagaríamos caro pela traição. Antes de desistir de mim, tentou me jogar contra Õrash:

— Não faça papel de herói, seu comparsa entregou tudo ao primeiro tapa.

Estremeci ao pensar em Õrash. O que teriam feito com ele? Se eu contasse sobre a fuga, talvez a pancadaria diminuísse. Mas combinara nada dizer e, de fato, não acreditava que ele houvesse nos delatado. Meu amigo era valente, tinha mais a perder do que eu e por isso prossegui negando tudo. Estava exausto, com todo o corpo dolorido e a boca sangrando, mas surpreendentemente não sentia mais o medo do início.

No final da tarde, devolveram minhas roupas e fui jogado em uma cela menor. Não tinha dois metros quadrados e apenas uma pequena abertura na porta, através da qual passavam a comida. No jantar, trouxeram uma sopa aguada; no outro, batata com carne, mas eu estava deprimido e fiquei dias sem me alimentar. De novo, por milagre, o relógio ganho de Behruz não fora confiscado e, com ele, eu podia ir contando os minutos, as horas, os dias. Para ir ao banheiro, era preciso colocar uma venda nos olhos, tatear a parede no escuro até o final do corredor e repetir a mesma operação no retorno.

Apagavam as luzes às dez horas da noite e acordavam todos às cinco para rezar batendo os cadeados das portas. Aquilo me revoltava, ia contra todos os mandamentos do Islã, pelo menos aquele que eu conhecia e aprendera a respeitar na minha casa. A música convocando para as preces, que no passado soava como uma canção anunciando um novo dia, convertera-se em tortura, virando símbolo de fanatismo religioso e abuso de poder. Não tinha notícias de Õrash, nem sequer sabia se ainda estava vivo. Pedi para telefonar para minha família, eles riram. Ao fim do décimo dia consecutivo de interrogatório, fui posto numa cela com outra pessoa. Era um rapaz tão jovem quanto eu e cujo crime ele mesmo desconhecia. Na hora de dormir, repartimos o colchão imundo e o único cobertor disponível.

A proximidade com um ser humano que não ia me bater me deixou desnorteado. Nem perguntei o nome dele, mas contei o que tinha acontecido, como fomos pegos tentando sair do país, que minha família não sabia de nada. Dei a ele o telefone de casa em Shiraz e implorei que, se fosse solto, ligasse avisando sobre a prisão. Quando acordei na manhã seguinte, ele não estava mais lá. Ajoelhei-me então em direção a Meca. Desta vez, com uma fé genuína, pedi a Khoda que permitisse aos meus pais saber do meu paradeiro. "Na verdade, enviamos os nossos Mensageiros com sinais manifestos, e com eles enviamos o Livro e a Balança para que os homens promovam a justiça...", repeti baixinho, num sussurro.

MICHAEL S. YAMASHITA/CORBIS – LATINSTOCK

CENTRO ZOROASTRA: NO ALTO, TORRE DO SILÊNCIO EM RUÍNAS

Devagar, criei coragem e varri com a vista o ambiente ao meu redor. Um arrepio gelado percorreu meu corpo dolorido. Nós nos encontrávamos no interior de uma torre do silêncio, naquele fosso em que os ossos dos cadáveres eram jogados após toda a carne ser devorada pelos abutres no topo da construção. Por alguns momentos, não consegui mexer um músculo.

XVII

Na escuridão que me envolvia por dentro e por fora, eu observava o facho de luz difusa entrando pela janela próxima ao teto. No relógio, único bem que me restava, o tempo parecia nao passavar. Eu acordava cedo, fingia rezar, engolia o chá que traziam e permanecia deitado, tentando me resguardar do frio que ia aumentando à medida que o inverno avançava. As roupas dançavam no meu corpo. Eu deveria ter perdido uns bons quilos. Pelos meus cálculos, estava há vinte dias detido, sem acusação formal, nem previsão de julgamento. Os interrogatórios haviam sido suspensos, os guardas pareciam ocupados com os novos prisioneiros que chegavam, cujos gritos eu tentava não escutar, tapando os ouvidos com força e cantando alto algumas estrofes das minhas músicas prediletas. Conforme ficaria sabendo mais tarde, existiam em Orumiê grupos políticos de oposição atuando na área. Daí a desconfiança ao verem dois estranhos como eu e Õrash desembarcando de uma viagem desde Shiraz.

Se a tortura física cessara, a pressão psicológica prosseguia. Na minha ficha constava que eu me negara a falar. Por outro lado, não tinham como provar meu envolvimento com atividades contrárias ao regime. Assim mesmo nos mantinham ali, como prisioneiros políticos, em vez de nos mandarem para uma cadeia comum. Eu pensava no plural mas, na realidade, não sabia do paradeiro de Ōrash. Não fazia idéia se meu amigo continuava vivo, mas evitava pensar no assunto para não enlouquecer. Quando alcançava o limite da resistência e cogitava um meio de morrer depressa, via a figura de Bābak, os olhos fixos num ponto indefinido do horizonte como a dizer que eu deveria alimentar a chama da esperança e manter o sangue-frio como o hábil enxadrista que era. Ainda aprendi com ele que as pessoas nunca morrem se as guardarmos dentro de nós. Esse era mais um motivo para não desistir. Eu fora incumbido de manter Bābak e Behruz vivos no meu espírito.

A imagem de Zibā também me ajudava a não desanimar. Ela soprava promessas de delícias com as quais eu sonhava acordado. Lembrava também da minha família, torcendo para que tivesse sido avisada pelo rapaz com quem compartilhara a cela.

Na manhã em que completaria um mês no cárcere, um guarda escancarou a porta brandindo algo que a princípio não enxerguei direito.

— Agora achamos a prova de sua participação política! — e ele me mostrou o retrato de uma pessoa de perfil, com o braço esticado ao longo do corpo.

— Esse não sou eu — respondi examinando a fotografia.

— Como não? Você é um grande mentiroso, mas agora não tem escapatória!

Esfreguei os olhos, sem acreditar naquela nova armadilha, só que, ao olhar para as minhas mãos, encontrei a saída.

— Ele é parecido comigo, mas veja só isso! — e levantei a manga da camisa mostrando meus braços peludos, diferentes do dele, totalmente liso.

O sujeito esquadrinhou meu rosto, dava para perceber a raiva que tentava controlar. De outro lado, eu estava exultante, mas minha insolência custaria caro. Naquela tarde o soldado levou-me de novo para a sala de interrogatório. Em cima da mesa, papel e uma caneta esperavam por mim.

— Escreva uma carta de despedida para sua família. — Ele não disfarçava a alegria sádica por trás da barba. — Você será executado ao cair da noite...

Minhas pernas bambearam de tal modo que tive que me apoiar contra a parede para não cair. Por um breve instante achei que ele se comoveu. Mas não foi mais que um lampejo e, no momento seguinte, fui empurrado para sentar na cadeira.

— É sua última chance. Se fosse você eu confessaria tudo para ter uma morte rápida e indolor...

Olhei para o papel pautado à minha frente. As lágrimas embaçavam a visão, turvando os contornos dos móveis e objetos. Queria gritar por socorro, mas sabia que era inútil.

— Vamos, escreva aí a que grupo você pertence e os nomes dos seus comparsas.

Com os dedos trêmulos, mal conseguindo manter a caneta firme, fui preenchendo as linhas com palavras de conforto à minha família. "Estou muito bem, não vai acontecer nada comigo, saibam que nunca cometi nenhum crime nem participei de atividade política, vou sair logo daqui, vou chegar, voltar para vocês assim que me libertarem, acreditem, estarei aí em breve." Assinei e entreguei a folha agora úmida do suor das minhas mãos. O guarda leu em voz alta e ordenou que eu voltasse para a cela.

— Esteja pronto, logo irão buscá-lo — avisou com desprezo.

De fato, dali a meia hora tornaram a abrir a porta e estenderam para mim uma viseira. Depois amarraram minhas mãos às costas e me empurraram para fora. Agi de modo automático e por incrível que pareça não sentia medo. Na verdade, estava enjoado daquilo tudo e experimentava alívio ao encarar a morte de frente. Pensava apenas em Õrash, de como teria gostado de me despedir dele, embora sem saber se havia sobrevivido. Só que, em vez de me encostarem no paredão, fui colocado em um veículo.

— Para onde vamos? — ousei indagar, ainda de olhos vendados.

— Aqui quem faz as perguntas somos nós — e o miliciano calou-se de vez.

No percurso, que durou cerca de meia hora, procurei me concentrar em qualquer coisa que não fosse a morte iminente. Sobre o que pensavam os condenados a caminho do cadafalso? Não tinha a mínima idéia, pois tudo o que sabia a respeito do assunto vira nos velhos filmes norte-americanos da época do Xá. E desde a minha prisão, as coisas tinham corrido diferentes do que eu assistira no cinema. A começar pela captura, quando me pegaram sem jamais dizer aquela frase típica de todo seriado de TV: "Você está preso em nome da lei, tem o direito de permanecer calado, pois tudo o que disser poderá ser usado contra você no tribunal." No meu caso não houve algemas e muito menos a promessa de um julgamento. Apenas tortura física e psicológica, humilhação. Agora, por exemplo, deveriam estar buscando um local deserto para evitar a trabalheira de limpar o sangue após o fuzilamento. Mais alguns metros e a caminhonete parou.

"Pronto, estou acabado", foi tudo o que consegui pensar.

— Pode tirar a venda... Você está livre, pode voltar para sua casa...

Não entendi direito, achei que estivessem brincando. Fui então tomado por um misto de espanto e euforia. Iria pegar o ônibus de volta para Shiraz, não sem antes ajoelhar para agradecer a Deus por ter sobrevivido e ganhar a liberdade. Só que, em vez da rodoviária, estacionamos defronte a um prédio maior do que o anterior. Espremi a vista e vi uma placa na qual se lia: "Cadeia Pública de Orumiê".

— Desgraçados! — vociferei baixinho, mais para mim do que para eles. Quase me pegaram, os malditos guardas revolucionários. Haviam tentado a última cartada, mas não conseguiram. Mesmo abalado, não confessei o que não tinha feito e, sem provas definitivas, em vez de me soltar, me transferiram.

Apesar da decepção inicial, acabei me conformando. Após os procedimentos de praxe, fui colocado em uma sala de triagem lotada de gente. Era apertado, tinha excesso de detentos, mas para mim, que passara os últimos trinta dias numa solitária, parecia o céu. A vontade de conversar, não importava com quem, transbordou num fluxo de frases a princípio desconexas. Eu não parava de falar com todos, do mais simples camponês até o criminoso de último grau. Devo ter conversado com assassinos, eu não ligava, o importante era que tinha alguém para contar o que houvera. Pela noite adentro até o dia seguinte, prossegui naquele falatório, reconstituindo cada passo da minha aventura e com isso, inconscientemente, lambendo as feridas que trazia lá no fundo, onde dói mais e ninguém enxerga.

No final da tarde do segundo dia, gritaram meu nome. Dei um pulo, acreditando que desta vez seria liberado. Fui conduzido até um hall onde havia dezenas de homens de todas as idades. Alguns eram homicidas confessos, traficantes ou ladrões reincidentes. Um deles tinha uma profunda cicatriz que tomava o rosto inteiro, da testa ao queixo. Outros haviam cometido delitos considerados leves, como tentar fugir do país.

Fomos separados em grupos diferentes depois que rasparam nossos cabelos e barbas. Em seguida, com cobertores e uniformes de presidiários nas mãos, atravessamos a única porta do saguão que dava para um corredor comprido. Ao longo daquele espaço estreito atulhado de roupas penduradas em varais improvisados, abriam-se celas feitas para meia dúzia de pessoas. Nós entramos, e cada qual escolheu um cantinho para se esticar, mas no fim tivemos que dormir encolhidos, encostados uns nos outros.

Fiz amizade com um médico-cirurgião que estava tentando fugir, um alto oficial do exército aposentado, mas progressista, que apoiara a filha num protesto contra o uso do chador, e até um fotógrafo que andava para cima e para baixo com sua câmera tirando fotos coloridas de todos nós. Como agradava os guardas, conseguia filmes, mandava revelar e depois nos vendia de lembrança. Eu próprio cheguei a comprar uma delas em que apareço na fila da frente, junto com mais 14 presos. A comida não era ruim, batata com casca, carneiro e queijos. Engordei e recuperei as cores, pois, além de me alimentar relativamente bem, tínhamos permissão de fazer exercícios e tomar sol. Só não deixaram telefonar para meus pais, que, àquela altura, deveriam estar morrendo de preocupação. Quanto a Õrash, não ouvi mais falar dele e por duas razões não perguntava sobre seu paradeiro. Temia prejudicá-lo, mas, acima de tudo, ficava apavorado com a idéia de ele ter sido morto. A dúvida era preferível a uma certeza tenebrosa e por isso, durante os três meses e meio em que permaneci naquela prisão, não tive a menor notícia do meu amigo.

À noite, antes de apagarem a luz, o general reformado lia o Alcorão, selecionando trechos para se defender dos ataques contra a atitude da filha, mas o médico preferia conversar. Contou sua fuga frustrada, quando fora pego por uma milícia a poucos quilômetros da fronteira com a Turquia.

— Vocês até que tiveram sorte. Além de ficar preso por seis meses, eu quase morri de frio no meio da neve.

— Para onde pretendia ir, depois da Turquia? — perguntei, curioso.

— Para o Brasil.

— Brasil?

— É! O país do futebol, do Pelé...

— Eu sei o que é o Brasil — respondi. — Mas por que justo lá? — quis saber, já que, para mim, aquela parecia uma terra longínqua demais para ser cogitada como uma possibilidade de exílio.

O médico sorriu de mansinho.

— Você sabe guardar segredo?

Eu fiz que sim com a cabeça. Ele olhou à sua volta e disse baixinho:

— Lá tem um lugar chamado Rio de Janeiro... — ele fez uma pausa para certificar-se de que ninguém nos escutava e prosseguiu: — É uma cidade maravilhosa, não tem outra igual...

— Por quê? — insisti.

— Ah.... Por causa da praia...

— Aqui também tem praia...

— Mas não é Copacabana... Ali a natureza caprichou, não existe paisagem mais exuberante. Fora o samba, a alegria do povo... — Ele parou de novo, com uma ponta de mistério. — Nessa praia as mulheres usam maiôs minúsculos, os famosos biquínis...

— São todas prostitutas? — indaguei, entre confuso e desconfiado.

Ele deu uma risada.

— Claro que não!

— Então por que andam assim?

Ele segurou o queixo, como se refletisse.

— Culpa do calor...

— Mas o Irã também é quente! No verão vira um verdadeiro forno — argumentei, sem desviar os olhos dele, porque, no fundo, tinha certeza de que estava inventando. — Onde estão os maridos e os pais destas mulheres? E os irmãos? Como admitem tamanho desrespeito?

— Se você se refere ao gheirat, esqueça...

— Por quê? — insisti, cada vez mais atônito. — Lá os homens da família não protegem e zelam pelas suas mulheres?

Ele tornou a fazer uma pausa, formulando uma explicação didática para que eu entendesse tamanha covardia e falta de honra. Para mim, nada daquilo tinha o menor sentido.

— Os costumes variam de um país a outro — explicou, paciente. — Aqui, antigamente, as mulheres não eram obrigadas a se cobrir da cabeça aos pés, você se lembra?

Fechei os olhos e tentei recordar o passado recente, quando irmãs, primas e amigas andavam pelas ruas de calça comprida e camiseta. Agora escondiam-se sob hejabs e véus pesados, deixando apenas as mãos e os rostos de fora. Aliás, há quantos anos eu não via um fio de cabelo feminino? Braços, pernas e o colo também ficaram debaixo dos tecidos escuros. Será que não sentiam um calor infernal? Em que página do Alcorão estava escrito que elas deveriam vestir-se como na Idade Média? Por que perseguir o general e sua filha que não se submetia à sharia? Nesse estado de espírito, a cidade maravilhosa do Rio de Janeiro também me conquistava. Lembrei-me, com nitidez, de um artigo em uma revista de turismo que lera havia não sei quantos anos sobre as praias povoadas de gente bonita que se deitava na areia para tomar sol. Seria lá o Paraíso terrestre?

A pergunta ficou sem resposta, mas o Brasil não me saiu da cabeça. Nem mesmo na data em que fui chamado diante de um juiz, na realidade um líder religioso, para determinar minha pena ou a libertação imediata. Num tom humilhante, ele me chamou de traidor e de coisas piores. Ao seu lado, três homens armados me observavam.

— Por que deixar o país? Não ama a sua pátria?

— Claro que sim. Estou arrependido — declarei. — Foi um terrível engano e prometo nunca mais tentar fugir.

Para mim, de fato, naquele momento só pensava em sair da prisão e dava graças a Deus por não ter morrido. Onde estava com a cabeça quando resolvera embarcar naquela aventura? O mulá falou comigo com desdém, eu me achava um leão e não passava de um carneiro, mas levando em conta que era jovem, e jovens cometem erros, decidira me dar uma segunda chance. Ele me libertaria sob uma série de condições. Eu deveria me apresentar todo mês à delegacia política de Shiraz, não tinha permissão de trabalhar e muito menos de freqüentar a universidade. Além disso, se fosse pego de novo não haveria apelação, seria morte certa. Assinei o termo de compromisso que jurei levar ao pé da letra. O mulá então despachou meu alvará de soltura, que recebi junto com uns poucos tomans que tinham restado na carteira.

Antes de partir, consegui autorização para me despedir do médico. Ele me apertou num abraço que trouxe Bãbak para perto de mim. No instante em que atravessava a porta em direção à saída, dei meia-volta e tirei o relógio.

— Pode ficar com ele.

— Não posso aceitar — ele disse sem muita convicção.

— Você vai precisar mais do que eu... — insisti.

— É de estimação... Pelo que me contou...

— Tudo bem. Você me devolve quando nos encontrarmos em Copacabana... — e saí sem olhar para trás.

Minha primeira medida foi ligar para casa de um telefone público. Agho Jun atendeu e, para minha surpresa, já estava a par de tudo.

— Õrash nos ligou.

— Como? Quando? — perguntei eufórico, sem aguardar reposta,

pois do outro lado da calçada, uma figura parecia me observar. Desliguei sem desconfiar da angústia na voz de Agho Jun e, num passo rápido, atravessei a rua.

— Finalmente você saiu! — era a voz de Õrash soando nos meus ouvidos incrédulos.

Sem nos importarmos com quem passava por perto, nem com a atenção que poderíamos despertar, nos abraçamos e permanecemos assim, apoiados um no outro.

— Quando saiu? O que aconteceu? Por que ainda está aqui? — as frases voavam da minha boca sem lhe dar chance de responder. Resolvemos andar em direção à rodoviária, comprar passagens para o mais longe possível de Orumiê e voltar para casa de uma vez por todas. Notei que ele estava mais magro e com os cabelos curtos como os meus. Soube então que fora solto há duas semanas, pois logo confessara os planos de fuga para não mais ser torturado. Só que permanecera na cidade acompanhando meu processo, negando-se a partir enquanto não me liberassem.

— No primeiro dia descobriram o disfarce do surdo-mudo — ele contou. — Mas por sorte nunca souberam que sou zoroastra e desertor...

Examinei meu amigo de alto a baixo e me perguntei para onde ele iria, agora na condição de duplamente proscrito.

— Por que você não vem comigo para Shiraz? Podemos morar na casa dos meus pais até as coisas se acomodarem para o seu lado — sugeri, tentando amenizar a injustiça cometida pelos atuais dirigentes que inviabilizavam a vida de um não muçulmano. Mas Õrash tinha seus planos e, mais do que isso, não queria me causar problemas.

— Fique tranqüilo, já montei um esquema... no caminho eu conto.

Entramos no ônibus com uma sensação de alívio como jamais senti. Nunca mais queria ver aquela cidade, com sua Babel de línguas e etnias, nem a cordilheira do Albroz coberta de neve. A lagoa de água salgada ia ficando para trás enquanto rodávamos rumo a Tabriz, Teerã e Qom. Dali combinamos que Õrash pegaria a estrada para Yazd e eu para Isfahan. Não me deteria lá sequer para visitar minha tia Roya, a irmã da minha mãe, e menos ainda para ver de perto a notável ponte Khâdju, toda construída em arcos no século XVII e que eu morria de vontade de conhecer. O desejo de voltar para casa depressa era mais forte do que minha curiosidade arquitetônica. E, embora houvesse uma opção curta e rápida a oeste, passando por Kormanshâh, Koramshar e Yâsuj, preferi a rota mais longa, pois tais lugares ficavam próximos à fronteira com o Iraque e suas estradas eram ostensivamente policiadas.

Em uma das paradas, desci para comprar um jornal e me inteirar do que se passara no Irã durante minha temporada na prisão. Ao abri-lo, estremeci ao ler a notícia sobre fugitivos presos na fronteira com a Turquia. Muitos tinham sido executados após julgamentos sumários e outros tiveram que amputar a mão ou os pés após se perderem pelas encostas geladas das montanhas. Novamente agradeci a Khoda por ter sobrevivido incólume, apesar das más recordações do contato com a milícia revolucionária.

Õrash dormia a sono solto ao meu lado, mas eu não conseguia fazer o mesmo. Queria saber de Zibã, se poderia vê-la, mas não ousava articular aquelas perguntas ao irmão dela. Ao fim de algum tempo, não agüentei o silêncio e o cutuquei:

— Você está acordado?

— Hum?

— Está dormindo?

Ele apenas entreabriu os olhos.

— Sabe de uma coisa? — eu falei, na esperança de atiçar sua curiosidade.

— O quê? — Õrash hesitava entre despertar e retomar o sono, embalado pelo zunido constante do motor.

— Andei pensando...

— Hum?

— Se nossa fuga tivesse dado certo e eu viajasse para o Canadá, talvez depois fosse morar no Brasil.

— Brasil? — ele deu um pulo, sentando-se atento na poltrona.

— Sim! O país do futebol, do Pelé...

— Eu sei o que é o Brasil! — ele retrucou como se estivesse copiando meu diálogo com o médico na prisão. — Mas por que justo lá?

Agora ele se mostrava tão animado quanto eu, e completamente desperto. Minha estratégia surtira efeito.

— Por causa de Copacabana!

— O que tem lá? — ele quis saber.

— Muita música, natureza... e mulheres lindas de maiôs minúsculos — eu exagerei de propósito, mas para minha decepção, ele não pareceu impressionado, nem indagou se eram todas prostitutas. Tampouco fez um discurso contra a exploração do corpo feminino como Agho Jun faria nesse caso. Em vez disso, falou:

— De onde tirou essa idéia?

— Um cirurgião que conheci na cadeia me contou... — eu disse, meio sem graça, juntando dados saídos da minha imaginação. — Lá ninguém precisa trabalhar, todo mundo passa o dia inteiro na praia cercado de garotas cada uma mais linda do que a outra.

— Impossível... — ele duvidou. — Não existe um lugar assim, você ficou maluco...

— Não estou inventando, o médico me garantiu...

Õrash cortou a minha frase, entre irônico e chateado.

— Eu pensei que você gostasse da minha irmã!

Ponto para mim, pensei. Aliás, meio ponto, porque, se então eu podia falar da irmã dele, também parecera fútil e irresponsável ao citar as tais mulheres brasileiras, ainda que inatingíveis a milhares de quilômetros, num país tropical. Estava prestes a me sair com uma evasiva qualquer, mas preferi ir direto ao assunto, num tom que pareceu tê-lo convencido da minha seriedade.

— Você conversou com Zibã? Como está ela?

Õrash deu de ombros.

— Mais ou menos...

Agora era eu que me aprumava para escutar sobre minha doce princesa zoroastra que nunca abandonara meus pensamentos.

— Zibã anda triste com a nossa ausência. Está aliviada por termos sido soltos, a vida dela ficou sem graça depois que fomos embora.

— Pois avise que, da minha parte, pode sossegar. Aconteça o que acontecer, nunca mais vou deixá-la.

Com esta promessa solene feita nas proximidades do santuário de Shâh Ismâil, na bifurcação de Qom, Õrash e eu nos despedimos. Lá fora nevava de leve, enquanto nós dois encerrávamos um dos capítulos mais conturbados das nossas vidas.

Cada guia parecia exatamente com o outro, da maneira truncada de falar o farsi à vestimenta de calças largas presas com elástico no tornozelo e ao lenço típico.

TOUHIG SION/CORBIS SYGMA – LATINSTOCK – CORDILHEIRA DO ALBROZ VISTA DE TEERÃ

Parte V
A aura dos curdos

ROBERTO CATTANI

ESTRADA NO DESERTO DE DASHT-E LUT

Guardei no coração aquelas imagens para recorrer a elas quando estivesse no outro lado do planeta. Esta era mais uma dura lição de Khoda. A paixão pela minha terra crescia na medida exata em que me preparava para deixá-la. Veio então à minha mente uma sura que dizia: "Em casas que Alá permitiu fossem erguidas e em que fosse celebrado o Seu Nome, nelas glorificam-nO, ao amanhecer e ao entardecer."

XIX

Oito meses. Esse foi o tempo que levei para me recuperar do trauma da prisão e cogitar novamente a possibilidade da fuga. Tais pensamentos nem passavam pela minha cabeça ao desembarcar em Shiraz depois da longa viagem desde Orumiê. Na rodoviária, apenas Agho Jun me aguardava com uma expressão que ia do alívio à mais profunda desolação. Logo de início, não entendi a dor dilacerante estampada no seu rosto. Será que não estava feliz em me rever são e salvo? Desviei os olhos para as ruas da cidade, fomos deixando a área mais pobre, apinhada de casinhas mal caiadas e ruelas lamacentas e esburacadas, para cruzar o centro com os canteiros adormecidos que na primavera explodiam em flores coloridas. As pessoas andavam apressadas, fugindo do inverno rigoroso e lotavam os cafés e as casas de chá. Não nevava em Shiraz, mas nem assim o frio era menos intenso.

Tudo isso passava pela minha cabeça de filho pródigo, quando ele revelou que minha mãe tinha morrido. Dois meses após minha partida, lendo nos jornais e ouvindo rumores sobre execuções sumárias de desertores e fugitivos pegos nas fronteiras, ela não agüentou. Sucumbiu ao ver os membros da sua família dizimados um a um. Farzane, minha irmã mais nova, acabara voltando, mas em um estado lamentável. Embora não fosse capaz de relatar tudo o que acontecera durante o tempo em que esteve fora, seu tormento era evidente. À noite, ela acordava a casa inteira com gritos durante os pesadelos, e ninguém mais conseguia pregar o olho imaginando as situações pelas quais devia ter passado.

Ao entrar em casa, senti um misto de euforia e desespero. Percebi a presença de um vácuo antes preenchido pela presença vigorosa, mas sempre discreta, da mulher que me trouxera ao mundo. Fui entrando devagar, quase como um estranho, e a falta dela bateu em mim feito um soco no estômago. Não havia o cheiro de pães assando na cozinha nem sinal dos quitutes que preparava. Minha vista fixou-se num retrato emoldurado sobre uma mesinha de canto e me perguntei quem, agora, iria curar minhas feridas invisíveis. A comida com o dom de cicatrizar os machucados da alma havia sumido junto com minha mãe e eu custava a acreditar que contribuíra para aquilo.

Narges fez o que pôde para aliviar meu remorso, tentando preencher o vazio que saturava os cômodos, envenenando o ar que eu respirava. No meio da madrugada, parecia escutar meu pai chamando-a pelo nome: "Samán, onde está o fumo do narguilé?" Para toda a família, era como ter um membro amputado. Ele está sempre lá à nossa disposição e nunca lhe damos a devida importância. Só percebemos realmente a falta que faz quando não o temos mais colado ao corpo. Assim foi com a morte da minha mãe. Cada um de nós sofria à sua maneira, mas à minha dor somava-se o remorso por ter contribuído para apressar o fim de uma vida que ainda poderia desfrutar longos anos pela frente, vendo os netos nascerem e crescerem. Por isso eu sufocava de tristeza e de culpa, e só não enlouqueci de vez porque Farzane já bastava como fonte de preocupação. Distraída e sem raciocinar dentro dos parâmetros normais, minha irmã passava o dia inteiro no jardim, lidando com as tulipas e os amores-perfeitos. À noite, porém, ela arrancava as plantas das quais tanto cuidara para fazê-las dormir ao pé da sua cama feito animais de estimação. Ao me ver, esboçou um sorriso que morreu no canto dos lábios e não disse uma única palavra. Quando decidia conversar, não falava coisa com coisa, perdendo-se num labirinto de frases complementadas por gestos ainda menos compreensíveis. Os médicos consultados por Narges foram unânimes em afirmar que

Farzane sofrera uma pancada na cabeça, mas os exames para comprovação estavam fora dos recursos familiares. Por isso ela permanecia solitária no quintal em que Xeque-mate fora enterrado.

A novidade boa era que Narges casara-se com o noivo, recém-liberado do exército devido a ferimentos no campo de batalha. Em virtude da morte recente da minha mãe, a cerimônia realizou-se na Mesquita do Regente, na maior simplicidade, e sem a parte dos docinhos que se jogam na cabeça da noiva. Rindo muito, Narges contou que, de tão nervosa, respondeu sim de imediato quando o mulá perguntou se aceitava o esposo, em vez de esperar a terceira vez, como manda a tradição.

Meu cunhado viera morar em casa e assumira meu posto na loja, ao passo que minha irmã tomava conta do lar, tentando fazer com que parecesse aconchegante. Agho Jun disse que Rassul levava jeito, tinha tino comercial para a compra e venda de tapetes. Graças à sua condição honrosa de veterano de guerra, restituíra à família a respeitabilidade que eu colocara em xeque com minha tentativa de fuga. Ele estava satisfeito porque ajudara o sogro a conquistar novos clientes e a expandir os negócios. Além disso, meu cunhado contentava-se com aquele tipo de vida, diferente de mim, que sempre quisera voar mais alto e mais longe do que minhas asas permitiam. Sentia-me ingrato, culpado e infeliz, não necessariamente nessa ordem.

Impedido de trabalhar, passeava pelas ruas da cidade que se parecia cada vez menos com o lugar onde desfrutara os melhores anos da minha existência. Pelas avenidas, nos muros e nos prédios de órgãos governamentais, havia painéis retratando o aiatolá Khomeini em maior número do que antes. Cartazes de protesto contra os Estados Unidos também proliferavam e as entradas das lojas e locais públicos advertiam sobre o uso obrigatório do chador. Na fachada de um grande centro de compras, um anúncio luminoso em neon piscava com os dizeres: "A mulher coberta tem a beleza da pérola dentro da concha."

Shiraz mudara desde que eu partira, tornando-se uma sombra pálida do recanto das flores e dos pássaros descrito nos versos dos poetas e nos guias turísticos de outrora. Com as chuvas de inverno, mergulhara na lama e na imundice, entrecortada pela multidão de desempregados perambulando sem eira nem beira, que vinham se somar aos mutilados de guerra em andrajos. A decadência se alastrava. Cães sarnentos reviravam latas de lixo, disputando restos de comida com mendigos. Impotente, via minha terra natal sucumbir na mesma velocidade em que morriam a inocência da infância e os sonhos da juventude. Mirando meu reflexo nas vitrines desfalcadas das lojas, eu enxergava o vulto de um velho melancólico que abdicara da esperança. Naquelas caminhadas descobri o significado da palavra "solidão".

Depois de uma demorada visita ao túmulo da minha mãe, no qual depositei suas flores preferidas, consegui um resquício de paz de espírito. Sempre a mais sábia de todos, apesar de ter passado a vida disfarçando isso, lá do centro da terra ela soprou ao meu ouvido que escrever também era um ótimo remédio contra as feridas invisíveis. Saí sentindo-me leve e decidido a minimizar o tédio do ócio involuntário, fazendo uma espécie de diário. Comprei um caderno pautado e algumas canetas esferográficas coloridas para destacar algumas idéias. Também rascunhava cartas para Zibã que jamais seriam remetidas por falta de endereço. Aliás, estava sem qualquer notícia dela e de Õrash desde que nos despedimos em Qom. Eu tentava imaginar sua vida, no meio das montanhas, longe de tudo e de todos, mas nessas horas me vinha à cabeça aquela madrugada na torre do silêncio. Ainda sentia um calafrio ao rememorar as visões dos restos humanos ao redor de nós como se estivéssemos enterrados vivos. Tudo isso confiei às páginas do meu novo companheiro que testemunhava, em silêncio e sem censura, cada passo e cada idéia.

A rotina de um jovem da minha idade, em qualquer canto do planeta, era repleta de surpresas e desafios. Isso não ocorria no Irã, pelo menos naquele momento histórico. Quem não lutava na guerra estava morto, no hospital ou vagando por aí em uma cadeira de rodas com o peito tilintando de medalhas. As raras exceções, como eu, incluíam os proscritos e os desertores, condenados a viver exilados dentro do seu próprio país.

Agho Jun sugeriu que eu arrumasse um pequeno biscate. Um conhecido no bazar tinha um parente dono de um laboratório fotográfico que precisava de um ajudante. Como o salário era ínfimo, dispunha-se a ensinar os segredos da revelação de filmes e ampliação de fotografias. Era um serviço leve, fácil e não me exporia ao risco de ser visto e delatado, pois, além de ficar em um bairro residencial, eu seria o único funcionário. Aceitei e, em menos de um mês já dominava as técnicas e dava conta de tudo sozinho. Aprendi a utilizar a câmara escura e experimentava uma ligeira emoção sempre que as imagens adquiriam definições no papel submerso no líquido revelador conforme eu agitava a banheira. Quando as pendurava para secar, passava minutos seguidos examinando-as como se, através delas, pudesse espiar o cotidiano das pessoas, sempre mais atraente e movimentado do que o meu. Trancafiado no meu cubículo, sem contato com o público atendido pelo proprietário para que eu não fosse visto, fui entrando em um túnel sem nenhuma luz no final. Por isso dependia da minha escrita, que representava a salvação. Mal chegava em casa à noite, tomava um rápido banho e, antes mesmo do jantar, jogava nas páginas, aos borbotões, meus sentimentos, medos e os vestígios de sonhos sobre os quais tornara-me completamente cético.

No sexto mês após a volta de Orumiê e prestes a tornar-me tio do filho de Narges, fui descoberto por Agho Jun. Ele entrou certa noite no meu quarto de supetão e me pegou debruçado sobre o oitavo volume de escritos.

— O que está fazendo de luz acesa a esta hora?

Tentei esconder o caderno, mas ele caiu no chão.

— O que significa isso? — Agho Jun perguntou.

— Nada... — só umas bobagens que tenho rabiscado...

— São desenhos? ele quis saber.

— Não. Apenas umas coisinhas sobre... — e fiquei mudo, sem saber como terminar a frase sem mentir nem deixar Agho Jun preocupado.

Notando minha hesitação, ele pegou o caderno e começou a folhear. Permaneci em silêncio como se estivesse diante de um professor lendo meu exame final. Não dei um pio nem tentei interferir no julgamento dele. Ao cabo de alguns minutos que me pareceram intermináveis, ele indagou, com um misto de interesse e receio.

— Desde quando você tem escrito estas... coisas?

— Faz pouco tempo... — pausei para ganhar coragem. — Desde que cheguei...

— Quer dizer que vem registrando tudo o que acontece desde o dia em que voltou?

Eu balancei a cabeça. Ele olhou à nossa volta como se procurasse um criminoso atrás da cortina. Afinal, recolocou o caderno sobre a mesa e, passeando os dedos pela estante, indagou quantos outros eu tinha guardado.

Cogitei em inventar uma mentira, mas não fui capaz.

— Sete... — disse num sopro, na esperança de que não fosse ouvido.

— O quê? — Agho Jun retrucou num tom alto incomum para ele. — Mais sete cadernos grossos como este recheados de detalhes das nossas vidas?

Eu tive que admitir que sim.

— Você ficou maluco?

— Por quê?

— Está louco como sua irmã?

— Deixe Farzane fora disso, ela não tem...

— Eu estou falando — Agho Jun cortou, nervoso. Dava para notar o pomo-de-adão saltando no pescoço magro, raramente o vira tão bravo.

— Eu... eu acho... eu acho que... — ele começou a gaguejar, sem conseguir concluir o pensamento. Por fim, num esforço sobre-humano, pôde articular uma frase: — Eu acho que você tem que destruir isso tudo!

Para mim, uma pancada na cabeça teria sido menos ultrajante. Separar-me dos meus cadernos seria tirar de mim a única coisa que me restava, o único canal de diálogo com a realidade. Ele podia achar estranho e não compreender, mas aquelas linhas eram os elos da corrente que me prendiam à vida. Sem elas eu seria como um balão sem lastro, um navio sem âncora.

— Como assim, destruir? — perguntei incrédulo.

— Picar, jogar na privada e dar a descarga. Ou queimar!

Eu estava petrificado. Seria possível que Agho Jun, a quem tanto amava, não tivesse coração? Onde fora parar o pai compreensivo e solidário sempre pronto a me defender? Será que não avaliava o que aquilo significava para mim? Ele deve ter intuído que eu estava à beira do descontrole, e sua voz adquiriu um tom conciliador.

— Filho, eu sei o quanto isso tudo pode ser importante para você... — disse de enfiada, para logo em seguida tropeçar nas palavras. — Mas, mas não vê que... que...

— Que coloco em risco a nossa segurança? — juntei de modo automático, como se uma outra pessoa estivesse falando pela minha boca.

Ele respirou fundo e tentou se aproximar de mim, mas recuou.

— Se descobrem este... arsenal... bem, você sabe do que eles são capazes...

— Não tenho bombas escondidas no quarto! — protestei. — São simples cadernos anotados!

Prevendo uma longa discussão, Agho Jun puxou uma cadeira e sentou-se. Cruzou as pernas e colocou as mãos no colo. Seu rosto estava sulcado, o nariz parecia ter crescido e os lábios mal se viam sob a barba embranquecida. Só agora percebia estar diante de um ancião. Com a morte da minha mãe, Agho Jun transformara-se no babaí que eu me recusara a admitir quando assim fora chamado por Omid em Persépolis. Só que no lugar do avô robusto e radiante do passeio de Noruz, eu enxergava um homem massacrado pelas vicissitudes da vida.

— Filho — ele começou. — Você já tem problemas suficientes. E se por acaso descobrem estes cadernos?

— Como iriam descobrir? Quem contaria a eles? — indaguei, agarrado ao meu monte de parágrafos preciosos.

Agho Jun ficou ainda mais sério. Talvez não houvesse razões concretas para tanto receio, mas chegáramos a um estágio em que tudo representava perigo. Qualquer coisa suscitava a sanha da guarda revolucionária, pessoas eram executadas por muito menos. Para reforçar seu poder de persuasão, ele armou para mim uma armadilha sentimental infalível.

— Se não for por sua causa, pense então na suas irmãs...

Ele limpou as lentes dos óculos cujas hastes afinal consertara e implorou:

— Farzane... Não preciso detalhar os problemas dela, e Narges está para ganhar um bebê...

Contra tais argumentos, meu egoísmo dissolvia feito sal n'água. Não havia alternativa a não ser queimar todo o material suspeito. Antes que mudasse de idéia, levei os oito cadernos para fora, abri um buraco num dos canteiros próximos à cova de Xeque-mate, joguei querosene e fui queimando os meus diários. Por quase uma hora a escuridão da noite iluminou-se de fagulhas, de centelhas de sonhos, desejos, fantasias. No dia seguinte, o jardim amanheceu coberto de cinzas e de espirais de metal retorcidas. Transformada em lixo e pó, minha vida perdera os derradeiros alicerces, ruíra como as casbás de barro depois de um daqueles terremotos tão comuns no Irã. Era chegada a hora de me alistar.

Com esta decisão, peguei meus documentos já separados em um envelope que apresentava todo mês na delegacia política, conforme determinado pelo mulá após a prisão em Orumiê. Sem dizer nada a ninguém, faltei ao serviço no laboratório e fui caminhando em direção ao posto do exército. O frio havia diminuído, mas uma chuvinha fina caía sem parar e num instante eu estava ensopado. Voltei para trocar de roupa e pegar uma capa. Aproveitei para almoçar com Farzane, que ficara sozinha enquanto Narges fazia as compras do mês. Como algumas mercadorias estavam racionadas ou em falta, a simples operação de abastecer a dispensa consumia horas em filas intermináveis.

Despedi-me de Farzane como um soldado partindo para a guerra. Inconscientemente treinava para o papel e sabia que em pouco tempo seria convocado. À saída, porém, escutei uma voz conhecida e, ao me virar, deparei-me com a figura de Bãbak, que jogava xadrez num tabuleiro desenhado na calçada. Ele ergueu a cabeça e fez um gesto para que me aproximasse.

— Deixa de bobagem! — disse a mim mesmo. — Isso não passa de fruto da minha imaginação.

Bãbak levantou os olhos.

— Posso ser um fantasma, mas você sabe que tenho razão.

— Em quê?

— Ora, não vai me negar que estava para cometer aquela besteira de novo?!

— Quem é você para me julgar? Como sabe o que é certo e errado?

Ele recolheu as peças e levantou-se para me encarar. Notei que não usava mais a antiga bengala e parecia curado do problema na perna.

— Lá de onde venho, dá para ver o que vocês, aqui, não enxergam — e apontou o nosso quintal. — Por exemplo, sei que você queimou todos os seus diários.

Fiquei lívido e trêmulo. Fiz menção de ir embora, não deveria dar tanta asa à minha imaginação ou acabaria louco como Farzane.

Bãbak leu meus pensamentos e barrou o caminho.

— Não pode se alistar, haji!

— Pare de me chamar de haji!

Ele deixou escapar um suspiro de resignação, mas não se conteve:

— Você não quer fazer papel de tolo, quer?

— Não acho estúpido dar a vida pela pátria — mal falara, já censurava o clichê barato que deixara sair da minha boca. Bãbak não se fez de rogado.

— Que bela frase de efeito! Se ela correspondesse à realidade...

— Escute aqui, você não passa de um espectro e eu não sou nenhum príncipe da Dinamarca — completei, sentindo-me orgulhoso e culto por citar *Hamlet* no meio da discussão.

Narges lera para mim um trecho daquele drama de Shakespeare há milhões de anos, nem sei como ainda me lembrava daquilo! Voei para longe, para a época em que líamos clássicos universais sem medo de sermos presos. Um tremor percorreu meu corpo, senti um arrepio seguido de uma quentura estranha como se ardesse em febre. Bãbak me encarava de um jeito irônico como se não tivesse pressa. Sacudi os ombros e retomei o fio da meada:

— Não vou perder um minuto com esta conversa mole, tenho mais o que fazer.

— Claro! Pisar numa mina e voar pelos ares — ele deu uma gargalhada tétrica. — Ótimo, terei companhia para as minhas solitárias partidas de xadrez... — e acrescentou, debochado. — Se você ainda tiver braços e dedos para mover as peças...

Fiz que ia embora, ele se pôs na minha frente.

— Você está encurralado como um mau jogador. Vai perder a partida...

— Quem se importa?

— Eu, sim. Tenho um nome a zelar.

— Pensa que é um professor fora do comum?

— Um dos melhores entre os maiores! — ele erguera a voz num tom bem acima do normal.

— Com todo respeito, acho que a morte afetou seu senso crítico...

— Tudo o que você sabe de xadrez, conheceu comigo, seu mal-agradecido!

— Pois aí está... — retruquei, dando o troco ao adotar um tom ainda mais irônico do que ele tinha usado comigo. — O que o aprendiz não aprendeu, o mestre não ensinou...

Ele parou de súbito como se tivesse levado um xeque-mate. Dali a segundos, mudou de tática:

— Lembre-se de Behruz, da carta que Narges escreveu quando era enfermeira no front...

— Isso está ficando patético... — balbuciei, admirado com a persistência dele, que atacou com forças renovadas por um flanco inesperadamente vulnerável.

— Pense na sua mãe...

— Deixe minha mãe fora deste assunto! — e fui andando, agora a passos rápidos. Nada poderia me deter, muito menos uma assombração obcecada. Mas ele não desistiu.

— Por que morrer como mártir? Para ganhar o Paraíso? — e num tom cantado propositadamente sarcástico, começou a declamar um trecho do Alcorão: "Sobre eles haverá trajes de fina seda, verdes e de brocado. E estarão enfeitados com braceletes de prata. E seu Senhor dar-lhes-á de beber puríssima bebida."

Parei num susto, ia protestar contra a blasfêmia, mas ele me interrompeu.

— Este é um dos maiores engodos da história.

— Espera aí, você sempre acreditou em Deus, por que diz isso agora?

Bãbak não se fez de rogado.

— E se não existir Paraíso algum? E se todos virarem poeira como as cinzas dos seus escritos?

— Você está afrontando o Alcorão!

— No fundo, o universo é um gigantesco tabuleiro de xadrez no qual se disputa um jogo de poder.

— Jogo de poder? — eu disse com desprezo, para logo me trair, demonstrando uma curiosidade que não me agradava. — Como assim? — perguntei, apesar de mim mesmo.

— Na verdade, o Islã nasceu de um povo bárbaro que chegou à Pérsia para encontrar uma civilização de cinco milênios com livros, aquedutos, rede de esgotos e uma religião monoteísta, o zoroastrismo...

— Estou careca de saber sobre o grau de desenvolvimento dos persas que usavam talheres antes de Cristo e blá, blá, blá! — cortei-o com raiva. — Agho Jun nunca se cansou de enaltecer nossa grandiosidade. Bela porcaria, veja a que ela nos levou!

Bãbak não pareceu se importar com aquele misto de revolta e ironia. Falou sobre as raízes humildes do profeta Maomé, que não provinha das famílias abastadas que se revezavam no poder na Península Ibérica.

— Tudo ia bem até que ele nomeou como sucessor seu genro, Ali, em vez de recorrer ao costumeiro rodízio entre os califas.

— Também conheço essa parte da lenda, pode economizar a saliva!

Ele fez ouvidos moucos e prosseguiu feito Agho Jun quando tinha uma platéia:

— O descontentamento se agravou quando Ali, por sua vez, escolheu o próprio filho, Hussein, para sucedê-lo.

— Que se casou com a filha do último rei da dinastia sassânida, selando a expansão muçulmana rumo à Pérsia... — completei, impaciente, mas ele de novo fingiu não escutar e continuou.

— Além de legitimar o Islã como a religião nacional, essa união separou os sunitas árabes, que seguiram os califas da península, dos xiitas persas...

— Eu não sou idiota, aonde você quer chegar com esse discurso de colegial?

— Ora, ora... — ele ponderou. — Só estou explicando o jogo de poder.

— E o que tem a ver comigo? O que você quer provar? Que Deus não existe?

Ele fez uma pausa como se refletisse.

— Nunca afirmei isso. Só posso dizer que a melhor coisa é... estar vivo.

— Escute, não ligo a mínima para seus conselhos. Você já me salvou duas vezes e não haverá a terceira. — Dei as costas e quando fui atravessar a rua correndo, teria sido atropelado se ele não me segurasse pela manga da camisa.

— Calma, calma... — Bãbak disse, enxugando o suor da testa. — Pelo menos deixe para morrer no campo de batalha como um herói de verdade...

Branco de susto, com o coração descompassado, sentei-me no meio-fio. Meu amigo, ou a imagem dele dentro da minha cabeça, descansou ao meu lado. Esperou que me recompusesse e, então, numa voz conciliatória, falou pausadamente:

— Tudo bem, não quero contrariar sua decisão. — Daí, disse em tom de súplica: — Mas posso ao menos dar uma pequena sugestão?

Concordei. Tínhamos ido tão longe que não custava escutar a proposta dele.

— Espere até o final da tarde.

— Que diferença faz? — indaguei.

— É o correio. Só entregam a correspondência depois das cinco horas.

— E daí?

Ele deu uma piscadela.

— Bem, você verá com os próprios olhos.

Indeciso, terminei concordando. Afinal, atender ao pedido dele não ia prejudicar ninguém. Além do mais, Bãbak representava um pedaço de mim, um grau da minha consciência que me chamava ao juízo quando o bom senso falhava. Era a lucidez contra o impulso cego, a razão contra o fanatismo. Por isso obedeci. Contrariado, dei meia-volta e fui andando cabisbaixo. Alcancei o portão de casa e entrei. Ao fechar a porta atrás de mim, dei uma espiada lá fora, na esperança de me despedir de Bãbak, mas ele já havia sumido de vista.

Sentei-me numa almofada perto de Farzane, que lia pela enésima vez uma revista gasta de tanto manuseio. Não parecia infeliz, só distante de tudo, como se nada lhe dissesse respeito. Por uns instantes senti inveja dela, da sua indiferença à realidade dura e cheia de arestas. Razão tinha minha irmã, pensei comigo, recolhida no seu casulo, onde nada poderia afetá-la. Sem dizer palavra, ela me puxou sobre o colo e começou a alisar meu cabelo como seu eu fosse criança. Para minha surpresa, que há tempos não a ouvia articular uma frase, Farzane se pôs a murmurar uma lalaí, antiga canção de ninar que nossa mãe cantava quando éramos pequenos. Lágrimas brotaram sem que eu tentasse impedi-las. Dali a pouco fechei os olhos para reter aquele momento especial e no minuto seguinte dormia um sono profundo. Acordei não sei quantas horas mais tarde, despertado pela campainha. Com cautela, para não a assustar, fui me afastando e andei até a porta de entrada, que abri, meio zonzo. O carteiro acabara de passar, deixando alguma coisa na caixa de correio.

Nem preciso dizer o que senti. Tive que fazer um esforço monumental para cobrir a curta distância que me separava da pequena fenda por onde enfiavam a correspondência. Passou um milhão de pensamentos pela minha cabeça. Podia ser a convocação do exército, um mandado de prisão ou, sonho dos sonhos, algumas linhas escritas por Zibã. Peguei o maço de envelopes e, apressado, fui separando-os um a um. Havia contas de luz e água, propaganda, o carnê da pensão para meu cunhado e um impresso do banco. No meio deles, sobressaía um cartão-postal cuja letra a princípio não reconheci. Com dificuldade, decifrei as linhas que diziam: "O que está esperando? Venha logo buscar seu relógio." Não trazia assinatura nem qualquer outra informação. Ainda sem compreender, virei o cartão e vi a imagem da praia de Copacabana, na cidade maravilhosa do Rio de Janeiro. Por razões óbvias, sem as "prostitutas" em trajes sumários. Enquanto retornava para dentro, tive a nítida impressão de que Bãbak me seguia com um nada discreto sorriso nos lábios...

XX

Desde pequeno, em casa com Agho Jun ou durante as aulas de história no colégio, aprendi que as guerras eram travadas entre nações em torno de problemas específicos. No caso do Irã, acreditava que naquele momento o país defendia-se de um agressor externo chamado Iraque. Com o desenrolar dos acontecimentos, porém, cheguei à conclusão de que estávamos combatendo contra nosso próprio povo. Ou melhor, que os soldados recrutados acabavam envolvidos em perseguições aos seus irmãos em luta por liberdade.

A minha lista de motivos para não me apresentar ao centro de convocação crescia e as alucinações com Bãbak, que previra a chegada de novidades pelo correio, me deixaram atônito. Eu revirava nos dedos o postal remetido pelo médico que conhecera na prisão de Orumiê, tentando adivinhar como conseguira, afinal, escapar em direção à sua terra prometida. Naquele momento estaria estendido na praia, cercado por um harém de mulheres de biquíni oferecendo copos de caipirinha, sobre a qual ele também me contara. Dissera que era feita com limão, açúcar e pinga, uma bebida típica do Brasil. De tanto pensar naquilo, comecei a perder o interesse no laboratório e a tudo o que lhe dizia respeito. De funcionário competente e confiável, tornei-me desleixado ao cúmulo de estragar alguns filmes e velar fotografias. Passava horas seguidas mirando a orla de Copacabana e esquecia os papéis boiando na banheira de revelação, que viravam borrões pretos sem chance de se transformarem em imagens. Ao final do mês, quando fui recolher o salário simbólico, acabei despedido.

Para mim foi um alívio não ter que desperdiçar os dias trancafiado em uma câmara escura justo quando ansiava por horizontes largos e meu coração latejava por terras longínquas. "Você é um albatroz", me dissera certa vez Bãbak. "Nasceu para voar como uma dessas aves migratórias que atravessam mares e oceanos." De fato, por mais que tivesse gostado de agradar Agho Jun, eu não servia para passar o resto de minha existência atrás de um balcão na loja do bazar. Eu sonhava em me tornar alguém decente. Sempre acreditara que tinha um potencial acumulado, bastando a oportunidade de desabrochar. Diante da guerra interminável, as mudanças radicais e a islamização de todas as atividades dentro do Irã, minhas perspectivas reduziam-se a zero. Sem trabalho, amigos, sem o direito de fazer um curso superior, nem a liberdade de escolher minhas leituras ou filmes, proibido de viajar para longe do local de residência e obrigado a me apresentar regularmente na delegacia política, eu não me importaria em morrer. Aliás, se não havia nada depois daquilo, por que levar adiante este cotidiano insosso e injusto? Meu Deus, eu estava com apenas 22 anos e nunca mais saíra com os amigos para me divertir! Onde tinha ido parar a alegria típica desta fase da vida? O que restava para mim neste pedaço de chão que no passado remoto fora o umbigo do mundo?

Afogado na depressão, comecei a conjecturar sobre as razões que estavam levando os muçulmanos a retrocederem aos usos e costumes de antigamente, adotando ao pé da letra a sharia e interpretando o Alcorão da forma a mais retrógrada possível. Vi que tudo se resumia à nostalgia do passado, de épocas em que a sabedoria herdada dos persas imperava na terra, como na Idade Média, quando o Oriente comandava a agenda do planeta, desenvolvendo a astronomia, a matemática, as artes e a literatura que se disseminariam, enquanto a Europa submergia nas trevas. No rastro do desejo de retornar à era de glórias, surgiu a idéia de que, adotando as leis islâmicas rígidas, o período de ouro voltaria. Os aiatolás e os homens encarregados do cumprimento das leis não desconfiavam que o passado não pode ser recuperado. Pode, no máximo, ser imitado, mas como uma cópia fajuta.

Viver triste e com medo, sob constante pressão psicológica. Era o que sobrava para mim naquele contexto de fundamentalismo e intolerância. Não suportava os barbudos de uniforme cantando pneu nos seus Land Rovers, metade do corpo para fora da janela perseguindo pedestres, principalmente as mulheres que deixavam escapar alguns fios de cabelo. "Khahar, hejab!", eles berravam prepotentes, aterrorizando as moças a quem chamavam de "irmãs". Tampouco engolia a sujeição humilhante das pessoas mais próximas que, por razões de sobrevivência, fingiam aceitar os excessos da ordem político-religiosa para preservar seus cargos ou manter seus negócios.

Com as rotas de fuga reais ou imaginárias assim bloqueadas, o cartão postal do Rio de Janeiro transformou-se em um talismã. Eu o tratava como uma lâmpada mágica que fosse trazer a solução dos meus problemas. Só que havia chegado ao meu limite, dali não era possível continuar. Qual a saída? A pergunta martelava minha cabeça, e no fundo eu sabia que só me restava tentar outra fuga. Se antes fracassara, agora, já adulto, com maior experiência, não cometeria erros tão grosseiros. Estava seguro e firme, mas faltava coragem para revelar a Agho Jun minha decisão.

Apesar de me sentir desconfortável ao lembrar o sofrimento que causei, resolvi me abrir com meu cunhado Rassul. Sem demonstrar surpresa, ele confidenciou que todos estavam profundamente preocupados comigo. Tanto que não se oporiam a uma nova tentativa se eu de fato desejasse. Só Deus sabe como aquilo me deixou aliviado, embora os maus bocados que passara nas mãos da guarda revolucionária me dessem calafrios só de pensar no assunto. E se me pegassem de novo?

O meu futuro estava em jogo, não dava para hesitar. Apaguei as imagens negativas da memória e resolvi enfrentar a situação. Sentados no chão em torno da toalha, comíamos sem a presença da minha mãe, algo a que nenhum de nós conseguia se acostumar. Narges esmerara-se na preparação dos pratos, mas nada tinha o sabor a que nos habituáramos desde pequenos. Discutíamos os problemas de tia Roya. Na sua vinda a Shiraz para os funerais da minha mãe, contara que o marido Farhãd, professor da universidade, fora despedido. Eles viram-se obrigados a mudar de bairro e, para não passar fome, ela costurava para a vizinhança e ambos davam aulas particulares de inglês clandestinamente em Isfahan.

O clima refletia a frustração dos nossos sonhos roubados. O ambiente era tenso, mas antes que eu abrisse a boca, Agho Jun fez um sinal à minha irmã. Percebi que Rassul antecipara a eles o que eu tinha a dizer sobre minha intenção de ir embora.

— As coisas no país não vão mudar tão cedo. — O marido puxou o assunto.

— Juntamos uma quantia razoável com o aumento das vendas no Bazar — acrescentou Agho Jun, animado.

— E não vai explicar por que anda com aquela foto de Copacabana para cima e para baixo? — Narges perguntou, me surpreendendo.

— Copacabana! Copacabana! — Farzane repetiu como um papagaio.

— Yã Khoda, Allaho Akbar! — exclamou Agho Jun, agradecendo a Deus ao ouvir a filha falando pela primeira vez em meses. Mas logo caiu em si.

— Foto? Copacabana? Que história é essa ?

Não respondi. Só olhei para aquele grupo de pessoas sofridas e soltei um suspiro. Narges não conseguira o diploma de médica, o marido ficara sem um olho, Agho Jun perdera a mulher, Farzane terminara sem o noivo e eu assistia a minha juventude escoar pelo bueiro. Mas ainda formávamos uma família e agora, por incrível que parecesse, acreditava que, enquanto continuássemos unidos, nada poderia acontecer.

— A pior desgraça na vida de um homem é perder a esperança — Agho Jun interveio num tom grave. — E vejo que meu próprio filho está cada dia mais descrente.

— Por isso queremos que saiba que pode contar conosco, Roshy — Narges completou, afagando minha cabeça como nos tempos de criança.

A atitude deles me deixou feliz e confiante. Meus familiares afinal apoiariam a decisão de um outro ensaio de fuga. O mais inacreditável ainda estava por vir.

— Zibã telefonou. Ela aguarda sua ligação de volta — Narges me soprou, tentando, sem sucesso, parecer casual.

Nem preciso dizer que dei um pulo. Mal conseguia discar o número rabiscado no papel. Nem em sonho pensava que esse milagre viesse acontecer tão cedo. Comecei a gaguejar feito Agho Jun, enquanto do outro lado da linha Zibã me disse que a situação ia de mal a pior. Por isso Ôrash resolvera tentar sair do país de novo. Ele morava, ou melhor, escondia-se, numa aldeia aos pés da cordilheira Barghan, a 85 quilômetros de Teerã, enquanto ela mudara-se definitivamente para o vilarejo dos tios nas montanhas.

Quando contei à minha família o teor daquela conversa telefônica, todos calaram-se e durante longos minutos o silêncio pairou entre nós. Cabisbaixos, Agho Jun e Narges procuravam raciocinar. Mas para mim, tudo tornara-se claro e óbvio. O diálogo com Zibã funcionou como um catalisador. Avisei de supetão como se temesse perder a chance.

— Eu parto com meu velho companheiro.

Eles encolheram-se mudos, cada qual esperando que o outro tomasse a iniciativa de falar. Após mais algum tempo, Agho Jun assumiu a dianteira.

— Filho... Se é isso que você quer... — ele repuxou a barba rala e prosseguiu: — Sabemos que aqui no Irã você não está feliz...

Ele se deteve para recuperar o fôlego. Estava visivelmente abatido, dava para vislumbrar a luta que travava dentro de si, abrindo mão do único filho homem que sempre sonhara ter ao seu lado dando continuidade à tradição do ofício de família no Bazar. Tentei imaginar o quanto fora duro, para ele, pronunciar aquela frase. Uma emoção avassaladora me sacudiu por inteiro, a despeito dos meus esforços para me controlar.

Após uma longa pausa, acertamos os detalhes. Agho Jun me deu a passagem de ida para Teerã num vôo da Iran Air, uma porção de tomans e três mil dólares para as despesas. Na capital, Zibã me entregaria o restante dos documentos, que eu levaria até Õrash, no vilarejo próximo. De lá, nós dois seguiríamos de carro até Orumiê, para não corrermos o risco de sermos pegos dentro do ônibus ou na rodoviária sempre policiada.

— Desta vez tudo vai funcionar — Agho Jun garantiu. — Os contatos foram feitos com gente séria e experiente, tenho certeza de que não vai ser pego... — e a voz dele espatifou no meio da frase, levando-o a virar-se de costas para não transparecer o que julgava uma fraqueza.

Nas vésperas de partir, fui até o túmulo da minha mãe. O cemitério estava vazio na manhã gelada, mas um solzinho tímido teimava em clarear o cinzento do céu. Meu coração estava pesado quando ajoelhei diante da lápide com as inscrições pintadas em verde claro, sua cor predileta. Passeei os dedos pelos caracteres em farsi relembrando a figura da mulher que silenciosamente fora o suporte, o alicerce que mantinha nossa família de pé. Rezei pela alma dela, pelo fim da guerra e pela minha própria segurança. Prometi que, se chegasse incólume ao outro lado da fronteira, ajeitaria a vida e regressaria, custe o que custasse, para cuidar da minha família como é o dever de um bom filho iraniano. Depositei um ramalhete de tulipas sobre o seu nome e fui embora mais leve do que chegara.

Em casa, arrumei uma mala discreta, bem diferente da mochila imensa de cores berrantes que levara na primeira vez. Tampouco carreguei um farnel como aquele preparado por minha mãe. E, ao contrário de antes, quando apenas Agho Jun foi se despedir de mim na rodoviária, agora nossa família inteira, ou o que restava dela, me acompanhou até o aeroporto. Os quatro permaneceram ao meu lado até anunciarem, pelo alto-falante, o embarque do vôo com destino a Teerã.

— Khoda esteja sempre no seu coração — foi tudo o que Agho Jun sentiu-se capaz de pronunciar no meu ouvido, quando me deu o abraço de despedida.

Segurei a vontade de chorar e entrei no avião a passos rápidos como se tivesse receio de me arrepender da decisão. Decolei com a sensação de ter deixado alguma coisa importante demais para ser posta em palavras. Descobriria depois, a duras penas, que podemos abandonar a pátria, mas ela mora dentro de nós para todo o sempre. Deixá-la sem perspectiva de volta é tão amargo quanto amputar um membro do corpo. Ali, recostado naquela poltrona do Boeing 737, eu senti que morria um pouco de mim mesmo.

Só fui recuperar o ânimo quando fizemos uma escala em Isfahan, antiga capital do império persa. Do alto pude admirar a cidade tida como a jóia do Irã, com suas mesquitas de cúpulas azuis e minaretes gêmeos, seguindo as técnicas usadas pelos sassanidas. Infelizmente não poderia descer para rever Roya e Farhãd, nem perambular pelo bazar que circundava a praça Khomeini, uma das maiores do mundo. O sorvete de açafrão amarelado, especialidade local, também ficaria na vontade. Pensei em Agho Jun, em como ele teria gostado de visitar as famosas lojas que tornam a região conhecida. Pois assim como Shiraz, Isfahan batiza um tipo de tapete persa. Aquilo tudo ia passando pela minha cabeça durante as quase duas horas em que permanecemos em solo. Avisaram sobre um pequeno problema técnico, mas quando tornamos a decolar, fechei os olhos e só fui reabri-los com a voz da aeromoça anunciando a aterrissagem.

Nesse instante meu coração disparou. Zibã estaria à minha espera em Teerã para me passar o dinheiro e os documentos a serem entregues ao irmão. Recordei a frase de Agho Jun, que dissera antes da partida: "Quando puder, encontre uma boa muçulmana e case-se com ela." Ele não conseguira disfarçar seu descontentamento com minha paixão por uma mazdeísta. Eu quebrava duas regras básicas da sociedade iraniana. Primeiro, me apaixonei por alguém, contrariando o costume dos casamentos arranjados. Pela tradição, parentes ou amigos próximos indicavam os candidatos que as famílias depois selecionavam. Fora assim com Farzane e com Narges. Elas tiveram os respectivos noivos apresentados por minha mãe que, com a ajuda das minhas tias, escolhera ambos entre alguns dos pretendentes potenciais disponíveis no "mercado conjugal". No meu caso, acabei descobrindo o que combinaram com os pais de Behruz em relação à irmã dele, apesar de Agho Jun nunca ter abordado o o assunto comigo. Eu havia sido eleito marido de Faty e como noivo teria que contribuir com um dote, o mahr, que não pode ser reclamado de volta sob nenhuma circunstância. Obviamente, o dinheiro que Agho Jun confiara a Amir para ser aplicado sumiu no dia em que o Xá fugiu do Irã com seu séqüito. Pelo menos isso fazia de mim um pobre candidato...

Como se não bastasse recusar a moça que eles julgavam ideal para mim, eu incorrera no maior de todos os pecados. Além de não me submeter às normas vigentes no negócio nupcial, fui gostar da pessoa mais inadequada possível na face da terra. Nada teria representado pior desgraça do que eu preferir justo uma infiel, uma impura. A simples idéia de uma união mista como essa enchia a família de vergonha e desonra, salvo se ela se convertesse ao islamismo, algo impensável, que eu jamais cogitaria em pedir, tendo em vista as convicções religiosas tão sólidas de Zibã. Assim, apesar de tudo, para Agho Jun aquela fuga era um alívio. Trazia como contrapartida a vantagem de me separar da garota que ele jamais aprovaria como nora. Eu seria deserdado e repudiado pelos meus. Ao chegar a essa conclusão dolorosa, mas absolutamente lógica, senti uma raiva imensa do meu pai e das tradições iranianas, o que teve o efeito positivo de espantar a saudade que já se insinuava.

Desembarquei junto com centenas de passageiros que lotavam os vôos naquele final de Ramadã, retornando aos lares após render visita aos principais centros de peregrinação do país. Sentindo-me mais seguro, eu passava despercebido na multidão.

Não foi fácil encontrar Zibã no meio de tanta gente mas, afinal, senti um puxão leve na manga da camisa. Lá estava ela, mais bela ainda do que a recordava. Não sei por quê, pensei nas tulipas que gostava de cultivar no jardim para vê-las desabrochar de um simples bulbo sem graça em uma das mais perfeitas flores existentes. Com Zibã sucedia o mesmo, mas a beleza dela tinha um toque inusitado e exótico, um sopro de sensualidade mais afeita à esfera dos céus do que da terra. Por isso estremeci ao vê-la tão próxima de mim a ponto de sentir seu hálito de rosas.

— Se perguntarem, diga que somos irmãos — ela cochichou, tomando minha mão, num gesto proibido pelas leis islâmicas entre pessoas do sexo oposto sem relações diretas de parentesco.

Peguei a mala e caminhamos para um táxi, que nos deixou em um prédio baixo, cercado de moradias populares, nos subúrbios de Teerã. Ao descermos, ela explicou que o tio alugara um quarto enquanto tratavam do processo da fuga de Õrash.

— Sabe que ele tentou o suicídio? — ela perguntou com seus olhos doces e tristes.

Recordando a aflição muda de Õrash, eu acreditava mesmo que aquilo não era impossível. Se para mim a situação mostrava-se desalentadora, pensei como tinha sido no caso dele.

— Você não imagina como foi importante sua decisão de partir com ele — Zibã acrescentou. — Sozinho Õrash não iria, e ficar aqui significa morrer de um jeito ou de outro.

Sim, eu sabia. Comigo quase ocorrera o mesmo, só que de forma truncada, por meio de um alistamento que me conduziria à morte certa. Estive à beira de revelar meu diálogo com Bãbak, mas me calei por receio de ser tomado por louco.

Ao entrarmos, Zibã me entregou uma carteira com minha foto colada sob o sobrenome da família dela. Poderia significar quase a diferença entre vida e morte se fôssemos checados pela polícia da moralidade.

— Para todos os efeitos, somos irmãos, não se esqueça! — ela reiterou, ao subirmos as escadas até o apartamento.

— Onde foi arrumar meu retrato? — indaguei, pasmo.

— Você me deu antes de partir... — ela retrucou, girando a chave na fechadura.

Entramos no cômodo que servia de sala e cozinha, com uma mesa, fogão e almofadas espalhadas pelo chão coberto por um velho tapete gasto. Uma porta dava para um banheiro minúsculo, e outra, para o que parecia ser um quarto de casal. Não havia armários, as roupas ficavam em dois baús e o restante espalhava-se em desordem por cima dos poucos móveis.

— Desculpe — ela se explicou. — Não tivemos tempo de ajeitar melhor as coisas.

Como eu não respondesse, Zibã começou a preparar chá no velho fogão a gás. Enquanto a água fervia, ela abriu o forno, no qual colocou uma travessa de arroz com carneiro que retirara da geladeira toda enferrujada. Ajudei a separar os talheres e os pratos sem dizer uma palavra, constrangido e ao mesmo tempo deliciado com aquela intimidade doméstica. Parecíamos de fato dois irmãos, pensei com meus botões. Ou, melhor ainda, marido e mulher...

Sem querer, relembrei meus sonhos com Zibã e enrubesci. Ela leu meus pensamentos, pois foi logo dizendo.

— Nós passaremos esta noite aqui, o motorista só virá amanhã cedo. Um de nós dorme na sala e o outro no quarto.

— Eu fico na sala — apressei-me a responder, soando inábil aos meus próprios ouvidos, para em seguida perguntar:

— Seu tio não volta hoje?

Ela apenas sorriu com uma ponta de malícia. Para encobrir minha falta de jeito, comecei a contar tudo o que acontecera comigo durante o período em que ficamos sem notícias um do outro. Relatei em detalhes desde a minha volta a Shiraz para encontrar minha mãe morta, o trabalho no laboratório, as andanças pelas ruas da cidade, até o evento da queima dos meus diários. Ao terminar, percebi mais claramente como tinham sido sem graça aqueles últimos meses. Por mais que enfeitasse e colorisse os episódios, vi que eles formavam um conjunto cinzento e vazio. Experimentei pela primeira vez, em muito tempo, uma forte convicção da necessidade real da fuga.

Zibã notou a mudança de ânimo que se processou em mim, aproveitando para mostrar os mapas e falar sobre os planos que fizera para nós a partir da pequena aldeia onde eu encontraria Õrash.

— Tenho certeza de que desta vez nada vai sair errado — ela garantiu, fazendo-me lembrar da profecia semelhante feita por Agho Jun.

Terminamos de comer e lavamos a louça. Pedi para tomar um banho e, diante do espelho, examinei meu corpo como se precisasse de uma aprovação qualquer. Nunca fora de fazer exercícios, por isso ganhara peso naquela fase de pouca ocupação, mas como sempre fora magro, até que não me caíra mal. Por sorte, a natureza me dotara de um físico razoável, altura acima da média e uma musculatura flexível. Meus cabelos escuros emolduravam meu rosto e a barba voltara a crescer, formando um contraste interessante com o branco dos dentes quando eu sorria. O todo também não era desagradável, eu reparava como as mulheres me olhavam nas ruas, ainda que discretamente. Só que eu nunca estivera com nenhuma, era preciso manter-me casto até o dia do casamento. "Que idiotice", pensei comigo, para em seguida me perguntar se Õrash já havia dormido com alguém. Não conseguia tirar aquela idéia da cabeça quando voltei para a saleta, livre do suor causado pela expectativa da longa viagem.

— Boa-noite, aproveite para dormir — Zibã me disse, retirando-se para o quarto. — Amanhã será um longo dia...

Deitei-me sobre três almofadas que juntei para formar uma espécie de colchão e me enrolei na manta que estava aos meus pés. Apesar do cansaço, não conseguia pregar o olho, com um turbilhão de perguntas sem respostas. A principal delas dizia respeito a Zibã. O que seria dela sozinha no Irã?

Não sei quanto tempo passou desde que eu me deitara, mas já devia ser madrugada quando ouvi a voz de Zibã me chamar do quarto.

— Você está dormindo?

— Não — respondi, alerta. — Não consigo...

— Nem eu — ela disse.

Dali a pouco escutei o barulho da porta do quarto ranger e me sentei, deixando a coberta escorregar. Pela luz difusa que entrava pela janela sem cortina vi uma mulher caminhando na minha direção e levantei apressado. Zibã vestia uma túnica longa e fina, que deixava entrever os contornos do corpo. Não pude evitar a lembrança, na hora, de uma imagem que vira em uma revista na época do Xá sobre as santas da igreja católica. Era isso, Zibã parecia uma destas figuras sacras que os ocidentais adoravam do outro lado do planeta.

— Você está com medo? — ela indagou, próxima de mim.

— Do quê? Da viagem?

— É... — Zibã respondeu num sopro.

Nós dois nos sentamos nas almofadas, perto um do outro. Ela abraçava os joelhos puxados até o queixo, deixando os cabelos compridos encobrirem os braços e parte do rosto. Meus olhos fixavam-se neles, impedindo qualquer raciocínio.

— Você está com medo da fuga? — ela repetiu, enfatizando a última palavra.

A custo, consegui sair do transe:

— Um pouco... — admiti, inebriado com aquela intimidade delicada e rara. A mulher dos meus sonhos, que talvez nunca mais fosse ver na vida, bem ali, ao alcance dos meus dedos. Fechei os olhos e deixei o instinto tomar a dianteira. Aprenderia ali que o sublime e o pecado são dois lados da mesma moeda.

XXI

O guia que veio me buscar às seis da manhã entregou-me uma nova carteira de identidade.

— De hoje em diante você se chama Jafar, e seu amigo, Kãzem — ele explicou, dando partida no carro, que engatou num solavanco.

Mahmud era um homem mais velho do que nosso motorista da fuga fracassada. Aparentava ter mais de 50 anos, pela barba grisalha que descia até a barriga proeminente. Ele tinha o dom de dirigir e falar com as mãos simultaneamente. A princípio fiquei apreensivo, mas depois relaxei no embalo da sua expansividade contagiante.

Cobrimos os 85 quilômetros até o vilarejo a noroeste na maior animação. Ele cantarolava, fazia comentários engraçados e absurdos e ria de tudo. Há séculos eu não me sentia tão leve. No entroncamento com a rodovia interestadual, tomamos uma estrada de terra aberta em meio aos penhascos, sinuosa e estreita. Exausto, acabei mergulhando num sono profundo para me refazer da noite passada em claro. Quando dei por mim, passávamos diante da fileira de casas de adobe branco que formavam um minúsculo aglomerado aos pés da cordilheira de Barghan.

Um vento cortante soprava sobre o lugar que, num passado longínquo, abrigara um templo zoroastra. Do carro pude ver alguns moradores mais velhos conversando sentados em tapetes à beira do Senj, um rio raso e pedregoso de águas azuis e prateadas que dá nome ao povoado. Pensei no frio que deveria fazer nas noites geladas do inverno, sem energia elétrica, apesar da existência de uma importante mina de urânio a uma hora dali, conforme ficaria sabendo por Mahmud.

— Trabalhei para o dono dela, um francês que retirou urânio de lá em parceria com o governo do Xá — ele falou, satisfeito em poder retomar a conversa. — Havia um acordo nuclear com os Estados Unidos e a França, cancelado depois da revolução — concluiu, reclamando da pobreza que se abatera sobre a região. — Por isso me mudei para Teerã, mas não consegui emprego... — acrescentou. — Assim, virei motorista e guia...

Estacionamos então defronte a um daqueles casebres feitos com argila clara para pegar Õrash. Dali a pouco estaria diante do irmão de Zibã. Quase um ano se passara desde a nossa aventura frustrada. Será que ele mudara muito? Pensei na rudeza da vida ali, naquele ermo, longe de tudo e de todos, sem luz elétrica nem televisão. Fiquei imaginando as dificuldades que enfrentara para chegar a cogitar na morte, mesmo professando uma religião que pregava a alegria de viver e a prosperidade.

Em poucos instantes, meu amigo entrava no carro. Ele me cumprimentou com um abraço de irmão e quase chorei ao recordar o aperto que passamos juntos e o que ainda nos esperava pela frente. Trazia uma maleta menor que a minha, que Mahmud colocou no bagageiro do automóvel da marca Peikan. Pelo visto, havíamos aprendido a lição, dispensando as mochilas vistosas que nos haviam incriminado na estação rodoviária.

Conversamos quase despreocupados na subida íngreme, evitando a estrada federal que passava por Zanjân e Tabriz, e preferindo os desvios no meio das colinas. Õrash escondera-se ali havia mais de um mês, tomara um vôo da Romá em Yazd e permanecera em Senj com alguns parentes distantes.

— Precisa ver o tamanho da poltrona do meu Tupolev. Era mais apertada do que no ônibus — ele comentou, repartindo comigo os pães que trouxera para nosso primeiro lanche no longo caminho até uma aldeia próxima a Orumiê, aonde chegaríamos à noitinha.

Após uma hora de viagem, nós dois começamos a dormir. Entorpecido pelo barulho do motor e enjoado por causa das curvas da estrada em ziguezague, passei a recordar os momentos da noite com Zibã. Podia sentir o perfume dos cabelos soltos quando ela se aproximou de mim e eu recuei assustado.

— Não devemos fazer isso... — falei, mais por cavalheirismo canhestro do que por convicção.

Ela não se acanhara, pelo contrário. Chegou perto e colocou minha mão direita sobre o seio esquerdo. O mamilo enrijeceu-se ao contato dos meus dedos, e ela falou:

— Sabe o que eles fazem com as irmãs dos traidores?

Estremeci ao relembrar meu sonho com o Sepahe Pasdaran, eu não queria pensar naquilo, embora os relatos que ouvira fossem bastante assustadores.

— Ninguém vai te machucar, eu prometo. — Tentava parecer seguro, mas minha voz denunciava a emoção.

— Não vamos pensar em coisas ruins, vamos viver o presente.

— Zibã?

— O quê?

— Tem certeza?

Em vez de responder, ela me puxou contra si e, no momento seguinte, eu retirava a túnica que fazia dela um anjo sem asas, daqueles que vi em pequeno nas revistas ocidentais. Pude então sentir a pele macia e ao mesmo tempo eriçada conforme minha boca ia descendo aos seios e de lá à região abaixo do umbigo.

Ela soltou um gemido de prazer, que eu tomei como sinal verde para prosseguir, afogando-me entre as pernas que se fecharam em torno do meu pescoço. Degustei um sabor acre-doce diferente de tudo o que já experimentara. Daí meus lábios buscaram sua boca e, enquanto nossas línguas se tocavam, lá embaixo eu ia penetrando aquela zona proibida, da qual fui tomando posse devagar, quase a medo. Ela me ajudou a encontrar o caminho e, a princípio com dificuldade, rompi o tecido diáfano que a guardava feito um véu. Sem saber direito como agir em seguida, iniciei um vai-e-vem ritmado, mas com a delicadeza que a ocasião exigia. Por mais incrível que parecesse, ainda havia em mim um resquício de lucidez que orientava meu corpo, evitando qualquer movimento brusco que pudesse machucá-la. De súbito, o inesperado. A morte e a vida num flash, o fugaz e o eterno. Zibã em Persepólis, as tranças soltas pelo vento, o vestido florido apanhado entre os joelhos, você acredita em Deus? Ali estava eu em trajes de fina seda, verdes e de brocado. No Paraíso prometido, a minha virgem deflorada com braceletes de prata. O Senhor dera-nos de beber da puríssima bebida, Alá seja louvado!

— Posso ficar e morrer pelo nosso amor! — eu dissera, antes de partir.

— Prefiro que você se alimente dele, Kurosh — respondera, solene, sobre a oferta boba de sacrifício romântico.

Minhas lembranças foram subitamente interrompidas por um baque. Abri os olhos num susto, o carro acabava de bater em alguma coisa. Virei e pelo vidro traseiro vi flocos branquicentos esvoaçando, enquanto nosso motorista encostava na beira da estrada.

— Esperem um minuto, eu já volto — e sumiu no lusco-fusco do cair da tarde.

Ficamos, Õrash e eu, aguardando no veículo, sem saber o que fazer nem o que falar. Por alguns segundos, pensei que ele tivesse nos abandonado. O tempo passava e nada do nosso guia. Õrash então abriu a porta, subiu no morro e sentou-se numa rocha para olhar a paisagem de terra amarelada sem qualquer vegetação. Quando começamos a acreditar que nos restava pegar as bagagens e ir embora, Mahmud voltou.

— Agora podemos partir sossegados, nosso caminho desbloqueou, se tivesse que acontecer alguma coisa ruim, já teria acontecido. Daqui para a frente vai dar tudo certo — ele comentou, retomando o assento ao volante.

— O que foi aquilo? — indagou Õrash, apontando para as penugens brancas espalhadas ao lado do pneu dianteiro.

— Atropelamos um coelho e ele não morreu.

Eu estava cada vez mais confuso.

— Traz má sorte deixar um animal machucado — explicou. — A gente precisa procurá-lo e pôr um fim ao sofrimento dele — e abriu um sorriso largo nos acalmando: — Consegui encontrar e matar o bicho. É um sinal de que tudo de ruim ficou para trás...

Diante de tal argumentação, Õrash e eu respiramos aliviados. E recordei um incidente semelhante na nossa primeira fuga. Aquilo tinha me traumatizado, mas nosso motorista transbordava de contentamento.

— Batam palmas e cantem, porque não vai acontecer nada — ele garantiu confiante, arrancando de mim e de Õrash alguns acordes que lembrávamos dos tempos em que não era proibido ficar alegre. — Já que vão para aquelas bandas do norte, querem ouvir uma boa? — Mahmud indagou. E, sem nos dar chance de retrucar, continuou: — Perguntam a um rashti o que ele deu de presente para a esposa no aniversário de casamento deles no ano passado. — Mahmud referia-se aos habitantes de Rasht, cidade ao norte, perto do mar Cáspio, que às vezes eram substituídos pelos torqui, da Turquia, quando se tratava de fazer piada.

Ele se deteve por alguns segundos, para criar um clima e prosseguiu.

— "Levei-a para Isfahan", o rashti respondeu. "Que legal, parabéns! E esse ano, qual vai ser o presente?" "Vou buscá-la..."

Õrash e eu desabamos numa daquelas gargalhadas que nos chacoalham de cima a baixo até a barriga doer. A piada nem era tão boa assim, aliás, depois me pareceu bem fraquinha, mas naquele instante cumpriu o papel da catarse de que tanto necessitávamos.

Com o estado de espírito mais leve e cheios de esperança graças ao otimismo de Mahmud, que mudou nosso astral, alcançamos Orumiê na boca da noite. Ele estacionou dentro de uma garagem, fechou o portão e pediu que descêssemos.

— Vocês esperem aqui. Amanhã chegarão os cavalos e contornaremos o lago em direção à fronteira — explicou. — Outra coisa — prosseguiu, enquanto retirava nossas bagagens do porta-malas —, livrem-se disto, pesam demais.

— Mas todas nossas roupas de inverno estão aí! — Õrash protestou. — Como enfrentaremos o frio das montanhas?

— É o seguinte — ele disse —, vocês põem várias camadas de blusas, casacos, ceroulas e calças umas por cima das outras. Vistam o máximo que conseguirem, mas sem deixar atrapalhar os movimentos.

— Vamos ficar dois obesos — debochei, divertido diante daquela solução maluca.

— Melhor gordos do que mortos — Mahmud retorquiu. — Não vamos querer chamar a atenção dos guardas, concordam?

Entramos numa espécie de barracão, num local ermo. Lá dentro, encontramos uma mesa posta com queijo de cabra, pão e um bule de chá no fogareiro. Para espantar o frio, esquentamos a bebida e depois nosso guia mandou que colocássemos tijolos aquecidos entre as cobertas nos dois colchões que estavam no chão de pedra. Aconselhou dormirmos o máximo que pudéssemos, pois logo cedo ele estaria de volta e partiríamos a cavalo para uma aventura de dez dias no meio da cordilheira.

O conselho era desnecessário. Após a noite nos braços de Zibã e a jornada de automóvel, eu só pensava em fechar os olhos e cair no sono. Õrash também parecia cansado, e nós dois dormimos pesadamente até o dia seguinte.

Acordamos com o sol alto. Fiquei de pé num pulo, achando que tinham nos esquecido. Passava da uma da tarde e ninguém viera nos buscar como prometido. Õrash também se levantou, tomamos mais chá e comemos o restante do que sobrara. Então abrimos as malas e começamos a vestir as roupas como Mahmud recomendara. Ao final, ficamos zombando um do outro enquanto nos movimentávamos como astronautas.

— A Terra é azul, a Terra é azul — dizia Õrash, imitando Gagarin, o primeiro ser humano a ir para o espaço.

— Ainda bem que estão de bom humor — ouvimos Mahmud dizer

lá de fora, batendo na porta de madeira rústica.

O sono havia refeito nossas forças e restaurado as energias. Nem parecíamos fugitivos prestes a embarcar numa aventura temerária através da trilha gelada. Só que Mahmud jogou um balde de água fria nas nossas expectativas.

— Houve uma mudança nos planos e teremos que pegar os cavalos em outro local — explicou, para logo acrescentar: — Vocês vão sair de noite, para não levantar suspeitas.

Ele colocou nossas malas vazias no porta-malas e mandou que entrássemos no carro. Ficamos dando voltas pelas ruas menos movimentadas da cidade, rindo de mais piadas para levantar nosso moral e, em determinado ponto, estacionamos.

— Podem descer e esperem. Assim que escurecer, daqui a duas horas, virão buscá-los. — Com essas palavras reconfortantes, despediu-se de nós e acrescentou: — Lembrem-se: o coelho foi um sinal. Tudo vai correr bem. Vocês não têm com o que se preocupar. — Ele esticou a mão gorducha e, com uma piscadela, disse: — Não vão se meter em encrencas, hein?

Ficamos ali vendo o carro desaparecer no horizonte e torcendo para que não nos abandonassem. Apesar do esforço dele para nos transmitir segurança e otimismo, nada impediria que Mahmud tivesse embolsado o dinheiro e nos enganado, deixando-nos ali nas mãos do destino. Poderia muito bem estar rumando à delegacia para nos denunciar como foragidos. Embora tivesse feito de tudo para ganhar nossa simpatia, aquela idéia maluca fixou-se na minha cabeça com obsessão e tínhamos longas horas de espera. Nisso, vimos adiante um movimento intenso e resolvemos caminhar até lá. Era um cemitério onde realizavam vários enterros simultâneos. Havia guardas, militares e famílias despedindo-se dos seus. Sugeri que nos misturássemos para passar incógnitos no meio de tanta gente. Com dificuldade, devido às diversas camadas de roupa, nos ajoelhamos diante da cova de um soldado recém-sepultado ainda sem a lápide. Lembrei-me de Behruz e fiz algumas orações, na esperança de que fosse perdoado de meus pecados que iam somando-se uns aos outros, como as montanhas da cordilheira. Por volta das oito da noite retornamos ao ponto de encontro e aguardamos o guia. A fome bateu, mas não era possível arredar o pé sob o risco de perdermos o contato de uma vez por todas. Quando faltavam quinze minutos para as nove horas, escutei passos seguidos de um chamado.

— Jafar? Kãzem? — olhei ao meu redor para ver se tinha alguém por perto quando me lembrei de que aqueles eram nossos nomes falsos.

Tive que me conter para não pular de alegria diante do rapaz que segurava um embrulho nas mãos. Pelo acento, deu para perceber que se tratava de um curdo com seu traje característico, calças largas apertadas no tornozelo e o típico lenço xadrez envolto no topo da cabeça que tantas vezes vira retratado nos livros de história.

— Vocês devem estar famintos — ele pareceu dizer, estendendo para nós dois pães com carne de carneiro.

Senti vontade de beijar o homem que naquele momento representava a concretização do nosso projeto de sobrevivência. Não ficaríamos largados em Orumiê, nem seríamos recolhidos a uma cela de prisão. Por intermédio dele, cortaríamos as montanhas rumo à liberdade. Era nisso que pensava quando notei que ele não trazia os cavalos prometidos, enquanto se esforçava para explicar em farsi, misturando palavras do seu próprio idioma, que seria preciso cobrir um pedaço a pé até o lugarejo onde os animais estariam à nossa espera.

— Faz menos barulho e não desperta curiosidade — disse.

Olhei desanimado para Õrash, que tentava controlar a tensão diante daquele imprevisto. Depois sacudiu os ombros. Sabia que não havia nada a fazer salvo seguir nosso guia. Só não imaginávamos que levaríamos quatro horas sob uma temperatura abaixo de zero.

— Vocês passarão a noite num vilarejo e de lá, quando escurecer de novo, continuaremos a cavalo até a fronteira — explicou, sempre com seu linguajar esquisito e forte sotaque curdo.

Sem esperar resposta, ele se pôs em marcha. Aos poucos, as luzes da cidade foram diminuindo até virarem estrelas espalhadas pelo chão. Nesse momento senti um arrepio. Não dava para voltar atrás. Conforme íamos montanha acima, o frio aumentava e eu me encolhia dentro dos casacos colocados um sobre o outro. Mesmo assim o ar gelado entrando pelo nariz não deixava o corpo inteiramente aquecido. O cansaço também nos pegou mais cedo do que supúnhamos, mas o guia nos impedia de fazer pausas.

— Parar é pior. Vamos caminhando que logo, logo chegaremos lá.

Não tenho idéia de quanto tempo andamos pela neve, que ia ficando mais fofa à medida que subíamos. Os passos foram se tornando lentos e pesados com o gelo que se formava na sola dos calçados. Em determinado momento, eu não conseguia mais sentir os pés. O guia ia à frente tranqüilo e não parecia notar o frio. Ele tinha a segurança de quem fazia aquele itinerário todos os dias e conhecia cada palmo de onde pisávamos. Eu me sentei numa rocha e, com uma faca, tentei sem sucesso raspar o gelo grudado na borracha. Acabei trocando as botas pelo par de tênis que trazia na sacola. Não adiantou. Dali a momentos, uma fraqueza incontrolável bambeou minhas pernas, incapazes de me sustentar.

— Falta muito? — indaguei como fazia quando criança nas viagens com Agho Jun. Em lugar de responder, ele só fez um movimento indecifrável com a cabeça.

— Estou com sede — Õrash reclamou.

O guia nos deu um gole de chá quente e por uns minutos recuperamos o ânimo. Eu olhava à minha volta e mal distinguia o perfil das montanhas que se uniam às nuvens acinzentadas. Recordei-me de tudo o que lera sobre os golpes traiçoeiros da cordilheira e senti uma moleza fora do comum. O mesmo pareceu ter acontecido com Õrash, pois ele sentou-se no chão e disse que não conseguiria mais continuar.

— Falta pouco — o guia retrucou.

— Quanto tempo? — eu quis saber. — Seja honesto conosco, por favor.

Ele pareceu refletir e então respondeu que tínhamos pelo menos uma hora de caminhada.

— Não vou agüentar — disse Õrash.

— Eu também não — emendei.

O rapaz olhou para nós. Pela primeira vez parecia perdido e soltou um suspiro fundo que se condensou no ar gelado. Levou uma das mãos à testa como se raciocinasse e então sugeriu que ficássemos naquele ponto aguardando. Prometeu que retornaria com os cavalos o mais rápido possível.

De novo, não tínhamos escolha. Era confiar nas palavras do homem e torcer para que ele as honrasse. Acomodamo-nos sobre duas pedras das quais retiramos o excesso de neve e começamos uma espera que parecia não ter fim. Constatei como o tempo é relativo. Ele voava quando estava ao lado de Zibã, mas esticava feito elástico na prisão e na temporada em Shiraz, sem trabalho nem lazer.

A imagem da minha terra natal me sufocou. Lembrei-me do abgushte kalle fumegante que meu pai comprava cedinho para o café-da-manhã. O caldo grosso e esverdeado cozido com as partes menos nobres do carneiro, como cabeça, patas e entranhas, sustentava um homem por longas horas. Senti um vazio do tamanho da imensidão que nos cercava. Mas não era hora para arrependimentos nem nostalgias. Precisávamos lutar contra o frio que desdenhava das nossas roupas espessas. Os minutos transcorriam lentos como a areia de uma ampulheta entupida. A situação já seria suficientemente pavorosa sem os uivos que pareciam nos rondar. Só faltava sermos devorados pelos lobos famintos!

— Estou congelando... — Õrash disse. — Esse sujeito nunca mais vem nos buscar, acho melhor a gente voltar para a cidade.

— Ficou maluco? Sabe quantas horas caminhamos?

Ele apontou com o dedo as luzinhas que brilhavam lá no fundo.

— Não é tão distante, se formos agora nós conseguiremos — falou, levantando-se.

Também fiquei de pé e o agarrei pelo braço.

— Nem pense nisso. Elas parecem perto como uma miragem no deserto. — Tornei a sentar-me, o simples esforço de falar me deixara zonzo. — A cidade está muito, muito mais longe do que você imagina.

Vai cair no meio da estrada e morrer congelado.

— Nós vamos morrer de qualquer jeito. O guia nos abandonou.

— Como tem tanta certeza?

— Por que voltaria? Já embolsou o dinheiro e não temos ninguém a quem reclamar.

No breu da noite, os uivos tornaram-se mais próximos, cortando nosso diálogo.

— Ainda bem que Mahmud garantiu que tudo correria dentro do planejado... — eu disse em tom de deboche. — "O coelho foi um sinal, não têm com o que se preocupar..." — lembrei-me em voz alta.

— Se quiser, fique... Eu vou tentar... — e Õrash de novo começou a se mover. Eu não sabia como detê-lo, mas tinha a certeza de que, se partisse, morreria antes de alcançar Orumiê. Tentei concentrar-me como fazia nas partidas de xadrez. Controle das emoções e raciocínio ágil, sangue-frio e equilíbrio. Você tem que fazer as opções certas. Você tem que se superar. Um passo em falso e seu rei está morto! Fechei os olhos invocando a ajuda de Khoda. Quando abri, observei meu amigo sumindo na virada de um atalho até desaparecer por completo do meu campo de visão. Cerrei as pálpebras esperando pela morte, apenas pedindo que ela fosse rápida e indolor.

Tive a nítida impressão de ouvir a voz de Bãbak. "Você precisa de um facho que te ilumine." Ao som dessas palavras, uma idéia zuniu na minha cabeça.

— Você tem fósforos? — gritei a Õrash, na esperança de que pudesse me escutar.

— O quê? — ele respondeu lá adiante.

— Fósforos, qualquer coisa que acenda... — insisti.

Õrash veio voltando a passos lentos e, remexendo os bolsos, me estendeu um isqueiro. "Um bom zoroastra traz sempre uma pequena chama consigo", pensei em dizer, mas preferi me calar. Ele apenas me olhava de um jeito incrédulo. Era minha última chance de convencê-lo a ficar. Se não tivesse êxito, perderia meu amigo e a mim mesmo, pois sozinho tampouco sobreviveria. "Bãbak, se você ainda estiver por aqui, por favor, me ajude", rezei baixinho. Ali, no espaço infinito.

DAVID BUTOW/CORBIS SABA – LATINSTOCK

PASTOR CURDO

Eles debruçavam-se sobre nós sem se dar conta de que possuíam uma aura cintilante como a luz do sol, uma aura que apenas eu enxergava. Nesse momento agradeci a Khoda e maldisse os tiranos que perseguiam este povo sofrido e sábio, que eu aprenderia a admirar e respeitar pelo resto da vida.

XXII

Com as mãos enrijecidas pelo frio, fui tirando devagar uma das camadas de roupa que vestira. Em seguida ateei fogo ao montinho formado pela calça, pela blusa de lã e por um par de meias. Sem as luvas, nos aproximamos da fogueira que reaqueceu nossas esperanças. Quando ela estava prestes a se apagar, foi a vez de Õrash dar seu quinhão e o fogo tornou a crepitar, lançando faíscas que morriam ao tocar a neve do chão. No desespero, nem lembramos da cilada que criávamos para nós mesmos, transformando-nos em iscas com aquele foco de luz no meio da brancura.

Animados com o resultado, fomos queimando peça por peça até ficarmos apenas com uma calça de lã e uma blusa grossa. O restante, incluindo gorros e até a sacola com nossos poucos pertences arderam no fogo que tudo consumia com uma voracidade inacreditável. Ao cabo de alguns minutos, estávamos mais enregelados do que antes.

— Droga! — disse, quando a fogueira apagou-se por completo. — Que bela idéia a minha!

Com os braços em volta do corpo, na vã tentativa de manter-se aquecido, Õrash não reclamou.

— Relaxa, Kurosh... Não íamos escapar mesmo...

— Por quê? — eu estava à beira do desespero. — Por que temos que acabar assim?

Ele não respondeu, mas, no silêncio que se fez, pude ler seus pensamentos. Com a cabeça confusa, desandei a tremer de frio e de pavor. Os lobos uivaram cada vez mais perto e uma raiva incontida tomou conta de mim.

— Malditos curdos!

— Economize as energias, não vale a pena...

Meu ódio foi crescendo.

— Como pude ser tão ingênuo? — meus lábios estavam rachados de frio, mas ainda serviam para proferir impropérios.

— Os curdos são uns porcos!

— Não diga isso — Õrash interveio, chocado com minha agressividade.

— Bem feito para eles. Vão passar a eternidade como nômades sem pátria!

— Deixe os curdos para lá — ele falou. — Eu já senti na pele o que significa ser perseguido...

Assim nos calamos, cada qual submerso em pensamentos lúgubres. O tempo continuava a escoar enquanto o frio nos envolvia como uma mortalha. Não sentia mais as pernas, nem as mãos. Os pés viraram pedras de gelo dentro do tênis.

— Você pretendia mesmo ir para o Rio de Janeiro? — Õrash perguntou com um fiapo de voz.

— Que diferença faz agora? — respondi ao mesmo tempo em que recordava a alegria dos trópicos e da inexistência de pecado do lado de baixo do Equador. O Paraíso perdido, jamais alcançado...

Já estava quase adormecido, quando de novo Õrash me chamou.

— Sabe de uma coisa engraçada?

— Hummm?...

— Hoje faço 22 anos... — Ele tentava parecer irônico, mas sua voz carregava uma indisfarçável melancolia.

Com amargura, lembrei-me da ave migratória a que Bãbak me comparou. O albatroz pode ultrapassar meio século de idade, enquanto nós não alcançaríamos metade da vida dele. Seu corpo robusto, de cauda curta e asas estreitas com três metros e meio de envergadura, são próprias para planar. Dizem que passa a maior parte do tempo nos ares e dorme em pleno vôo... Eu, um albatroz?! Estava mais para um cão sem dono que não tinha sequer pulmões para grunhir. Não consegui dizer nada. Um torpor agradável foi tomando conta do meu corpo, subindo lentamente até o cérebro. Se aquilo significava um xeque-mate, então ele seria muito bem-vindo. Enxadrista derrotado, preparei-me para abraçar a morte como os soldados das frentes de batalha, como Behruz deve ter acolhido a dele, aventurando-se de coração puro e peito aberto no campo minado. Prestes a desaparecer nas redobras do inconsciente, esbocei uma última frase.

— Feliz aniversário, Õrash... — e mergulhei nas brumas de um vácuo úmido como o ventre da mulher amada. Zibã, minha princesa zoroastra.

A próxima coisa que vi foi uma luz. Não uma luz comum, e sim um círculo amarelado. Ela se aproximou de mim com cautela.

— Bãbak, é você?

Nenhuma resposta.

— Estou morto?

Silêncio.

— Cadê as 72 virgens prometidas?

Uma gargalhada ressoou pelos arredores. E a voz de Bãbak se fez presente.

— As virgens são para os mártires, seu idiota! E você está a léguas de ser um herói...

Foi quando escutei um chamado a princípio estranho.

— Jafar! Kãzem!

— Kãzem! Jafar!

A voz tornou-se mais perceptível e, num susto, lembrei-me de novo dos nossos nomes fictícios. A luz começou a tremular e dentro dela, por uma espécie de aura, revi o rosto do nosso guia curdo. Nenhuma imagem jamais me pareceu tão bela. Para meu alívio, a morte e Bãbak recuaram como águas de uma maré vazante. Eu me deixei carregar para o lombo de um dos cavalos do qual retiraram a sela para que o contato direto com o corpo do animal ajudasse a me aquecer.

Trotamos devagar e, dali a meia hora, alcançamos uma pequena aldeia curda, onde um grupo nos aguardava em um casebre. Eram homens, velhos na sua maioria, sentados de pernas cruzadas sobre tapetes. Compartilhavam chá preto. Deitei enquanto eles massageavam minhas mãos e pés com um óleo misturado a algum tipo de vegetal. Fiquei perto do fogão, mantido com esterco de cavalo cujo cheiro enjoativo impregnava o ambiente. Do centro da roda, observei que não havia um único móvel no cômodo, tão rústico quanto os rostos dos meus benfeitores. Eles tinham a pele e os olhos claros, narizes grandes e cabelos ruivos.

Pelas suas mãos calejadas, eu renasci. Uma quentura aconchegante, como o colo da minha mãe, foi tomando conta de mim. Eu queria chorar de felicidade e gratidão. Eles debruçavam-se sobre nós sem se dar conta de que possuíam uma aura cintilante como a luz do sol, uma aura que apenas eu enxergava. Nesse momento agradeci a Khoda e maldisse os tiranos que perseguiam este povo sofrido e sábio, que eu aprenderia a admirar e respeitar pelo resto da vida.

Enrolados em mantas felpudas e parcialmente recuperados, Õrash e eu nos sentamos para também tomar o chá em xícaras de vidro translúcido com o fundo e a boca do mesmo diâmetro, afinadas ao meio feito cintura de mulher. Depois de várias doses, delicadamente para não ofender nossos anfitriões, tentamos pedir que parassem de nos servir, mas eles não davam mostras de compreender e continuavam enchendo nossas xícaras. Só depois descobrimos, entre risadas, que para interromper aquele ritual era preciso virá-las de boca para baixo sobre o pires.

Por motivo de segurança, não poderíamos dormir dentro da casa, pois os guardas da fronteira fariam vistorias logo cedo. Abriram um buraco no feno ao ar livre, puseram um colchão e cobertas grossas e disseram que dormiríamos ali. Quando estávamos para pegar no sono, trouxeram, em vasilhames de barro, arroz e frango, que comemos com as mãos. Terminamos lambendo os dedos e não me recordo de ter experimentado nada tão saboroso, que minha mãe me perdoe. Alimentados e aquecidos, Õrash e eu dormimos até a tarde.

— Onde estamos? — foi a pergunta que ouvi com um cutucão do meu amigo.

Abri os olhos e busquei vestígios de lembranças, mas tudo o que conseguia ver era a aura dos curdos.

— Como pude ser tão imbecil? — perguntei de supetão.

— Sobre o que está falando? — Õrash indagou, empurrando as cobertas.

— Das minhas reclamações contra esta gente — respondi. — Como fui fazer julgamentos tão apressados e injustos?

Õrash soltou um suspiro e levantou-se.

— Nós estávamos à beira da morte, não conseguíamos raciocinar direito...

— Mas isso não me deixa menos envergonhado... — respondi, constrangido pelas minhas imprecações na noite anterior contra aquela boa gente que salvara nossas vidas.

Meu amigo ia dizer qualquer coisa, mas passos em nossa direção o fizeram calar-se. Era nosso guia vindo nos chamar para comer queijo de cabra com chá preto. Ele disse que tivéramos muita sorte. Se não fôssemos jovens e saudáveis, teríamos morrido vítimas da hipotermia.

Dali em diante, viajamos sempre ao escurecer para não sermos vistos, parando durante o dia para dormir em locais predeterminados. O grupo foi aumentando. Na terceira noite já éramos quatro fugitivos, com três guias que se encarregavam dos alimentos e do chá. Como não havia cavalos para todos, revezávamos nas garupas e, de tempos em tempos, os curdos seguiam a pé para poupar os animais. Era surpreendente a resistência deles, galgando grandes altitudes com dois homens no dorso.

Na quarta noite, quando já havíamos coberto um bom trecho, encontramos outros iranianos em fuga e nos juntamos a eles. Agora éramos

14 manchas escuras movendo-se na palidez da cordilheira. Atravessamos um riacho subterrâneo coberto de uma fina camada de gelo e escutamos o som cristalino da água passando por debaixo dele. Já havíamos nos acostumado à neve, ao frio intenso e a trocar o dia pela noite. Mais confiantes e descontraídos, às vezes chegávamos a rir de algumas situações engraçadas, mas nunca conseguíamos relaxar para valer. Continuamos alertas e, sob aquela tensão, qualquer ruído diferente fazia-nos lembrar de que poderíamos ser capturados pelas patrulhas da fronteira.

Sob a cadência do passo dos animais, de vez em quando eu caía numa lassidão esquisita como se estivesse sonhando acordado. O silêncio, cortado apenas pelo assovio do vento, me dava a sensação de que não era eu que estava ali. Em momentos breves de delírio, eu enxergava cores e pontos movendo-se na opacidade da neve que se fundia com o céu. Era difícil manter a lucidez em um cenário de tal magnitude.

Sem hesitação nem dúvidas, os curdos cumpriam uma rota definida. Ao pararmos nos vilarejos, encontrávamos tudo já organizado. Fazíamos a troca dos cavalos e nos casebres humildes ofereciam-nos abrigo e alimento, que consistia no queijo branco tradicional, misturado com legumes e servido com pão fino e redondo. Cada guia parecia exatamente com o outro, da maneira truncada de falar o farsi à vestimenta de calças largas presas com elástico no tornozelo e ao lenço típico. Descobri que eram bastante politizados e, contrários ao regime dos aiatolás, arriscavam suas vidas não pelos minguados tomans pagos a eles, mas por acreditarem na nossa ânsia de liberdade. Isso deduzi das conversas esparsas que mantivemos, pois eles eram de poucas palavras, embora sempre dispostos a dar informações sobre a região e sobre os roedores que víamos saindo das tocas em busca de alimento.

Confesso que começava até a me divertir com a nossa aventura bem-sucedida, quando despontaram dores terríveis nas costas, de tanto cavalgar. O atrito constante com a sela macerava a base da coluna e deixava minhas nádegas em chagas. Quando a dor ficava insuportável, por sugestão do guia, eu me jogava na neve para anestesiar o local. Deitado no gelo, no meu íntimo cheguei a desejar que me abandonassem, para dormir e nunca mais acordar. De dia, enrolado nas mantas e enfiado como bicho no meio do feno, eu revivia o pesadelo de ser enterrado vivo no esconderijo dos livros debaixo da cama no quarto da minha irmã. Ao acordar para outra cavalgada noturna, tinha a ilusão de avistar albatrozes com suas asas rígidas e potentes, ideais para cobrir longas distâncias. Por que eu não podia me tornar um deles e atravessar a cordilheira riscando os céus?

Olhava quase com raiva para Õrash, que não se queixava e seguia firme e ereto. Nas minhas alucinações intermitentes, eu cheguei a temer que ele fosse um centauro, e não um cavaleiro montado como todos nós. Também achei que seríamos devorados pelos lobos esfomeados, que nos cercavam em uma depressão das montanhas bloqueando as possíveis rotas de escape. Via-os mordendo as patas dos cavalos para nos fazer cair e estraçalhar um por um a dentadas. Na torrente dos meus pensamentos em desatino, o sangue conspurcava a insipidez da neve, tingindo de vermelho as encostas do Albroz para suas feras quebrarem o jejum imposto pelo inverno rigoroso. Mutilados e eviscerados como no meu pesadelo com o Sepahe Pasdaran, os corpos espalhavam-se pela superfície alva, assumindo formas que, de longe, pareciam um tapete persa. Será que o pelotão de Behruz que voou pelos ares evocava um desenho similar?

Os lobos, de fato, uivavam noite adentro, amedrontando todos, menos os curdos, que não davam a mínima para aquele som familiar. A única providência que tomavam, sem alarde, era ameaçá-los com um pau quando eles se aproximavam a menos de cem metros. Apesar do horror que a alcatéia provocava, nutrindo ainda mais o medo naquelas condições adversas, nunca fomos atacados. No controle seguro de tudo e de todos, os guias jamais demonstravam qualquer espécie de fadiga, dominando com maestria o seu meio, onde céu e terra fundiam-se no horizonte leitoso.

O território turco, pelos nossos cálculos, estava a duas ou três noites de cavalgada. Sempre que indagados sobre a distância até lá, os curdos respondiam com um "logo ali". E seguíamos adiante, sem saber onde realmente estava aquela linha imaginária que representava a nossa liberdade.

Uma noite, finalmente, ao descermos um vale, o guia gritou que à nossa frente estava a fronteira Irã–Turquia. Mal podíamos acreditar. Como num passe de mágica, todo o cansaço desapareceu. Fomos tomados por uma euforia generalizada, mas cada qual reagiu de maneira diferente à notícia. Alguns ajoelharam-se na neve e, voltados para o leste oraram ao Deus em nome do qual foram expulsos da sua pátria pelos fundamentalistas islâmicos. Outros choravam de felicidade, batiam palmas e cantavam melodias da infância.

Õrash parou perplexo, enquanto eu apenas mirava as estrelas no céu, sem saber o que pensar ou o que fazer. No minuto seguinte, fui apanhado por uma sensação de abandono como nunca experimentara. Tomei consciência de que, em instantes, estaria deixando o solo em que havia nascido e me criado. A terra dos meus antepassados, do majestoso reino da Pérsia, dos sábios e dos visionários. Mas também a nação dos intolerantes, dos fanáticos e dos loucos como Behruz. Embora tivesse sobrevivido à prisão, aos maus-tratos, ao tédio, ao Sepahe Pasdaran e ao frio do inverno montanhês, algo me impedia de compartilhar com sinceridade a alegria do grupo. Porque eu sabia que, no percurso de uma vida, às vezes a gente tem que morrer para renascer. A natureza ensina que as folhas e flores surgem após um longo intervalo de hibernação, quando tudo parece ter perdido o brilho e o frescor. Da mesma forma, ali, na brancura inóspita do Albroz, eu assistia ao meu próprio funeral. Naquele ponto perdido do universo, Kurosh Majidi enterrava sua alma para assumir a personalidade de Jafar.

Imbuído desse espírito, pisei, junto com Õrash, ou melhor, Kãzem, o vilarejo turco chamado Van para receber passagens de ônibus em direção a Istambul, onde entregariam nossos passaportes e os bilhetes aéreos. Não era seguro telefonar para casa dali, um local visado justo por representar um ponto de chegada de fugitivos da lei e desertores.

O trajeto rodoviário levaria mais de trinta horas e representava uma perigosa etapa. Por isso escolhemos poltronas nos fundos e permanecemos a bordo mesmo nas esparsas paradas. Pessoas entravam e saíam, sendo que em uma das vezes subiram soldados do exército turco para verificar os documentos dos passageiros. Enrolados nos nossos casacos, Kãzem e eu fingimos dormir e escapamos do controle.

A chegada a Istambul foi uma festa. Embriagados, meus olhos passeavam de um lado para o outro, incapazes de absorver tanta novidade. A maior delas eram os cabelos. Longos, curtos ou cortados na altura do queixo. Lisos, encaracolados, pretos e loiros, dançavam como as vestes diáfanas das virgens prometidas. Aqui a brisa suave revelava uma nuca, ali um gesto da cabeça descobria os ombros, mais adiante, escorridos pelo pescoço, realçavam as feições feito um vestido do mais rico brocado. Dei-me conta de que há anos não via cabelos femininos livres dos lenços e dos véus em locais públicos. Agora, naquela cidade, eles esvoaçavam pelas ruas sem o menor pudor, emoldurando as mulheres que passavam indiferentes ao seu poder de encanto e sedução.

Apesar das horas gastas dentro do ônibus, em vez de irmos direto para o hotel, preferimos encontrar um lugar onde pudéssemos tomar uma cerveja. Zonzo de sono, ao primeiro gole sobreveio o gostinho de um passado remoto, anterior à revolução, quando aos 17 anos eu experimentara pela primeira vez aquela mistura de cevada e álcool. Duas baratas tontas, viramos a noite feito crianças deslumbradas numa loja de brinquedos. Como se fosse possível, ingenuamente tentávamos recuperar em horas o tempo perdido e a juventude roubada.

Esgotadas as últimas forças e derrubados pelo cansaço, fomos fechar a conta para tentar achar nosso contato, na verdade um intermediário que nos levaria à pessoa encarregada de nos ajudar a sair da Turquia. Na hora de pagar, a surpresa desagradável:

— Estes dólares são falsos — disse o garçom em turco, língua da qual havíamos aprendido poucas palavras numa espécie de manual de sobrevivência.

Logo de início não compreendemos. Então, ele ensaiou em inglês.

— *This dollars no good.*

Fiz um esforço imenso para recordar as lições aprendidas durante as aulas nos tempos do Xá, mas antes de articular uma frase, Õrash indagou:

— *What do you mean?*

O garçom continuou repetindo.

— *No good. Money no good...* — e nos mostrou uma das notas de vinte contra a luz que pendia do teto. — *Bad, very bad...*

Num susto, percebi que de fato, examinada assim, parecia só um impresso malfeito, mas como tinha pouca familiaridade com o dinheiro norte-americano, fiquei em dúvida. Puxei da cinta que levava presa sob o cós da calça uma nova nota de dez, com o mesmo resultado.

— *This money no good too* — ele repetiu, dando mostras de irritação.

Os outros iranianos do grupo nada traziam consigo a não ser tomans, pois esperavam uma remessa bancária para aquela semana. Caberia a Õrash e a mim sustentar todos até a chegada do dinheiro deles. No nosso caso, a operação era complicada, pois envolvia o amigo de um parente do tio de Õrash que trabalhava na alfândega. Por meio dele, receberíamos determinada quantia, além das passagens e outros papéis necessários à viagem para o exterior. A situação parecia se complicar e a última coisa de que precisávamos era uma ida à delegacia por tráfico de moeda falsa ou falta de fundos para pagar uma rodada de cervejas. Ninguém acreditaria na nossa inocência e seríamos condenados à morte! Tanto trabalho por nada... Tínhamos sobrevivido às milícias iranianas para apodrecer numa cela imunda na suntuosa capital do império otomano. Uma cruel ironia pela qual eu não esperava.

As imagens da nossa prisão em flagrante já me assombravam, eu caminhava para a forca diante do carrasco encapuzado como nos velhos filmes da era do Xá, quando um ajudante de garçom, saído de trás do balcão nos perguntou, em farsi perfeito, se éramos iranianos. Depois dos cabelos soltos das mulheres, aquela foi a melhor visão que tive em solo turco. Ele se apresentou como Parviz, justo o nome do meu ex-futuro cunhado, o noivo de Farzane morto na frente de batalha na guerra contra o Iraque. Aquilo era uma coincidência, um sinal de que tudo daria certo como na ocasião em que atropelamos o coelho no meio da estrada. Parviz havia fugido do país há dois anos, tão logo fora convocado. Como eu, era um desertor e trabalhava clandestinamente juntando fundos para comprar passagem para a Europa.

— Meu sonho é conhecer Paris — ele confessou, com os olhos brilhando no rosto de pele escura. Tinha nascido em um vilarejo a leste de Shiraz e contíguo a Bam, o maior conjunto em adobe do mundo, agora às moscas por causa da revolução, que afugentara os visitantes. Ele não conseguia se sustentar como guia turístico e a convocação fora a gota d'água. Fugira com a roupa do corpo e agora juntava dinheiro para realizar o sonho de estudar na Sorbonne e freqüentar a Rive Gauche.

Parviz era um rapaz culto, entendia de filosofia e ficou discorrendo sobre Sartre e o existencialismo, ao mesmo tempo em que nos confidenciou que, apesar de tudo, não passava um mísero dia sem sentir saudades da terra natal. Embora bêbados de sono, selamos com ele uma amizade que, naquela altura, faria toda a diferença. Tínhamos escutado as piores coisas sobre as prisões turcas, autênticas masmorras da Idade Média, e diziam que perto delas as do nosso país pareciam hotéis cinco estrelas.

— Acerto essa conta e, quando puderem, vocês me pagam de volta.

Eu queria beijar a mão do nosso conterrâneo. Fomos embora fazendo todos os salamaleques que conhecíamos. A exaustão, junto com a cerveja à qual não estava acostumado, somada ao deslumbramento diante dos costumes ocidentalizados de Istambul, me derrubaram desmaiado na cama do hotel, cujo endereço havia trazido de Shiraz. Só fui acordar no dia seguinte, com Ōrash me cutucando através das cobertas.

— Sabe que horas são? — ele perguntou.

Tentei me sentar, mas as dores das costas retornaram com violência. As dez noites cavalgando pelas montanhas haviam acabado com minha coluna.

— Droga! — reclamei, recordando o aperto da noite anterior.

— Você está se referindo à dor ou ao dinheiro?

— Aos dois — respondi desanimado.

— Prepare-se para o pior. Passei em revista todas nossas notas e nenhuma delas é verdadeira.

— Impossível! Então enganaram meu pai e seu tio? — e uma revolta se misturou à saudade de casa. Lembrei-me da expressão de felicidade de Agho Jun ao me dar os dólares que ele comprara com o trabalho suado no bazar e não pude reprimir um palavrão.

— Calma — Õrash retorquiu. — Vamos dar um jeito nisso.

— Como?

— Vou falar com o nosso contato. Ele ligou hoje cedo.

— E daí?

— Conto a ele sobre o problema e ele nos empresta algum dinheiro.

— Não faça isso! — alertei. — Se souberem que estamos nessa situação nos abandonam e ainda nos denunciam à polícia. — Fiz uma pausa, imaginando os horrores de uma cela em plena Istambul, para concluir: — E você sabe como são as prisões turcas...

— Largue de bobagem — Õrash respondeu. — Ele deve conhecer o amigo do parente do meu tio e não nos deixaria na mão.

— Tudo bem, vamos arriscar... Mesmo porque, não temos alternativa...

Lutando contra as dores e a decepção, vesti-me para procurarmos nosso contato. Sem ele seríamos dois náufragos boiando no oceano. Sentamos por alguns momentos diante da televisão que transmitia uma série de programas proibidos no Irã. Eu não conseguia entender o que diziam, mas as imagens falavam por si. Permanecemos ali, seduzidos, mudando os canais que mostravam novelas, noticiários, programas de auditório e filmes em vez dos rostos dos sisudos aiatolás pregando, fazendo sermões ou lendo versículos do Alcorão. Antes de conseguirmos sair do quarto, o telefone tocou. Era a pessoa que viria nos buscar para acertarmos os passos seguintes.

Descemos a pé os três andares do hotelzinho, pois o elevador estava quebrado. Na portaria, um homem gordo nos aguardava. Vestia-se como um ocidental e nos cumprimentou num farsi misturado a turco.

Entramos no carro dele que, com a mão direto na buzina, foi cortando ruelas e avenidas sem respeitar semáforos nem pedestres. Trocava olhares cúmplices com Õrash. Estávamos nos sentindo em casa. Só que, em meio aos minaretes das mesquitas, havia cartazes e anúncios luminosos mostravam mulheres de pernas de fora, cabelos, ah, cabelos livres e soltos, além de muitas palavras em inglês, como no Irã na época do Xá. Notei que as moças deixavam as pernas à mostra, algumas com saias acima dos joelhos, vestiam blusas decotadas e sapatos de salto alto. Aquilo não era Copacabana, mas já dava uma amostra do que nos aguardava...

ATLANTIDE PHOTOTRAVEL/CORBIS – LATINSTOCK – ISTAMBUL

PARTE VI

O vôo do albatroz

RECHITAN SORIN/DREAMSTIME

CENA DE ISTAMBUL

A mítica Constantinopla, centro do vasto império bizantino, conquistada pelos otomanos em 1453, excitava minha imaginação. Capital de três reinados, Istamb escondia testemunhos das diferentes culturas da sua história. Eu não estava disposto a perdê-las por um medo irracional da polícia.

XXIII

Quarenta minutos depois estacionamos no que parecia um shopping center. Tomamos um elevador luxuoso até o terceiro andar e entramos em um escritório onde uma secretária de vestido colado ao corpo pediu para aguardarmos junto a outros dois jovens que folheavam revistas. Estavam na mesma posição que nós, mas evitaram puxar conversa. Õrash e eu não perdíamos um detalhe, registrando tudo na memória. Os odores também eram diferentes, e, em vez do chá preto, velho conhecido, serviam café turco, não-coado.

— Vão se acostumando — recomendou nosso contato. — Aqui é assim que se faz.

Fomos recebidos por um iraniano bem-vestido, de terno e gravata que, viria a saber depois, comandava o esquema de fuga. Ele conseguia passaportes falsificados já com visto para os países escolhidos. Expusemos nosso problema dos dólares, mas ele não pareceu surpreso. Tive a impressão de que o golpe era mais comum do que imaginava. Ao final disse.

— Podem escolher para onde ir e mostrou uma lista de países dispostos a acolher exilados políticos como a Holanda e a Dinamarca. — Para os Estados Unidos levaria até sete meses de espera — ele arrumou a gravata e continuou: — Além disso, sai mais caro.

— Quanto? — perguntou Õrash.

— Cerca de dez mil dólares.

Meu amigo soltou um assovio.

— Já para os demais países, por cerca de seis mil dólares fechamos negócio.

— Eu vou para o Canadá — falei. Para mim, desde o início de tudo, quanto mais longe, melhor. O Velho Continente ficava muito perto para o meu gosto, bem ali, no outro lado do estreito de Bósforo. Bastava atravessar uma das duas pontes que separam o lado asiático do lado europeu de Istambul. Não me atrevi a mencionar o Rio de Janeiro. Copacabana era uma idéia que precisava amadurecer antes que eu pudesse encarar suas praias maravilhosas com boa música, lindas mulheres e alegria em profusão. Além do mais, o Brasil não constava da lista das nações que aceitavam exilados políticos.

O homem pediu fotos para os documentos e nos deu algumas liras turcas, a moeda local, até nossos parentes enviarem a quantia necessária para uma conta anotada à mão num bloco de papel.

— Procurem não sair do hotel — recomendou. — Lá dentro eu custeio vocês até o dinheiro chegar.

De acordo com ele, a operação toda não levaria mais do que três dias. Saímos agradecidos e, ao fecharmos a porta, ele avisou:

— Não se metam em encrencas! E não dêem ouvidos a estranhos!

Aquela foi a primeira recomedação quebrada, seguida de algumas outras. Como fomos deixados no próprio shopping pelo contato que nos deu instruções precisas para retornar ao hotel, começamos a perambular pela cidade, admirando as vitrines coloridas. No caminho, acabamos conhecendo duas irmãs, que se dispuseram a nos mostrar a face jovem de Istambul. Falávamos num inglês truncado, mas conseguíamos nos entender. Com elas passeamos, fomos ao cinema e tomamos cerveja até a última lira que havíamos recebido. No final, tivemos que retornar a pé para o hotel, aonde chegamos no meio da madrugada, rezando para não sermos parados por algum carro de polícia. Éramos ilegais ali e, para agravar, portávamos carteiras de identidade falsas.

A partir daquele dia, procuramos seguir os conselhos recebidos. Aproveitei e telefonei para Agho Jun, no número seguro. Não tinham notícias nossas desde a partida e pela voz da minha irmã notei como estavam preocupados.

— Agora podem relaxar, o pior já passou, tudo vai dar certo — eu repetia as palavras do motorista e do curdo, tentando soar convincente.

— Tenha juízo e nunca se arrependa do que fez. — O tom dela disparou um alarme dentro de mim.

— Por que você está dizendo isso? — indaguei apavorado. — Aconteceu alguma coisa que eu deva saber? Farzane melhorou? Seu filho nasceu?

Narges parou de falar, despertando maus pressentimentos.

— Nós estamos todos ótimos, Roshy. Farzane começou a falar direito e quanto ao meu bebê, bom, faltam três meses para você virar tio...

— Sua voz está esquisita... — insisti. — O que foi?

Outra pausa demorada. Gelei.

— Diga logo, o que aconteceu? Agho Jun está bem?

— Claro que sim!

— Então deixa eu falar com ele, quero falar com ele! — a milhares de quilômetros de distância, entrei em pânico. Escutei um zumzumzum e, em seguida, o timbre inconfundível do meu pai.

— Sou eu, filho, fique tranqüilo.

— Pai... — e não consegui dizer mais nada.

— Khoda te proteja, filho, e nunca se esqueça de rezar às sextas-feiras — Agho Jun falou emocionado, passando o telefone de novo para Narges. Mas antes dela falar, cortei, brusco.

— Diga o que houve, Narges. Vou acabar sabendo de um jeito ou de outro. — Senti um aperto, mas precisava me certificar. — Pelo amor de Deus, não esconda nada de mim.

Do outro lado da linha, apenas silêncio.

— Narges, você ainda está aí? Consegue me ouvir?

— Sim, Roshy, fique em paz.

— Vou precisar de dinheiro.

— Mas você já não tinha levado cinco mil dólares?

— Eram falsos.

— Como assim?

— Falsos. Não servem para nada...

— Malditos! — ela reagiu, para logo voltar sua preocupação para o meu bem-estar. — Como você tem se virado? Onde dorme? Como se alimenta?

— O nosso contato nos levou ao comandante da operação. Ele nos emprestou dinheiro, mas temos que pagar de volta. Sem isso a gente não vai a lugar nenhum.

Ela demorou um pouco para responder, mas procurou me acalmar.

— Vamos ver que providências tomar. Telefone amanhã nesse mesmo horário.

— Combinado.

— Então, adeus.

— Narges?

— O quê?

— Tem mais uma coisa.

— Fala.

— Você consegue avisar Zibã? O tio dela também precisa enviar dinheiro para Õrash.

— É verdade... — ela comentou. — Eles compraram da mesma fonte...

— Pois é, passaram a perna na gente...

— Não se preocupe, ligue amanhã.

Coloquei o telefone no gancho com uma sensação estranha. Tinha certeza absoluta de que estavam escondendo alguma coisa de mim, mas não sabia o quê. Quando voltei a ligar, no horário combinado, tornei a insitir no assunto. Narges afinal me contou que Omid tinha morrido e que Shahin e Dariush retornaram para viver com eles e Agho Jun. Era uma longa história. Tudo começara quando ele desconfiou do dinheiro fácil que entrava em quantias crescentes nos bolsos do padrasto. Apesar de inexperiente, não era burro. Como um bom militante da causa que abraçara, levava a sério sua missão religiosa e foi investigar a madrassa que ambos freqüentavam como aluno e professor. Descobriu no seio do Sepahe Pasdaran um esquema de corrupção, tráfico de influências e estupro de prisioneiras políticas antes de serem executadas, já que seria pecado matá-las ainda virgens. Confrontou o marido de Shahin, que negou qualquer envolvimento. Ameaçou denunciá-lo assim mesmo e, dois dias após uma violenta discussão, acharam-no enforcado em uma das salas de reunião da poderosa milícia extremista.

— Disseram que foi suicídio — Narges acrescentou. — Mas ninguém acredita...

Engoli em seco. Por um lado, Bãbak estava vingado. Por outro, aquilo não me trazia nenhuma satisfação ou alívio. Ao contrário, deixou-me ainda mais estarrecido ante a brutalidade dos que, junto conosco, haviam feito a revolução para depor o império do Xá e instituir uma república justa e livre. Esta última parte do projeto, a mais importante, e que nunca se efetivou, determinara a fuga de gente como eu e Õrash.

Atordoado com aquele desperdício de uma vida na flor da idade, recebi a boa notícia de que logo estariam despachando o dinheiro. Fizeram uma queima do estoque de tapetes e, graças ao prestígio do marido dela, obtiveram um empréstimo para completar a quantia. Eu me senti mal. Estaria para sempre em dívida para com eles, que se sacrificavam para que eu pudesse realizar sonhos individualistas, enquanto meus amigos tombavam como heróis lutando pela pátria e meu primo era assassinado a sangue-frio.

— Eles não são mártires e sim vítimas! — foi o comentário de Õrash, chocado com mais aquela imolação inútil. — Isso é indecente, um verdadeiro crime! — continuou, enraivecido. — Ainda bem que conseguimos fugir de tanta barbárie...

Naquela noite, tive outro pesadelo com Behruz e Omid. Seus corpos em frangalhos apareciam diante de mim cobrando minha atitude covarde.

"Você não passa de um egoísta que só pensa no seu prazer!" acusava um.

"Fica aí, desperdiçando o dinheiro suado do seu pai..." dizia o outro.

"Você não tem um pingo de consideração pela pátria que te alimentou", Behruz dizia com o dedo em riste coberto de sangue, o peito esburacado e as costelas expostas.

"Sempre foi a ovelha negra da família, você negligenciava as preces logo cedo!", Omid exclamava, segurando uma corda com o laço da forca.

"Sua mãe chora pelos pecados do filho ingrato!"

"Deixa minha mãe fora disso!", respondi aos berros, enquanto sentava na cama limpando com a manga do pijama o suor do pescoço. Eu não desconfiava que esses sobressaltos me acompanhariam pelas noites seguintes em Istambul. Eram sempre os mesmos personagens, mas os insultos variavam. No final, perto da data da partida para o Canadá, começaram a fazer referências às prisões turcas, avisando que eu não escaparia da polícia. "Eles mantêm relações com o Sepahe Pasdaran", insinuavam para me atormentar. E vinha o pessoal do esquema de fuga, tirava nosso dinheiro e depois nos entregava às milícias iranianas.

Assim, na clandestinidade e na solidão, entre pesadelos e momentos de euforia, em enfadonhas partidas de xadrez que eu sempre vencia, teve início nossa longa espera pela liberdade. Primeiro entregamos os seis mil dólares para o contato que nos trouxe os passaportes, conforme prometido. Ele ficou de nos apresentar a um funcionário do alto escalão no governo da Turquia, decerto o secretário da segurança, pois disse que se tivéssemos qualquer problema e se por acaso fôssemos presos, bastava citar o nome do figurão. Constatei daí a existência de uma ampla rede de corrupção envolvendo dos mais humildes aos poderosos. Dinheiro significava tudo, destravava a burocracia e abria portas. Sem ele, nada era possível.

As duas primeiras semanas foram embora e nada ocorreu. Passávamos os dias trancafiados no quarto do hotel assistindo à televisão. Sabíamos de cor toda a programação e já estávamos quase dominando o turco. O tal secretário de quem dependíamos partira em viagem de negócios para a França e era preciso aguardar seu regresso. Prometeramnos que em cinco dias ele estaria de volta, mas na realidade só retornou depois de vinte. Afinal, após dois meses mofando como zumbis, quase perdendo a esperança e começando a achar que havíamos sido enganados, nosso contato telefonou.

— Agora vamos planejar a saída de vocês.

Havia várias turmas de fugitivos e tinham que definir o horário exato do plantão de determinado agente no aeroporto. Daí a explicação pela demora para armar o esquema e nos encaixar na longa fila. Junto comigo, seguiriam mais dois iranianos que vieram conosco pela cordilheira do Albroz.

— Assim que o avião pousar em Montreal, você tem que se dirigir ao guichê da polícia alfandegária e dizer, em inglês: "Sou refugiado, quero asilo político."

— Eles vão me prender? — indaguei, temeroso.

O homem riu.

— Lá é diferente, são civilizados... Vão dar um formulário para você preencher e depois arrumam uma tradutora que fala farsi fluentemente.

— Como sabe disso? — perguntei.

— Vocês não são os únicos iranianos que emigram para o Canadá... — ele retorquiu.

— Tem certeza de que não teremos problemas? — quis me precaver.

Ele estalou a língua num sinal de impaciência. Não poderia imaginar o quanto eu estava traumatizado. Continuou explicando que iríamos para um campo de refugiados com gente do Afeganistão, Vietnã, Coréia e de outras partes do mundo.

— Vocês ficarão morando ali por cerca de duas semanas.

— É uma prisão? — insisti.

— Meu Deus, já disse que não. Esqueça o Irã e tudo o que passou por lá. No Canadá eles ajudam a encontrar emprego, aprender o idioma e darão uma ajuda de custo para a fase inicial.

Comecei a desconfiar daquela história. O homem devia estar inventando mentiras. Não podia ser verdade. Eles iam nos dar dinheiro? Eu ouvira direito?

— Não é uma fortuna, mas o suficiente para morar e comer...

Fiquei ainda mais perplexo. Custava a acreditar no que ele dizia. Além de não bater nem torturar, iriam nos pagar para ficar morando lá? Em troca de quê?

— Durante um semestre vocês têm este abono. Nesse meio tempo arrumam emprego, estudam...

— Não acredito! — falei com entusiasmo. — Então o Canadá deve ser o Paraíso!

Õrash me lançou um olhar de cumplicidade como se dissesse: "Para quem foi tão humilhado, como nós, soa mesmo irreal receber qualquer tratamento digno." E, de fato, eu levaria alguns anos para apreender o significado do termo "cidadania".

Com tudo apalavrado, inclusive a ida de Õrash para a Inglaterra, nos concentramos nos preparativos da viagem. Só que eu não me conformava em deixar a metrópole onde Oriente e Ocidente se misturam de forma tão exótica e intrigante sem um passeio. Seria quase uma ofensa não conhecer o estreito de Bósforo ligando o mar de Marmara, ao sul, ao mar Negro, ao norte. A mítica Constantinopla, centro do vasto império bizantino, conquistada pelos otomanos em 1453, excitava minha imaginação. Capital de três reinados, Istambul escondia testemunhos das diferentes culturas da sua história. Eu não estava disposto a perdê-las por um medo irracional da polícia. Na véspera da nossa partida, tomei uma decisão.

— Quer saber de uma coisa? — falei a Õrash. — Vamos tomar um táxi e rodar pela cidade.

Saímos logo cedo com um motorista com quem conseguimos um preço especial. Primeiro voltamos ao bar para saldar nossa dívida com Parviz. Ele não acreditou que nos veria de novo e um sorriso largo iluminou seu rosto.

— Esperem, vou com vocês! — e entrou no automóvel para juntar-se a nós no giro turístico que ele próprio, por falta de tempo e de companhia, tampouco tivera oportunidade de fazer.

O que logo me chamou a atenção foi que, apesar de apinhada de gente e do tráfego intenso, o estreito do Bósforo e o Corno de Ouro, como chamam a baía de Istambul, transmitem uma incrível sensação de amplitude. O roteiro teve início no imperdível Palácio Topkapi, residência dos sultões entre os séculos XV e XIX, que encerra um fabuloso tesouro imperial. A igreja de Santa Sofia me impressionou pela enorme cúpula interior. Logo em frente, dentro da elegante Mesquita toda revestida de pastilhas azuis que lhe dão o nome, ajoelhei na direção de Meca e pedi proteção divina para a longa travessia. Embora estivesse fugindo de um regime religioso, acreditava que Khoda compreenderia meus motivos, perdoando-me e guiando meus passos. Õrash permaneceu na entrada, junto de Parviz, que comentava sobre seus seis minaretes, uma raridade na arquitetura islâmica.

No caminho, o motorista foi contando, em uma mistura peculiar de turco e inglês, que a maioria da população vive do lado asiático e trabalha na banda européia da cidade, onde também estão os pontos de interesse turístico. Para transitar entre ambos, há duas pontes que ligam os continentes. Terminamos a visita com uma parada no famoso bazar e suas intricadas alamedas com mais de quatro mil lojas, fazendo de Taksim o maior bairro comercial de Istambul. Solícito, o homem que nos conduzia fazia o papel de guia. Não sei por quê, intuí que ele era curdo. Ele exultou com a minha descoberta, mas avisou que era proibido falar sua própria língua em público.

Ainda fortemente marcado pela minha convivência com esse povo na passagem do Albroz, desandei a enumerar as injustiças contra eles na própria Turquia, que havia trucidado mais de 30 mil.

— Você está confundindo — interveio Õrash. — Foram os armênios que os turcos perseguiram. Massacraram um milhão na Primeira Guerra Mundial.

À menção daquelas palavras, nosso motorista deu uma freada e virou-se para nós.

— Jamais mencionem o genocídio armênio aqui. Podem acabar na cadeia!

— Como? — quis saber.

— É um assunto tabu — ele enfatizou. — Vejam as maravilhas de Istambul, aproveitem tudo, mas nunca toquem nesse tema se não pretendem ser incomodados.

Senti então uma coisa estranha, mistura de solidariedade e respeito por aquelas pessoas perseguidas pelas intolerâncias, sem me lembrar de que eu mesmo era uma delas.

Do hotel, fiz a última ligação para minha família antes de embarcar. Õrash e eu seguiríamos até o aeroporto, onde afinal nos separaríamos para seguir rumos diferentes. Nosso contato nos havia ensinado como nos comportar lá, recomendando que usássemos terno e gravata e que raspássemos a barba. Foram dois jovens elegantes e discretos que entraram no Mercedes-Benz que veio nos buscar. Com pouco congestionamento devido ao feriado religioso, levamos menos de 45 minutos para chegar. No automóvel, junto com nosso guia, estava um piloto de avião de guerra que havia desviado seu jato de Teerã para pedir asilo na Turquia. Aquilo nos deixou aliviados e esperançosos, representava outro sinal de sorte. Como o coelho da estrada. Assim que descemos, fomos orientados a permanecer em um canto do saguão.

— Não fiquem perto de nós. Na hora indicada, quando tudo estiver o.k., acenaremos com a cabeça.

Agora Õrash iria para um lado e eu para outro. Despedimo-nos com um simples aperto de mão quando a vontade era de nos abraçarmos. A custo contivemos as lágrimas. Havíamos compartilhado os momentos mais críticos de nossas vidas e isso não se esquece jamais. A irmã dele nunca saíra da minha cabeça e eu apostava retornar a um Irã democrático para viver com ela por todo o sempre.

— Se você um dia for para Copacabana — Õrash disse, afastando-se de mim a contragosto —, não deixe de me avisar. Quem sabe eu vá até lá te encontrar?

Com essas palavras, meu amigo desapareceu entre os guichês das companhias aéreas. Sobrei ali, prostrado, ruminando minha dor.

De repente avistei os dois iranianos que partiriam comigo para Montreal. Logo vieram pedir nossos passaportes. Olhei para a outra extremidade do salão e nosso contato fez um meneio como combinado. Entregamos o documento e a mesma pessoa uniformizada nos fez entrar em uma pequena sala, reservada aos funcionários.

Tudo estava correndo rápido, sem me dar tempo de raciocinar nem ter medo. Quando tomamos nosso lugar na fila de embarque fomos orientados a rasgar os passaportes logo que anunciassem a aterrissagem, para não nos pegarem com documentos falsos.

— Digam que pagaram para uma pessoa que armou tudo, não precisam dar detalhes... — ele avisou, para logo acrescentar: — Assim que sobrevoarem Mirabel, o aeroporto de Montreal, corram até o banheiro, piquem os passaportes e puxem a descarga. Não façam isso antes da hora, pode haver uma pane que os obrigue a retornar.

Chequei o número do meu assento e acomodei a bagagem de mão sob a poltrona. Fomos colocados perto uns dos outros, mas não na mesma fileira. Levantamos vôo no horário previsto. Eu não tinha com quem conversar, nem conseguia dormir. Ia repassando cada instante da minha vida e me perguntava que futuro me aguardava. Tentei concentrar-me na leitura de bordo, só que meu francês mal dava para decifrar as manchetes. Procurava orar, mas as suras fugiam da memória como um texto decorado que some quando mais precisamos dele. Perguntava-me se o pior tinha mesmo passado, se alguma surpresa desagradável ainda me aguardava durante o vôo ou em território canadense. Não engolira tudo o que haviam dito sobre o país, parecia bom demais para ser verdade.

Olhei para fora e vi as asas iluminadas por luzinhas cortando as nuvens escuras. Aos poucos fui relaxando e, afinal, adormeci. Não tive os pesadelos recorrentes, mas sonhei com minha mãe e todas as mulheres importantes da minha vida. Como nasci bem depois das minhas irmãs, cresci paparicado por todos e em especial por Agho Jun, satisfeito em ter um varão na família. Vi minha mãe passeando entre as nuvens e sua expressão era apaziguadora. "Fique tranqüilo, meu querido, não deixarei que nada de mal lhe aconteça." Narges e Farzane também apareceram para me desejar boa sorte. Engraçado é que elas não usavam lenços e sim cabelos soltos, livres como os das moças de Istambul. Apenas Shahin vestia o pesado hejab com um chador escuro que mais parecia uma burka. Ela me olhava como uma máscara de tristeza infinita, disse que sofria expiando todos os pecados de Omid, que entregou Bãbak, e ainda por cima temia pela vida do filho mais novo. Por último veio Zibã. Estava despida e pude sentir de novo a textura da pele dela que se eriçava na ponta dos meus dedos. Sua boca de hálito de rosas encontrou a minha, nossos lábios se colaram e os seios, redondos e rijos, roçavam meu peito. Nós dois nos dissolvíamos como dois veios d'água que se cruzam e se absorvem mutuamente. Eu não saberia dizer onde meu corpo terminava e o dela principiava. Naquela comunhão da carne e do espírito, tornamo-nos um só desejo, pulsante e ativo. Ao final, ela levantava o braço esguio enfeitado de braceletes, afastava as cobertas de brocado e me oferecia uma semente na palma da mão.

XXIV

Acordei com um solavanco seguido de um cutucão. Pelos pés inchados e as costas doloridas, percebi que dormira horas seguidas.

— Estamos quase chegando, estamos quase lá! — era a voz de um dos meus conterrâneos falando superexcitado.

Trouxeram o café-da-manhã que devorei num piscar de olhos. Estava faminto porque peguei no sono antes de servirem o jantar. Quando puxei os documentos da maleta e me preparava para ir ao banheiro, a imagem de Zibã voltou com toda a força. Ela me entregava um grão, qual o significado daquilo? Seria uma alusão aos brotos de Noruz, usados para trazer boa sorte? De súbito, uma idéia bateu em mim como um soco no estômago. E se ela estivesse grávida? E se eu houvesse plantado uma semente no ventre de Zibã na nossa única noite de amor? O que seria dela, uma não muçulmana, irmã de desertor, esperando o filho de um fugitivo?

Comecei a suar frio. Não queria que nada de ruim lhe acontecesse. Minha vida particular estava prestes a se resolver, ela precisava de mais proteção do que eu. "Então, sentencia entre mim e ele, claramente, e salva-me e a quem, mesmo não sendo crente, está comigo", roguei em silêncio.

Naquele momento, a um sinal de um dos iranianos, levantei enfiando no bolso o envelope de plástico contendo meu passaporte e outros documentos. No caminho encontrei a aeromoça e virei o rosto, temendo que ela adivinhasse meus propósitos.

— Precisa de alguma coisa, senhor? — ela perguntou em inglês, com um carregado sotaque francês.

Respondi que não com um meneio da cabeça. Nervoso, abri a porta do lavatório e entrei. Joguei água no rosto para me refrescar e escovei os dentes. Meu reflexo no espelho mostrava um rapaz comum, sem o turbilhão de problemas, medos e esperanças que agitava meu peito. Vi apenas um sujeito comum igual a tantos outros que andam por aí. Ele não parecia fugitivo, descrente, nem traidor da pátria. Era simplesmente um jovem que ainda amava os Beatles, Googoosh, Dariush e os Rolling Stones. Não quis morrer estraçalhado na guerra nem concordava com a sharia imposta como lei. Agora ele estaria só, num país desconhecido, cercado de gente estranha que não falava sua língua nem sabia das tradições islâmicas sob as quais fora educado. O que seria dele?

Com mãos trêmulas, retirei do bolso do paletó o envelope com os papéis. Peguei o passaporte e piquei as folhas uma a uma enquanto ia dando descargas sucessivas. Em poucos minutos, tudo tinha desaparecido no fundo da privada que parecia uma metáfora do meu destino. Sobrou apenas o cartão-postal do Rio de Janeiro que resolvi manter comigo. Também guardei as fotos da minha mãe e de Zibã. Revi a figura dela recortada contra as ruínas de Pasárgada, cabelos soltos ao vento, o vestido florido apanhado entre os joelhos como uma miragem no deserto.

Fragmentos do passado cruzaram-se diante de mim como se eu assistisse a um filme. Na tela estavam o Sepahe Pasdaran, os mandamentos do Alcorão, Behruz estraçalhado, Omid pendendo da forca, minha família, Õrash, Bãbak, Xeque-mate, o balcão na loja do bazar, a mesquita de sexta-feira, a Torre do Silêncio com seus crânios, fêmures e tíbias e a aura dos curdos. Enxuguei o suor da testa e, ao sair, tornei a examinar o meu reflexo. Por uma das janelinhas do corredor, observei as águas do mar douradas pelo sol matinal. Naquele instante, cruzando o oceano que se estendia a perder de vista, eu me senti como um albatroz. Experimentei uma ligeira vertigem. Seria isso que chamam de liberdade?

Voltei à poltrona, apertei o cinto e me preparei para o que viesse. Rezei. Em seguida, fechei os olhos, agora acreditava que tudo daria certo. Era apenas um fio de esperança, fascinante e assustador na sua gama de infinitas possibilidades. Uma pequena chama. Bruxuleante, mas eterna como a que brilha desde épocas imemoriais nos templos zoroastras. Oriente e Ocidente. Presente e futuro. Novas vidas começando. Aqui e talvez lá, no ventre de Zibã.

Pisei em solo canadense de cabeça erguida. Agora eu tinha consciência de ser um novo homem. O menino amedrontado ficara para trás, com seus pesadelos e temores. Seguro de mim, não senti medo nem hesitação. Estava amparado pela memória da minha mãe, de Bãbak, da minha amada e do meu país. Resoluto, enfrentaria o desconhecido, a luta pela sobrevivência, a solidão. Tudo valia a pena para viver em liberdade, desenhar meu destino e ser feliz.

BAHAR YURUKOGLU/ZEFA/CORBIS – LATINSTOCK – ESTREITO DE BÓSFORO, ISTAMBUL

Sarneveshtha,
destinos...

Kurosh teve sorte no Canadá. Contou aos oficiais da alfândega como fugira do Irã pela cordilheira do Albroz e foi encaminhado a um campo de refugiados. Lá permaneceu por dois meses, até averiguarem a veracidade de suas declarações. Aceito como exilado político após audiências na imigração, recebeu papéis de identidade e ajuda financeira. Logo aprendeu inglês e arranjou um trabalho de laboratorista fotográfico enquanto começava a faculdade de Filosofia e Ciências Políticas. Formado, viajou para o Rio de Janeiro para conhecer Copacabana e acabou ficando por lá. Namorou algumas brasileiras bonitas, mas não se casou. Primeiro, porque Zibã permanece na sua memória e no seu coração. Depois, porque jamais se conformaria em ver a própria mulher de biquíni na praia. Nunca mais voltou ao Irã e recebe notícias esparsas dos parentes. Não revela a verdadeira identidade, com medo de prejudicá-los. Desde que soube, por meio de Narges, a respeito do seu filho com Zibã, sonha em retornar à sua terra para reencontrá-la.

***

Na Inglaterra, Õrash casou-se com uma prima da colônia iraniana mazdeísta de Birmingham, com quem teve três filhos. Tentou voltar ao seu país, mas foi desaconselhado pela família, pois poderia ser preso e executado. Apesar das dificuldades e problemas com a censura, corresponde-se com a irmã, a quem envia dinheiro sempre que tem um portador confiável. Comunicou-se uma vez com Kurosh, mas depois perdeu o contato e nunca mais se falaram.

***

Depois da fuga de Kurosh, Agho Jun enfrentou a acusação de acobertar um desertor fugitivo. Temendo ter a loja do bazar confiscada, passou-a para o genro. Morreu de complicações decorrentes de uma úlcera dois anos após a fuga do filho. Foi enterrado junto com a mulher no túmulo que já havia recebido o corpo de Omid, cujo suicídio nunca ficou comprovado.

***

Rassul ampliou os negócios, comprou outras lojas e tornou-se um reconhecido bazari. Teve dois filhos com Narges que, graças ao prestígio do marido, mesmo depois de casada, conseguiu realizar o velho sonho de concluir a faculdade de medicina. Continuaram morando na antiga casa em cujo quintal estão enterrados os ossos de Xeque-Mate. Reformado, o jardim abriga novos pés de romã e seus canteiros estão sempre coloridos de tulipas e amores-perfeitos. Narges ainda mantém os livros escondidos sob o assoalho do quarto de solteira e, junto com Rassul, costuma ler os clássicos para seus filhos. Narges foi a única que soube da gravidez de Zibã e das cartas escondidas, mas, a pedido dela, só revelou o segredo a Kurosh muito tempo depois.

***

Shahin passou a viver na casa de Narges. Com o dote do casamento e a ajuda de Farzane, investiu na produção de comida caseira com as receitas do livro deixado pela mãe de Kurosh. Rassul arranjou para ela um viúvo rico e sem filhos que investiu na sua empresa doméstica e morreu um ano depois, deixando-lhe uma fortuna razoável. Graças ao fim da guerra com o Iraque, seu caçula e então único filho, Dariush, escapou da convocação e passou a tocar os negócios da mãe.

***

Farzane continuou solteira, trabalhando para Shahin, ao passo que Faty casou-se com um funcionário do alto escalão do governo e mudou-se com ele para Teerã, mas nunca conseguiu esquecer totalmente Kurosh.

***

Zibã ficou grávida e refugiou-se nas montanhas para dar à luz longe dos olhos da polícia da moralidade. Seus tios registraram o menino como filho deles para proteger a sobrinha, cujo crime era passível de punição severa. Ela recusou todos os pedidos de casamento arranjados pela família, pois eles implicavam sua mudança para outras cidades, longe da criança, fruto de um amor proibido. Começou a dar aulas nas escolas pobres das aldeias vizinhas e, com o tempo, transformou-se em líder comunitária, querida e respeitada pelos camponeses. Até hoje escreve longas cartas a Kurosh, mas guarda as folhas em uma arca escondida no interior de uma Torre do Silêncio abandonada.

Este livro foi composto em
Minion, 11.5/16, e impresso pela
Lis Gráfica sobre papel pólen bold 90g para a
Ediouro/Geração Editorial
em junho de 2007.